Klarant Verlag

AF288946

Rolf Uliczka ist geboren und aufgewachsen am Rande der romantischen Holsteinischen Schweiz und lebt mit seiner Frau seit einigen Jahren im Saterland. Menschen in all ihren Facetten und ihre Geschichten haben ihn schon immer fasziniert. Auch das Schreiben war und ist eine seiner größten Leidenschaften. Ostfriesland, das Land der Leuchttürme, des Wattenmeeres, der grünen Landschaften mit seinen geheimnisvollen Mooren und Inseln, wo jährlich Millionen ihren Urlaub verbringen, bietet ihm viel Stoff für das Unerwartete. Genau das macht auch die Spannung seiner Ostfrieslandkrimis aus.

Rolf Uliczka

Sektenmord in Neuharlingersiel

Die Kommissare Bert Linnig und Nina Jürgens ermitteln: 5. Fall

Ostfrieslandkrimi

Klarant Verlag

Ähnlichkeiten in dem Ostfrieslandkrimi „Sektenmord in Neuharlingersiel" mit real existierenden Personen sind rein zufällig und nicht beabsichtigt. Es handelt sich bei dem Ostfrieslandkrimi „Sektenmord in Neuharlingersiel" um eine frei erfundene Geschichte.

Anmerkung des Autors: Real existierende Personen, Örtlichkeiten, Gesellschaften, Firmen, Behörden wie zum Beispiel der Kurverein Neuharlingersiel, das dortige BadeWerk, Janssen's Hotel, die Teestube am Seedeich, der Harlekin-Pub, die landwirtschaftliche Bezirksstelle Aurich und die Landwirtschaftliche Untersuchungs- und Forschungsanstalt (LUFA Nord-West) Oldenburg sind im Zusammenhang mit der frei erfundenen Geschichte ausschließlich fiktiv eingebunden. Den Vorgenannten sei für ihre Zustimmung, ihre Namen hier verwenden zu dürfen, herzlich gedankt. Ein besonderer Dank geht an Herrn Dr. Manfred Bischoff von der LUFA für seine fachliche Unterstützung.
Printed in the EU.

Kapitel 1

Eigentlich hätten die beiden eineiigen Zwillinge Daniel und Simon Spiekermann sich auf das Abitur vorbereiten sollen, stattdessen standen sie an diesem regnerischen Septembermorgen mit ihren Trekkingrucksäcken auf dem Kölner Hauptbahnhof und warteten auf Gero. Sie wollten mit ihm zusammen mit dem IC um neun Uhr neun nach Leer in Ostfriesland fahren.

Vor etwa zwei Jahren hatte es angefangen. Gero Schmidt war zwei Jahrgänge über ihnen gewesen und durch ihn wurden sie mit ihren ersten Joints versorgt. Nachdem er auf- und von der Schule geflogen war und das Schulgelände nicht mehr betreten durfte, hatten Daniel und Simon seinen Job übernommen. Da ihn seine Bewährungsstrafe offensichtlich wenig beeindruckt hatte, erhielten sie inzwischen nicht nur Hasch, sondern vor allem auch angesagte Partydrogen von ihm. Für die beiden ein willkommener Nebenverdienst.

Ihr Verkaufserfolg war nicht zuletzt auch ihrem Aussehen zu verdanken. Sie hatten sicher schon für so manchen heimlichen Mädchentraum gesorgt und das auch noch im Doppelpack. Der Stargeiger David Garrett hätte ihr älterer Bruder sein können. Und nachdem den beiden dies bei einem Konzert von ihm bewusst geworden war, spielten sie diese Karte in Bezug auf Styling und Outfit auch voll aus. Wenn einer von ihnen mal alleine in der Kölner City unterwegs war, kam es immer wieder vor, dass er um ein Selfie gebeten wurde. Aber auch schon so mancher – vor allem älterer – Tourist auf der Domplatte hatte ihnen schon irritiert nachgeschaut, wenn sie zu zweit waren.

Der Krug geht bekanntlich so lange zum Brunnen, bis er bricht. Auch sie waren schon erwischt worden. Ein Jugendrichter ließ allerdings Milde walten und verurteilte sie nur zu ein paar Sozialstunden. Papa war dem Rauswurf durch die Schule zuvorgekommen und hatte mit seinen Beziehungen einen Schulwechsel ermöglicht. Auch die Therapiestunden bei der Psychotante hatten sie über sich ergehen lassen. Eigentlich wären das alles gute Voraussetzungen gewesen, um doch noch einen erfolgreichen Abi-Abschluss hinzulegen, zumal sie sich mit ihren Schulleistungen wirklich nicht zu verstecken brauchten.

Alles hätte gut sein können, wenn nicht, ja, wenn nicht Gero mit seinen verlockenden Nebeneinkünften gewesen wäre. Dabei hielten sich Daniel und Simon selbst von harten Drogen fern. Höchstens mal einen kleinen Joint bei passender Gelegenheit. Ihr Vater, ganz strenger und gewissenhafter Beamtentyp, machte die Gene ihrer Mutter für die laxe und leichtlebige Einstellung seiner Sprösslinge verantwortlich. Zumal der Bruder ihrer Mutter auch schon ein paarmal mit dem Gesetz in Konflikt geraten sein sollte. Näheres war aber nicht zu erfahren gewesen. Auch ihrer Mutter schien dies ein peinliches Thema zu sein.

Und dann war es vor drei Wochen passiert. Gero hatte sie in seinem Auto zu einem Treffen mit seinem Lieferanten mitgenommen. Daniel und Simon wussten nur, dass dieser sich Alex nannte und der Sohn von einem der Big Bosse sein sollte. Entsprechend machten sie sich auf dem Rücksitz ganz klein, als Gero auf dem Waldparkplatz zum Empfang der Ware ausstieg.

Gero war gerade wieder zurück, als plötzlich ein Auto auf dem Parkplatz auftauchte. „Scheiße, die kenn ich", sagte Gero. „Ich glaube, die sind mir nachgefahren."

Alex hantierte noch an seinem Kofferraum, als zwei Männer ausstiegen und auf ihn zugingen. Es folgte ein kurzer, heftiger Wortwechsel, den Daniel und Simon aber nicht verstanden. Dann fielen plötzlich zwei Schüsse. Alex sprang mit einer Pistole in der Hand in seinen Wagen und raste davon. Die beiden Männer lagen regungslos auf dem Parkplatz und auch Gero suchte sofort das Weite.

Wie sich später herausstellte, war der eine der Männer sofort tot, der andere schwer verletzt im Krankenhaus gelandet. Auch wenn er später doch noch seinen Verletzungen erlag, kam die Polizei durch ihn auf die Spur von Alex und Gero. Schon auf der Fahrt zu Geros Wohnung hatte dieser zu ihnen gesagt: „Wir sind nicht hier gewesen! Ist das klar? Wir waren zu dritt bei mir zu Hause und haben gezockt! Ihr seid mein Alibi!"

Dann war es aber doch irgendwie alles ganz anders gekommen. Es war noch keine Woche vergangen, da stand schon die Polizei bei Gero vor der Tür und holte ihn zur Anhörung ins Präsidium. Dabei brachte er dann Daniel und Simon als sein Alibi ins Spiel. Der Rest war polizeiliche Verhörtaktik. Alle drei sollten auch noch vor Gericht die Todesschüsse von Alex bezeugen. „Wir müssen weg! Wenn wir gegen Alex aussagen, sind wir tot! Die machen uns alle!" Gero war auf das Äußerste besorgt. „Ein Cousin meiner Mutter – ist zwar ein komischer Heiliger, irgend so was Sektenmäßiges – hat in Ostfriesland einen Bauernhof, auf dem er Gestrandete beschäftigt, wie er das mal meiner Mutter am Telefon gesagt hat. Ich hab uns schon bei ihm angemeldet. Da sucht uns keiner. Und später müssen wir mal sehen, wie es weitergeht. Aber hier in Köln dürfen wir uns in der nächsten Zeit auf gar keinen Fall blicken lassen. Da können wir uns gleich selbst die Kugel geben."

Und jetzt warteten Daniel und Simon auf Gero. „Neun Uhr, in neun Minuten geht unser Zug. Sollte mich nicht wundern, wenn der mit einer Tussi noch im Bett liegt. Aber ohne Gero können wir nicht fahren", schimpfte Simon.

„Wieso können wir ohne ihn nicht fahren?", erwiderte Daniel. „Wir haben die Adresse und uns alles schon mal auf Google Earth angesehen. Außerdem kennen wir Neuharlingersiel doch durch unsere jährlichen Ferien ganz gut. Ich glaube, sogar besser als Gero. Übrigens könnte der ja auch mit seinem Wagen nachkommen. Aber der leidet wohl auch schon an Verfolgungswahn. Von wegen ‚Die haben bestimmt meinen Wagen verwanzt, wie hätten die sonst den Treffpunkt mit Alex gefunden'. Shit happens!"

Inzwischen war der Zug bereits eingelaufen und die beiden wussten nicht so recht, ob sie jetzt ohne Gero fahren sollten, in der Hoffnung, dass er später nachkommen würde, oder doch lieber auf ihn warteten. Sie hatten bereits mehrfach vergeblich versucht, ihn auf seinem I-Phone und auch auf seinem Prepaidhandy zu erreichen. Irgendwie schien er nirgends auf Sendung zu sein, was eigentlich absolut untypisch für ihn war.

„Also ich wäre dafür, dass wir unsere Rucksäcke in Schließfächer packen und mit dem Taxi zu ihm nach Hause fahren. Wir haben doch in Ostfriesland keinen Termin. Dann sehen wir ja, ob er noch mit einer Tussi im Bett liegt. Irgendwie habe ich so ein komisches Gefühl", zeigte sich Simon besorgt. Daniel stimmte ihm dann schließlich zu und so machten sich die beiden auf den Weg.

Da die Rushhour inzwischen vorbei war, kamen sie mit dem Taxi recht gut voran und erreichten das Haus, in dem Gero wohnte, bereits nach einer knappen halben Stunde. Sie baten den Taxifahrer zu warten.

Sie hatten Glück. Vor der Haustür stand ein Lkw einer Spedition, der gerade von Möbelpackern beladen wurde, daher war die Haustür offen, sodass die Zwillinge sofort mit dem Aufzug in den siebten Stock des Hochhauses fahren konnten. Es war eine dieser anonymen Bettenburgen, wie sie in allen Großstädten heute zu finden waren und wo einer den anderen nicht kannte. Gero bewohnte eine geräumige Vierzimmerwohnung, von wo aus er einen tollen Blick bis zum Siebengebirge bei Bonn hatte. Daniel und Simon waren hier schon auf so mancher geilen Party gewesen.

Seine Wohnung lag in der Südecke des Hochhauses am Ende des Ganges. Als Daniel gerade klingeln wollte, erkannte er sofort, dass etwas nicht stimmte. Die Tür war nur angelehnt und zeigte Spuren eines gewaltsamen Aufbruchs. Er klopfte und schob die Tür vorsichtig auf. „Hallo Gero, wir sind es, Daniel und Simon."

Es kam aber keine Antwort. Nur irgendwo im Haus plärrte ein Radio oder ein Musiksender im Fernsehen. Die beiden jungen Männer beschlich ein mulmiges Gefühl. „Irgendetwas ist hier faul. Ich glaube, wir sollten besser verschwinden", gab Simon seinem Gefühl Ausdruck.

„Lass uns wenigstens nachsehen", versuchte Daniel cool zu bleiben.

Und dann sahen sie Gero auf der Couch im Wohnzimmer liegen. Sein Hemd zeigte an mehreren Stellen große blutige Flecken. Daniel fasste an seinen Hals. „Kein Puls." Dass Gero tot war, dafür sprachen auch die weit aufgerissenen Augen, die entsetzt ins Leere zu starren schienen.

Beim Schrank im Wohnzimmer standen die Türen offen. Der Inhalt lag verteilt auf dem Boden. „Da hat sich aber jemand ausgetobt", kommentierte Daniel.

„Die haben sicher sein Smartphone und den Laptop gesucht. Dann werden die auch ganz schnell auf uns stoßen. Wir sollten machen, dass wir hier wegkommen."

„Sollten wir, aber ich glaube, dass deren Anwälte schon längst die Zeugenliste eingesehen haben. Das war ja auch schon die Besorgnis von Gero. Die wissen schon von uns, da bin ich jetzt ganz sicher, und seine Sorge war absolut berechtigt. Für ihn leider zu spät. Du hast recht, nix wie weg hier! Hoffentlich ist das Taxi noch da."

Der Taxifahrer hatte gewartet und so ließen sich die beiden zum Hauptbahnhof zurückbringen, wobei sie bemüht waren, keine Emotionen zu zeigen. Nachdem sie das Taxi bezahlt hatten und ausgestiegen waren, platzte es leise aus Simon raus: „Scheiße, Scheiße, Scheiße! So eine gequirlte Scheiße! Ich fass es nicht. Auf was haben wir uns da nur eingelassen? Wir haben zwar gut verdient, aber was nützt uns jetzt das Geld, wenn wir auf der Abschussliste stehen? Jetzt suchen uns nicht nur diese Gangster, sondern wahrscheinlich auch noch die Bullen."

„Ist bloß gut, dass wir das meiste Geld gehortet haben. Hätte ja für unsere ersten Autos sein sollen. Aber scheiß auf die Autos, wenn es um die eigene Haut geht. Haben wir jetzt bei Gero gesehen. Die schrecken wirklich vor nichts zurück."

„Wenn ich nur daran denke, wie eiskalt dieser Alex die beiden Typen abgeknallt hat. Da machen seine Leute mit uns auch kurzen Prozess, wenn wir gegen ihn aussagen. Sollte mich nicht wundern, wenn die auch schon bei uns zu Hause waren. Oh mein Gott, wenn die Mom was antun." Simon standen fast die Tränen in den Augen bei dem Gedanken an seine geliebte Mutter.

„Komm, nun werd hier nicht zur Heulsuse!", wies ihn sein Bruder zurecht. „Wenn die schon die kameraüberwachten Grundstücke bei uns in der Wohngegend sehen, dann werden die sich so was sicher dreimal überlegen."

„Dein Wort in Gottes Ohr."

Erst kurz vor dem Einlaufen des IC holten die beiden ihre Rucksäcke aus den Schließfächern und fanden auch gleich nach dem Einsteigen im nächsten Waggon zwei nicht reservierte Plätze. Aber irgendwie konnte Simon das Gefühl nicht loswerden, dass sie beobachtet wurden. Da er seinen Bruder kannte, behielt er dieses Empfinden lieber für sich. Der hätte ihn wahrscheinlich als paranoid bezeichnet. Pünktlich um elf Uhr sechsundvierzig setzte sich der Zug in Richtung Emden in Bewegung. Diesmal sogar ohne dass ein Umsteigen in Münster erforderlich war, was Simon schon wieder etwas beruhigte.

Kapitel 2

Das Taxi mit dem Kennzeichen des ostfriesischen Landkreises Leer hatte den Ort Esens in Richtung Neuharlingersiel verlassen. Das im Wetterbericht vorhergesagte stürmische Herbstwetter mit kräftigen Regenschauern zeigte sich gerade von seiner besonders nassen Seite. Die Scheibenwischer des Wagens konnten kaum der Regenmenge Herr werden. Dichte Wolken zogen vom Wind getrieben über das grüne ostfriesische Acker- und Weideland. Aber im nächsten Moment war der Schauer auch schon vorbei und man konnte bereits in Richtung Küste einzelne blaue Himmelsflecken zwischen den treibenden Wolken ausmachen.

Vereinzelt standen noch Kühe auf den Weiden. Aber die Gemeinde der Zugvögel hatte die meisten Grünflächen bereits als ihren Startplatz für den bevorstehenden Flug in den Süden in Beschlag genommen. Es war ein ständiges Kommen und Gehen.

Von Weitem tauchte die Seriemer Mühle am Horizont auf und die ersten Häuser von Groß-Holum waren zu erkennen. Da sagte Daniel, der auf dem Beifahrersitz des Taxis saß: „Dahinten an der Abzweigung zu der Baumreihe können Sie uns rauslassen."

„Mitten in der Pampa?", fragte der Taxifahrer erschrocken, „und das bei dem Wetter?"

„Seit wann seid ihr Ostfriesen mit dem Wetter so zimperlich?", meldete sich Simon vom Rücksitz zu Wort.

„Na ja", erwiderte der Taxifahrer fast entschuldigend, „ich bin ja kein Ostfriese. Meine Eltern sind in den neunziger Jahren von Russland nach Friesoythe umgesiedelt und ich wohne mit meiner Frau und kleiner Tochter seit einiger Zeit in Leer und fahre für das Taxiunternehmen am Bahnhof, wie ihr ja schon gesehen habt."

Das Taxi hatte inzwischen die Wegabzweigung erreicht. Daniel zahlte den Fahrpreis und der Taxifahrer holte die Rucksäcke der beiden aus dem Kofferraum. „Und ich soll euch wirklich nicht bis zu eurer Tante fahren?", fragte er die Jungs besorgt.

„Nein, nein, wir kennen uns hier aus und wollen noch das Wiedersehen mit der Landschaft ein wenig genießen. Wir lieben es, wenn einem dann die steife Brise um die Nase weht. Und die richtige Outdoorkleidung haben wir schließlich auch, wie Sie sehen. Auch wenn wir keine Ostfriesen sind. Aufwärmen können wir uns dann bei der Tante noch lange genug."

Halbwegs beruhigt stieg der Fahrer wieder in sein Taxi und wendete, um nach Leer zurückzufahren.

„Daniel, bist du wirklich sicher, dass wir hier richtig sind?", fragte Simon seinen Bruder, der bereits vorausgegangen war.

„Mensch, sei kein Hosenscheißer. Wir haben uns das doch alles auf Google Earth genau angesehen."

Obwohl die Brüder eineiige Zwillinge waren und Außenstehende sie kaum auseinanderhalten konnten, schien Daniel doch der Forschere von beiden zu sein. Er sei wohl auch der Anstifter gewesen, hatte der Jugendrichter in Köln befunden, der ihnen wegen der Dealerei mit Hasch in ihrer Schule die Sozialstunden aufgebrummt hatte. Das Dealen mit den Partydrogen war erst später dazugekommen. Aber dafür hatte man sie bislang nicht zur Verantwortung gezogen. Zudem vertrat Daniel eine – mehr als nur als schlitzohrig zu bezeichnende – Auffassung: Man wird nicht dafür bestraft, dass man etwas gemacht hat, sondern nur dafür, dass man sich hat erwischen lassen.

Sie folgten weiter dem Weg zum Hof von Geros entferntem Verwandten. Bei Ummo Clasen in seinem Küstenhort bei Neuharlingersiel seien sie absolut sicher, hatte er noch gesagt. Für ihn selbst leider zu spät.

Und dann hatte Daniel im Internet die Seite des Küstenhorts in Neuharlingersiel entdeckt. Dieser bot sich dort als Unterschlupf, auch für gestrauchelte Existenzen, und Hilfe in jeder Lebenslage an. Jedenfalls konnte man das so zwischen den Zeilen herauslesen. Irgendwie hatte das schon so etwas Sektenmäßiges, wie Gero es bereits angedeutet hatte.

Es war reiner Zufall, dass Daniel und Simon Ostfriesland von Familienurlauben – ausgerechnet in Neuharlingersiel – gut kannten. Ihre Eltern schwärmten von der norddeutschen Wattenmeer-Küste und der Suite mit Meerblick im Diekhus von Janssen's Hotel. Außerdem waren sie der Meinung, nicht auf die jährliche Thalasso-Therapie im BadeWerk Neuharlingersiel verzichten zu können. Den beiden Jungs hatte schon als Kinder das Badevergnügen im dortigen Schwimmbad genügt.

Allerdings war das beschauliche Ostfriesland sicher nicht unbedingt ein Ort für einen längeren Aufenthalt, von dem zwei Teenager kurz nach ihrem achtzehnten Geburtstag, die eigentlich die Großstadt gewöhnt waren, träumten. Aber es war wohl besser, erst einmal eine Zeit lang von der Bildfläche zu verschwinden.

Die Eltern zu informieren, schied wegen der Strenge ihres Vaters schon von vornherein aus. Sicher würde er als gradliniger Staatsdiener, er war Mathe-Professor an der Kölner Uni, auch darauf bestehen, dass sie in jedem Fall vor Gericht aussagten. Er hatte ja keine Ahnung, mit wem sie es dann zu tun bekämen. Außerdem gingen sie davon aus, dass ihr Vater sie überall vermuten würde, aber nicht in Neuharlingersiel. Und das noch außerhalb der Saison, wo selbst die meisten Restaurants geschlossen hatten. Und so hatten sie lediglich einen kurzen Abschiedsbrief – in erster Linie eigentlich nur für ihre sehr weichherzige Mutter, aber ohne jeden Hinweis auf ihre wahren Absichten – hinterlassen.

Schweigend gingen die beiden nebeneinanderher. Kein Mensch weit und breit zu sehen. In den Ferien war das anders gewesen und zu dieser Jahreszeit waren sie zum ersten Mal in Ostfriesland. In Simon arbeitete es und schließlich musste er es rauslassen. „Sag mal, könnte es sein, dass der Taxifahrer als Russlanddeutscher auch mit der Familie von dem Alex in Verbindung steht?"

„Also ich habe mal gelesen, dass seit den neunziger Jahren wohl zwei bis drei Millionen Russlanddeutsche eingewandert sind. Wie wahrscheinlich ist da, dass ausgerechnet der Taxifahrer aus Leer mit dem kriminellen Alex aus Köln etwas zu tun hat?"

„Weiß nicht. Aber es könnte doch sein. Manchmal ist der Teufel ja sogar ein Eichhörnchen."

„Alter, jetzt wirst du wohl schon langsam paranoid? Wir sollten uns besser damit beschäftigen, wie wir es schaffen, uns hier noch einen gewissen Freiraum zu erhalten. Und dazu, glaube ich, könnten wir hier unser erstes Depot einrichten", entgegnete

Daniel und zeigte auf eine alte Eiche, die mit einigen Büschen an der Straße stand.

Daniel holte aus seinem Rucksack einen Klappspaten und einen Kunststoffbehälter hervor. „Pass mal auf, ob jemand kommt", sagte er zu seinem Bruder und begann zwischen zwei Büschen zu graben. Nachdem er ein etwa spatentiefes Loch ausgehoben hatte, legte er den Kunststoffbehälter hinein und schaufelte die lose Erde wieder darauf. Nachdem die Erde festgetreten war, verschloss er das Ganze wieder mit der Grasnarbe, die er zuvor vorsichtig abgehoben hatte.

„Ich glaube, das ist ein guter Platz, den wir uns leicht merken können", bemerkte Simon. „Dahinten steht auch ein Baum mit einigen Büschen, da können wir das nächste Depot anlegen."

„Sieht gut aus, so langsam kommst du wohl wieder in die Realität zurück."

Nachdem sie den angesprochenen Platz erreicht hatten, nahm diesmal Simon den Spaten und begann zu graben, während sein Bruder die Gegend im Auge behielt.

„Runter, es kommt ein Auto!", warnte dieser nach kurzer Zeit. Beide duckten sich hinter die Büsche, bis der Wagen auf der Hauptstraße verschwunden war. Dann vollendete Simon sein Werk, wie zuvor sein Bruder.

„Meinst du, wir sollten unsere Initialen in die Bäume ritzen, damit wir die wiederfinden?", fragte Simon mit einem Grinsen, nachdem sie auf gleiche Weise auch noch ein drittes und viertes Depot angelegt hatten. „Aber die vier Stellen werden wir uns wohl gerade noch merken können. So viel Grips wie ein Eichhörnchen werden wir beide sicher noch zusammenkriegen." Ein kritischer Seitenblick seines Bruders zeigte, dass der diese Art von Humor nicht teilte.

Schon nachdem sie die Website des Bauernhofs in Ostfriesland im Internet entdeckt und eine Art Sekte dahinter vermutet hatten, plagten sie sich mit dem Gedanken herum, wo sie ihr gehortetes Bargeld lassen sollten. Zu Hause konnten sie es schließlich nicht lassen. Die Einzahlung auf ein Girokonto kam aber ebenso wenig in Betracht, wie es mit auf den Hof zu nehmen. Und da war ihnen beim Recherchieren über Google Earth die Idee mit den Depots gekommen.

„Bin ja wirklich mal gespannt, was das für komische Heilige auf dem Hof sind. Und was da für eine Sekte dahintersteckt."

„Jetzt kriegst'e wohl doch Fracksausen, oder?"

„Quatsch! Aber man macht sich doch so seine Gedanken", mimte Daniel den Coolen. „Wenn die nicht sogar eine Website hätten, dann würde ich nach den Infos auf deren Seite fast auf Mennoniten oder Amische schließen."

„Aber die fahren doch noch mit schwarzen Einspännern und lehnen jeden technischen Fortschritt ab. Ich würde da eher in Richtung Scientology tippen. Jedenfalls scheinen das keine Salafisten zu sein und das ist doch schon mal beruhigend. Bin gespannt, ob die Sektenprediger uns unsere Smartphones und Notebooks abnehmen werden."

„Da kannste deinen Arsch drauf verwetten. Aber wir haben ja was zum Abliefern mitgenommen. Die werden doch nicht davon ausgehen, dass wir zusätzlich noch mehrere Prepaidhandys haben. Aber wir müssen vor allem aufpassen, wenn die mit so einem Esoterik-Scheiß und Hypnose anfangen", zeigte sich Daniel dann doch etwas besorgt.

„Dann machen wir das genauso wie bei der Psychotante, zu der uns Dad geschickt hatte. Die uns mit Hypnose in unsere frühkindliche Phase zurückversetzen wollte. Wie wir die ausgetrickst haben, diese einfältige und naive Tucke", blieb diesmal Simon zuversichtlich.

„Na, ich glaube, da werden die hier sicher ein anderes Kaliber sein. Aber im Moment sehe ich für uns keine andere Alternative. Wir müssen nur darauf achten, dass wir immer den klaren Kopf behalten und uns nicht das Hirn weichwaschen lassen." Die beiden Brüder waren angesichts ihres Kenntnisstands über Sekten, der ausschließlich von Berichten der Boulevardpresse und amerikanischen Filmen geprägt war, auf alles gefasst.

Inzwischen hatten sie die Einfahrt zu einem großen Gehöft mit Biogasanlage erreicht. „Das muss es sein", sagte Simon. Vor ihnen lag ein breit ausladender Gulfhof. Der vordere Wohntrakt war zweigeschossig ausgelegt. Entsprechend groß war der hintere

Teil der Stallung, dessen seitliche Dachtraufen auf jeder Seite noch etwa fünf Meter über den Wohnbereich hinausragten. Von ihren Ferien in Neuharlingersiel und manchem Museumsdorfbesuch kannten die beiden die historische Bedeutung der Gulfhöfe in Ostfriesland.

Als sie sich der an der linken Seite des Hauses gelegenen Haustür näherten, wurde diese geöffnet und ein Hüne von Mann mit langen, etwas zotteligen graublonden Haaren und einem ebensolchen Bart trat ihnen entgegen. Wobei auffiel, dass er keinen Oberlippenbart trug. Er lächelte sie an: „Halleluja, halleluja. Da sind ja die Rheinländer. Moin und willkommen im Küstenhort! Seid ihr etwa zu Fuß hierhergekommen? Wir hätten euch doch abgeholt. Wo ist denn Gero?"

„Hallo", sagten beide Ankömmlinge wie aus einem Mund. Dann übernahm Daniel das Wort: „Bis Leer sind wir mit dem Zug gefahren und dann haben wir uns von einem Taxi bis zur Einmündung an der Hauptstraße nach Esens bringen lassen. Ein bisschen frische Luft hat uns auch ganz gutgetan. Und über Gero müssen wir noch reden."

„An frischer Luft wird es euch hier bei uns nicht mangeln, das kann ich versprechen. Ich bin übrigens Ummo", sprach's und streckte den Brüdern die Hand hin. „Wenn ich euch beide so ansehe, müsstet ihr eigentlich Romulus und Remus heißen. Ihr seid ja wirklich wie aus einem Ei geschlüpft. Aber kommt erst mal rein. Dann lernt ihr auch die anderen kennen. Wir bereiten uns gerade auf die Teestunde vor. Dann könnt ihr uns gleich von Gero erzählen. So wie ich von seiner Mutter weiß, soll es ihm etwas an unserer ostfriesischen Pünktlichkeit mangeln. Er hätte wohl eher das rheinländische Gemüt seines Vaters geerbt."

Im Flur legten Daniel und Simon erst einmal ihre Rucksäcke und Jacken ab. Dann wurden sie von Ummo in die Küche geführt, wo die anderen Bewohner des Hauses zusammensaßen. So eine Küche hatten beide im Leben noch nicht gesehen. Die Gerätschaften und die Einrichtung strahlten den Charme der achtziger, neunziger Jahre aus, aber die Größe der Küche war beeindruckend. Räume dieser Dimension kannten Daniel und Simon bislang nur als Wohn- und Esszimmer. Ein riesiger

Eichentisch in der Mitte des Raumes diente wohl nicht nur als Essplatz, sondern auch der Kommunikation.

Ummo, dem die erstaunten Blicke seiner neuen Bewohner nicht entgangen waren, sagte: „An den Tisch passen so locker zwölf Leute und wenn wir mehr werden, können wir auch noch einen Tisch anstellen. Platz ist genug, wie ihr seht." Dann stellte er sich und die Anwesenden vor: „Also, ich bin – wie ich schon sagte – Ummo und hier auf dem Hof der Bischof, wie wir das nennen. Meine Prediger sind Mike und Bob."

Die beiden Angesprochenen hoben kurz die Hand. „Und bei unseren Schützlingen haben wir eine einfache Lösung gefunden. Jeder unserer Anbefohlenen hat seine Geschichte, die zu seinem früheren Namen gehörte. Daher haben diese Namen, genauso wie die alten Geschichten, hier bei uns keine Bedeutung mehr. So erhält jeder die Zahl aus der Reihenfolge seines Eintritts hier bei uns als Namen. Und das auf Platt. Wir leben hier schließlich in Ostfriesland." Er zählte dann auf und die Angesprochenen hoben kurz ihre Hand: „Een, Twee, Dree, Veer, Fiev. Und ihr beide seid ab sofort Sess und Söven. Wobei wir bei euch wohl Schilder brauchen werden, um euch auseinanderhalten zu können", ergänzte er noch lachend.

„So, aber jetzt setzt euch erst einmal. An den Ostfriesentee werdet ihr euch gewöhnen müssen, der ist bei uns obligatorisch. Es gibt bei uns auch bestimmte Regeln, die wir Ordnung nennen. Aber dazu später. Jetzt interessiert mich wirklich mal, wann Gero hier eintrifft. Er kommt doch sicher mit dem Auto?"

„Nein, er kommt nicht mit dem Auto. Er wollte mit uns mit dem Zug kommen", übernahm Daniel die Antwort.

„Aber er hat doch ein Auto, oder etwa nicht?", hakte Ummo ein.

„Hat er, aber er war sich nicht sicher, ob das verwanzt ist und ihm dann wieder jemand folgt. Deswegen wäre ihm der Zug sicherer erschienen. Hat aber leider nichts mehr genützt. Die anderen waren schneller."

„Was willst du damit sagen?" Ummos Stimme klang besorgt.

„Er ist tot, Ummo. Tut mir leid."

„Okay, es ist bei uns nicht üblich, dass wir hier in dieser Runde die Vergangenheit ausbreiten. Dafür haben wir im Bedarfsfall einmal die Woche eine Gesprächsstunde im Triumvirat, mit mir und meinen beiden Glaubensbrüdern. Das heißt, ihr könnt euren Tee mitnehmen und wir gehen in unser Begegnungszimmer."

Ummo führte die Neuankömmlinge in einen nüchtern eingerichteten Raum. An der Wand gegenüber der Tür hing ein etwa ein Meter großes schlichtes Holzkreuz. Davor befand sich ein Tisch, hinter dem drei Stühle standen. Vor dem Tisch stand ein einzelner Stuhl. Mike hatte einen weiteren Stuhl aus der einen Ecke des Raumes dazugestellt und Daniel und Simon bedeutet, vor dem Tisch Platz zu nehmen.

Nachdem das Triumvirat sich gesetzt hatte, forderte Ummo die beiden auf, zu erzählen, was passiert war.

Wechselseitig berichteten Daniel und Simon über die Ereignisse. Ummo und seine Mitbrüder hörten ihnen schweigend zu, ohne sie zu unterbrechen.

Dann fragte Ummo: „Habt ihr I-Phone, I-Pad, Notebooks dabei?"

„Ja, Smartphones und Notebooks, aber die SIM-Karten haben wir schon in Köln entfernt."

„Das ist sehr gut. Wir haben Internetzugang, wie ihr sicher schon von unserer Website her wisst. Wir gehören nämlich nicht zu den strengen Mennoniten oder Amischen der alten Ordnung, bei denen jegliche technische Neuerung verboten ist. Ich bin der Meinung, der Herr hat mir einen Auftrag gegeben und mir dazu moderne Technik zur Verfügung gestellt, die ich ausschließlich in seinem Sinne nutze. Zu eurem besseren Verständnis, falls ihr euch schon mal mit unserer Glaubensrichtung beschäftigt haben solltet, der Herr hat meine Eltern und meinen Bruder, der den Hof hier bis vor einigen Jahren bewirtschaftet hat, an einem Tag zur gleichen Stunde zu sich geholt. Ich bin als einziger Erbe übrig geblieben und habe mit meinen beiden Mitbrüdern Amerika verlassen, um hier den Hof weiterzuführen."

„Was ist denn mit deinen Eltern und deinem Bruder passiert?", wollte Daniel wissen.

„Mein Bruder ist mit unseren Eltern an einem Totensonntag im Auto unterwegs gewesen, um das Grab unserer Großeltern zu besuchen. Bei dichtem Nebel ist ihm ein Reh vors Auto gelaufen und anschließend ein Lkw in die Unfallstelle reingefahren. Keiner der Beteiligten hat es überlebt. Der Lkw ist nach der Kollision noch gegen einen Baum geschleudert, wodurch auch der Fahrer sein Leben verlor. Manchmal ist der Wille des Herrn unergründlich. Für mich war es ein Zeichen, dem ich gefolgt bin. Daher sind solche Geschichten wie die euren auch nichts Neues für uns."

„Du fragtest nach unseren Handys und Notebooks, müssen wir die jetzt abgeben?", wollte Daniel wissen.

„Ja, das hätte euch Een, der hier unser Vorarbeiter ist, noch gesagt. Technik akzeptieren wir, wenn Gott es so wollte und diese für die Erfüllung seiner Vorsehungen nützlich ist. Das vermag ich allerdings im Hinblick auf eure Kommunikationstechnik nicht zu erkennen."

Da die beiden Brüder das schon erwartet hatten, nickten sie nur, nachdem sie sich mit einem vielsagenden Blick verständigt hatten.

Ummo war das nicht entgangen: „Ich sehe, ihr versteht euch ohne Worte, ist zwischen eineiigen Zwillingen nicht ungewöhnlich. Aber in diesem Zusammenhang fällt mir noch ein, die Russenmafia sucht euch bestimmt im Doppelpack. Als doppeltes Lottchen seid ihr ja nicht zu übersehen. Das solltet ihr ganz schnell ändern, dann brauchen wir für euch auch keine Namensschilder."

Daraufhin kehrten sie zu den anderen in die Küche zurück. „Een, du zeigst den Neuen die Unterkunft. Du weißt, welches Zimmer die beiden beziehen sollen. Dann weist du sie in die Hausordnung, die Arbeitsabläufe und -pläne ein. Du sorgst dafür, dass sie pünktlich ihre Arbeit ausführen und an unseren Meetings teilnehmen. So, dann alle an die Arbeit." Ummo zog sich mit Bob und Mike in einen als Büro dienenden Raum zurück. Sie hatten einiges zu besprechen und zu recherchieren.

Kapitel 3

Davon, dass bereits eine Woche nach ihrer Abreise ein Drohbrief der Drogenbande im Briefkasten ihrer Eltern lag, hatten Daniel und Simon natürlich keine Ahnung. Darin wurden die Eltern aufgefordert, dafür zu sorgen, dass ihre Söhne auf gar keinen Fall vor Gericht aussagten. Auch das Einschalten der Polizei würde schwerste Konsequenzen, nicht nur für die beiden Schüler, haben.

Gerda und Hans Spiekermann waren sich inzwischen ziemlich sicher, dass ihre Söhne auch nach der Verurteilung durch den Jugendrichter weiter gedealt hatten und dass ihr Verschwinden damit im Zusammenhang stehen musste. Es war ihnen ja nicht entgangen, dass sie von der Polizei verhört worden waren. Allein schon deswegen hatten sie keine Vermisstenanzeige erstattet, zumal die beiden in ihrem Abschiedsbrief geschrieben hatten, dass sie sich bald von irgendwo melden würden.

Bereits am nächsten Tag war eine SMS bei Gerda auf dem Handy eingegangen: „Sind gut angekommen. Macht euch keine Sorgen. Wir melden uns wieder. LG D+S."

Daher war Hans sogar über seinen Beamtenschatten gesprungen und hatte seine Söhne bei der Schule abgemeldet, mit der Behauptung, dass diese bei einem entfernten Verwandten in Belgien eine Ausbildung machen würden.

Als nun aber dieser Drohbrief vor ihnen lag, machte Gerda ihrem Mann ein Geständnis. Simon hatte sich ihr ohne Wissen seines Bruders kurz vor deren Verschwinden anvertraut und ihr erzählt, dass er und sein Bruder unmittelbare Augenzeugen eines Mordes geworden waren. Auch, dass dies die Polizei in der Anhörung schon aus ihnen herausgequetscht und sie darauf hingewiesen hatte, dass sie als Zeugen vor Gericht gegen diesen Alex – wohl der Sohn eines der Drogenbosse – aussagen müssten.

Professor Dr. Hans Spiekermann hatte ihr schweigend zugehört. Für ihn als absolut gradlinigen Beamten und Mathematiker brach eine Welt zusammen. Ausgerechnet seine Söhne in solche Machenschaften verstrickt. Das Jugendgericht, die Psychotherapie, alles war umsonst gewesen. Das wurde für ihn in diesem Moment zur schrecklichen Wahrheit. In seinem Gehirn bemühte sich sein mathematischer Verstand, erst einmal Ordnung in dieses kriminelle Wirrwarr zu bringen.

„Hans, sag doch was", versuchte Gerda mit weinerlicher Stimme zu ergründen, was in ihm vorging. So hatte sie ihren Mann noch nie gesehen. Sie sah ihm an, wie es in ihm arbeitete. Sie wusste, Hans war sehr streng, gerade auch in der Erziehung. Sie hatte hingegen, oft auch hinter seinem Rücken, nachgegeben. Aber sie wusste auch, dass er nicht zu Gefühlsausbrüchen neigte. Das war eher ihr Teil in dieser Partnerschaft. Sie konnte auch schon mal hysterisch werden, was dann aber an ihm abzuprallen schien.

Dann sprach Hans und seine Stimme klang fast wie die eines Roboters: „Erstens, Gerda, wir haben versagt! Zweitens, Gerda, wir haben versagt! Und drittens, Gerda, wir haben versagt!" Den letzten Satz brüllte er förmlich heraus und schlug mit seiner Faust auf den Tisch.

Die Angesprochene wurde von einem Weinkrampf geschüttelt. Sie saß ihrem Mann zusammengesunken gegenüber. So hatte sie ihn noch nie erlebt. „Was machen wir nur? Hans, was sollen wir denn jetzt nur machen? Gehen wir zur Polizei, bringen die uns und unsere Söhne um. Die schrecken doch vor nichts zurück. Eiskalt hat dieser Alex auf die beiden anderen Männer geschossen, sagte Simon. Sie haben bei diesem Gero im Auto auf dem Rücksitz gesessen und waren wohl keine zehn Meter davon entfernt."

Hans hatte sich inzwischen wieder gefangen. Sein messerscharfer Verstand hatte alle Informationen sortiert, gewichtet und bewertet. „Also, eine gerichtliche Vorladung haben wir noch nicht vorliegen, oder?"

„Nein, nicht, dass ich wüsste."

„Dann hat gegenwärtig weder die Polizei noch die Staatsanwaltschaft eine Ahnung vom Verschwinden unserer Söhne. Dabei belassen wir es vorerst. Normalerweise kümmere ich mich ja nicht um solche Meldungen in den Medien. Aber ich werde erst einmal versuchen herauszufinden, was da wirklich läuft. Bei der Justiz und der Kripo kann ich diesbezüglich ja nicht nachfragen, ohne dass wir uns offenbaren müssten, aber das sind die Vorteile des Internets. Ich werde es sicher auch so herausfinden."

Hans fand allerdings nur heraus, dass es offensichtlich um einen Drogenkrieg zwischen zwei Banden der organisierten Kriminalität ging. Er vermutete daher, dass die beiden Typen, die vor den Augen seiner Söhne niedergeschossen worden waren, sicher auch nicht unbewaffnet gewesen waren und dieser Alex nur schneller die Situation eingeschätzt und gehandelt hatte. Er mochte sich gar nicht vorstellen, was passiert wäre, wenn Alex die anderen Gangster nicht niedergeschossen hätte. Wahrscheinlich würden dann dieser Gero und seine Söhne auch nicht mehr leben. Seiner Frau sagte er von seinen diesbezüglichen Überlegungen vorsorglich nichts, um sie nicht noch mehr zu beunruhigen.

Allerdings half ihm diese Erkenntnis auch nicht wirklich weiter und vor allem brachte sie ihm und seiner Frau weder die Söhne zurück noch minderte es den psychologischen Druck und die Angst, unter der nicht nur seine Frau litt.

Wochen waren ins Land gegangen. Eine gerichtliche Vorladung lag immer noch nicht vor. Aber auch kein neuer Drohbrief. Bei den Spiekermanns war fast wieder so etwas wie der Alltag eingekehrt, wenn man das unter diesen Umständen überhaupt so nennen konnte.

***

Eines Tages klingelte es nachmittags an der Haustür. Gerda schaute durch den Spion. Vor der Tür standen zwei Männer, die aussahen wie Beamte aus den Tatortkrimis. Hans und sie waren sich einig, irgendwann würde die Kripo vor ihrer Tür stehen. Jedenfalls meinte sie, dass die beiden ihre Ausweise bereits in den Händen hielten. Daher öffnete sie die Tür und sagte: „Ja bitte?"

Ehe sie reagieren konnte, war der eine auf sie zugesprungen und hatte sie brutal am Hals gewürgt und ins Haus hineingeschoben. Der Zweite folgte ihm unmittelbar. Die Tür stieß er mit einem Tritt hinter sich ins Schloss. Gerda rang verzweifelt nach Luft.

Schließlich sagte der Mann diabolisch grinsend: „Wir Freunde von Daniel und Simon. Kleiner Hausbesuch." Dabei war sein russischer Akzent nicht zu überhören.

Als Gerda ihre Fassung wiederfand, wurde sie wütend, was eigentlich bei ihrem ruhigen und liebevollen Gemüt nicht so oft geschah. „Was fällt Ihnen ein, mich hier einfach so zu überfallen? Machen Sie, dass Sie hinauskommen, oder ich rufe die Polizei!", schrie sie die beiden Ganoven mit sich fast überschlagender Stimme an.

Der mit dem russischen Akzent rammte ihr daraufhin mit voller Wucht die Faust in den Magen. Gerda klappte wie ein Taschenmesser zusammen und lag wimmernd und sich den Bauch haltend auf dem Dielenboden. „Muttchen, damit du weißt, wo Weg langgeht. Wir könn' auch anders!", versuchte er seine Aktion radebrechend zu kommentieren. Dann riss er die wimmernde Frau brutal an den Haaren hoch. „Wo sind Söhne?"

„Wir wissen es nicht", presste Gerda voller Schmerzen heraus.

„Falsche Antwort!" Der Mann schlug noch mal brachial zu. Und wieder in den Magen. Gerda brach erneut wimmernd zusammen.

Der andere Mann riss sie daraufhin mit einem gekonnten Griff, wie der eines Sanitäters, hoch und schleppte sie durch die offen stehende Tür in das Wohnzimmer, wo er sie in einen der Sessel fallen ließ.

„Also noch mal, wohin haben sich deine Söhne abgesetzt? Wir brauchen die Adresse!"

„Wir wissen es wirklich nicht!", hauchte Gerda und krümmte sich immer noch vor Schmerzen. Sie hätte sich vor lauter Angst fast in die Hose gemacht.

Der mit dem russischen Akzent machte Anstalten, noch mal zuzuschlagen. „Warte!", hielt ihn sein Komplize zurück. „Wir brauchen sie noch."

„Was hatten denn deine Bengels draußen bei der Warenübergabe zu suchen?"

„Dieser Gero hatte sie mitgenommen", schluchzte Gerda.

„Mit dem sind wir schon fertig. Aber dass deine Söhne bei den Bullen erzählt haben, sie hätten genau gesehen, wer geschossen hat – sag mal, wie dämlich sind die beiden denn eigentlich?"

Gerda wusste nicht, was sie darauf antworten sollte. Schließlich sagte sie mit zitternder Stimme: „Mein Mann kann jeden Moment von der Uni nach Hause kommen. Ich glaube, es ist besser, wenn Sie gehen."

„Keine falsche Hoffnung, Muttchen. Papi is' im Land der Träume."

Gerda Spiekermann versetzte es einen Stich ins Herz. Was war mit ihrem Mann geschehen? Eigentlich hätte er nämlich schon längst da sein müssen. Voller Angst fragte sie daher verzweifelt: „Was haben Sie mit meinem Mann gemacht?"

„Noch nichts. Also noch mal, wo finden wir die Zwillinge?"

„Mein Mann und ich haben wirklich keine Ahnung. Wir machen uns ganz große Sorgen um unsere Jungs", presste Gerda schließlich heraus.

Der Brutalo machte wieder einen Schritt auf sie zu, wurde jedoch abermals von seinem Kumpel mit einer Handbewegung gestoppt. „Okay, also müssen wir selbst suchen. Wo sind die Zimmer?"

„Oben. Die ersten beiden Zimmer auf der linken Seite." Die Schmerzen schienen etwas nachgelassen zu haben und Gerda zeigte mit einer Armbewegung durch die offene Wohnzimmertür auf die Treppe.

Der Mann ergriff ihren ausgestreckten Arm und zog sie brutal aus dem Sessel hoch. „Du gehst schön mit. Hier werden keine Bullen und keine Nachbarschaft alarmiert!"

Gerda schleppte sich am Treppengeländer in den ersten Stock hinauf. „Das ist das Zimmer von Daniel und das da von Simon." Dabei zeigte sie auf die Zimmertüren.

Dann machten sich die Eindringlinge systematisch daran, die Schränke der Zwillinge leer zu räumen, indem sie einfach alles wahllos auf den Boden warfen.

Gerda schluchzte verzweifelt in ihr Taschentuch: „Was suchen Sie denn eigentlich? Vielleicht kann ich Ihnen ja helfen." Sie hoffte, dadurch diese Typen schneller wieder loszuwerden.

„PC, Notebook, Handy, I-Pad und solche Sachen."

„So was haben die Jungs doch nicht im Kleiderschrank. Dafür haben die doch einen Schreibtisch." Gerdas Ordnungsliebe rebellierte.

„Was glaubste denn, was alles in Kleiderschränken zwischen Klamotten liegt?"

„Jau. Bei Ommas auch noch dicke Scheinchen", ergänzte der Russe feixend.

„Aber in den Schreibtischen ist ja nix von dem, was wir suchen. Wo haben die denn ihre Computer?", wollte der Kultiviertere von den beiden wissen.

„Die haben beide nur ein Notebook und das werden sie mitgenommen haben."

„Un' das da?" Der Deutschrusse hielt ein Notebook mit Ladekabel in die Höhe und gab es seinem Kumpel. „Lag bei die Slippis."

Dieser steckte das Ladekabel in eine freie Steckdose neben dem Schrank und drückte die Starttaste. Dabei lief das DVD-Laufwerk kurz an. Da das Notebook nicht passwortgeschützt war, startete er die DVD. „Ach, guck an. Pornos! Da wird die Mutti aber schimpfen." Mit einem süffisanten Grinsen präsentierte er Gerda den Film auf dem Bildschirm.

Dann öffnete er den Explorer und sah sich das Dateiverzeichnis an. In den einen oder anderen Ordner klickte er rein, schien aber auf die Schnelle nicht das zu finden, was er suchte. „Wenn ich die Speicherdaten sehe, dann wurde der wohl nicht mehr so oft benutzt. Aber da soll sich Boris mit beschäftigen. Wir nehmen den mit."

Er wollte das Notebook schon ausschalten, da war ihm wohl noch etwas aufgefallen: „Ah, vielleicht finden wir ja was in der App von Google Earth."

Es dauerte einen Moment, bis die App gestartet war. „Was hat Ihr Bengel denn in Neuharlingersiel gesucht?", wollte er dann von Gerda wissen.

„Da haben wir früher öfter Urlaub gemacht", antwortete Gerda brav und hätte sich anschließend am liebsten auf die Zunge gebissen.

„Ach, gucke da", sagte der mit dem russischen Akzent. „Is' ja interessant."

Die Verbrecher durchsuchten noch die restlichen Schränke und Schubladen. Auch unter den Schreibtischen schauten sie, wohl um zu prüfen, ob sich dort noch hinter der Schublade ein Geheimfach verbarg. Sie hatten noch drei ältere Smartphones gefunden, die sie ebenfalls mitnahmen.

„So, Muttchen, nu weiße Bescheid. Schnauze halten, sonst wird's blutig!"

Nach diesen Worten verließen die Gangster das Haus, so als hätten sie einen rein geschäftlichen Besuch abgestattet. Der eine rief sogar noch im Weggehen über die Schulter: „Vielen Dank noch mal, Frau Spiekermann, und viele Grüße an den Gatten!"

Über zwei Stunden später schloss Hans Spiekermann die Haustür auf. Seine Frau fiel ihm mit Tränen in den Augen um den Hals: „Ist dir was geschehen?"

„Nein, Gerda, mir fehlt nichts. Aber mir ist etwas sehr Merkwürdiges passiert. Ich erinnere mich noch, dass ich in der Tiefgarage in mein Auto eingestiegen bin. Von da an fehlt mir die Erinnerung. Bis vor etwa einer halben Stunde. Irgendwie muss ich bis dahin geschlafen haben. Keine Ahnung warum. Und was ist mit dir?"

Sie schilderte ihrem Mann die Vorfälle in ihrem Haus.

„Um Gottes willen, Gerda! Wie geht es dir? Brauchst du einen Arzt?"

„Es tut mir zwar immer noch alles im Brust- und Bauchraum weh, aber wahrscheinlich nur Blutergüsse und keine ernsthafte Verletzung. Aber ich glaube, wenn der Russe allein gewesen wäre, der hätte mich halb tot geschlagen. Der andere schien wohl etwas gesitteter zu sein. Und wenn wir jetzt zu unserem Hausarzt oder in die Notaufnahme eines Krankenhauses gehen, was sollen wir denen denn sagen?"

Dann zeigte Gerda ihrem Mann, der offensichtlich in diesem Moment auch etwas ratlos schien, das Chaos, welches die beiden Ganoven in den Zimmern ihrer Söhne hinterlassen hatten. Auch das Bad der Jungs hatten sie verwüstet.

„Unglaublich! Eigentlich sollten wir doch jetzt sofort die Polizei verständigen. Vielleicht finden die über Fingerabdrücke heraus, wer die Ganoven sind."

„Ah, wo du das sagst, ich glaube, die hatten Handschuhe an. Ja, die hatten Handschuhe an. Jetzt weiß ich, was mir so komisch vorkam, als die mit dem alten Notebook von Daniel hantierten. Das und drei alte Handys haben sie mitgenommen."

„Na, dann hat sich das mit den Fingerabdrücken ja schon erledigt."

„Aber da fällt mir noch was ein, Hans. Der eine hat die Google-Earth-App auf dem Notebook von Daniel aufgemacht und da war als letzter Aufruf Neuharlingersiel gespeichert. Ob die Jungs sich da aufhalten?"

„Neuharlingersiel! Mensch, Gerda, das würde ich nicht ausschließen. Aber die müssten sich doch da irgendwo einmieten. Weißt du was, wir rufen mal bei Heike an. Vielleicht hat sie als ehemalige Kriminalistin eine Idee und kann sich mal diskret umhören. Jetzt außerhalb der Saison fallen doch Zwillinge wie unsere beiden sicher auf."

Noch in ihrem letzten Sommerurlaub in Neuharlingersiel waren sie bei Heike Grabowski, einer frühpensionierten Kriminal-hauptkommissarin aus Essen, die sich an der Küste zur Ruhe gesetzt hatte, eingeladen gewesen. Heike wusste auch von der Verurteilung durch den Jugendrichter. Gerne hätte sie sich die beiden Früchtchen mal vorgeknöpft, aber leider nahmen diese zu der Zeit gerade im Rahmen einer Jugendfreizeit an einem Surfkurs in Frankreich teil. Dabei waren sie und Gerda sich einig gewesen, dass die Zeiten gemeinsamer Ferien mit den Söhnen wohl inzwischen ohnehin vorbei waren.

„Aber sag Heike mal noch nichts von den Typen, die heute bei mir waren. Wenn die davon weiß, dann muss sie uns doch damit in jedem Fall zur Polizei schicken. Hans, ich habe einfach eine furchtbare Angst. Dieser Russe hat wörtlich gedroht: Dann wird es blutig. Und so wie der das sagte, glaube ich ihm. Und hier kann Heike uns auch nicht schützen."

„Dass wir bei den Sparmaßnahmen und Stellenkürzungen überall hier rund um die Uhr Personenschutz bekommen würden,

27

kann ich mir auch nicht vorstellen. Also sagen wir ihr am besten nur, dass die Jungs verschwunden sind und dass wir vermuten, dass sie sich irgendwo in Neuharlingersiel oder Umgebung eingemietet haben könnten."

Heike meldete sich bereits nach dem zweiten Ton am Telefon. Nachdem sie einige unter Freunden übliche nette Worte gewechselt hatten, kam Hans zur Sache und erzählte ihr von dem Verschwinden der Jungen und der Vermutung, dass diese sich in Ostfriesland aufhalten könnten.

Heike hatte sehr aufmerksam zugehört und ihr war nicht entgangen, dass es sich bei den Schilderungen offensichtlich nur um die Spitze des Eisberges handelte. Immer das Gleiche in solchen Fällen, dachte sie bei sich. Aber sie wollte nicht mit der Tür ins Haus fallen, daher sagte sie: „Morgen beginnt doch das Wochenende. Warum kommt ihr mich nicht einfach mal besuchen, dann können wir in aller Ruhe darüber reden. Ihr könnt es euch aussuchen, ob ihr mein bescheidenes kleines Gästezimmer nutzen oder euch wie sonst im Janssen's einmieten wollt. Zimmer dürften dort zurzeit genügend frei sein."

Nachdem sich Hans und Gerda kurz beraten hatten, sagten sie zu. Über die Unterkunft wollten sie später entscheiden.

***

Die Adventszeit stand kurz bevor und es war trotz Freitagsverkehr auf der A31, dem sogenannten Ostfriesenspieß, ein recht gutes Durchkommen. Auch der Wettergott war ihnen hold. Hans hatte telefonisch die übliche Suite mit Meerblick im Janssen's Hotel für das Wochenende gebucht. Das Fischerhäuschen, in dem Heike seit ihrem vorzeitigen Ruhestand nach einem Burnout wohnte, war bequem fußläufig von dort erreichbar. Leider war das Wiedersehen mit ihr von den Problemen der Söhne überschattet. Andernfalls hätte das ein gemütlicher Abend mit Glühwein und Grog nach einem kulinarischen Abendessen bei ihr werden können.

Nach dem Essen übergab Gerda Heike den Abschiedsbrief ihrer Söhne. Auch die SMS der beiden hatte sie ihr gezeigt. Nach dem

Durchlesen war Heike zu dem Schluss gekommen, dass die Jungen offensichtlich einen genauen Plan verfolgt haben mussten. Nach Panik oder Kopflosigkeit sahen dieser Brief und die SMS nicht aus. Er war offensichtlich nur dazu gedacht gewesen, die Eltern zu beruhigen und davon abzuhalten, Vermisstenanzeige bei der Polizei zu erstatten. Daher auch die Ankündigung, sich wieder melden zu wollen.

Aber Heike war immer noch viel zu sehr Polizistin, als dass sie jetzt nicht nachgebohrt hätte. Und es dauerte auch nicht lange, dann wusste sie, dass Daniel und Simon bereits von der Polizei in Köln im Zusammenhang mit einem Mord als Zeugen vernommen worden waren und auch vor Gericht aussagen sollten. Wie die organisierte Kriminalität mit solchen Fällen umzugehen pflegte, war ihr aufgrund ihrer langjährigen Erfahrung hinreichend bekannt. Und ganz vorsichtige Andeutungen hatten dann auch bei Gerda zu einem tränenreichen Ausbruch geführt.

„Ich will euch keine unnötige Angst machen, aber nicht nur eure Jungs sind in höchster Gefahr. Ihr seid es auch! Allein die Unverfrorenheit der Vorgehensweise in eurem Haus zeigt die Brutalität und Skrupellosigkeit dieser Gangster. Außerdem würde ich dringend empfehlen, dass Gerda sich zumindest mal untersuchen lässt."

„Ach, lass mal, Heike. Es geht schon wieder. Der ganze Bauchraum ist zwar inzwischen grün und blau, aber wenn ich mich vorsichtig bewege, lässt es sich aushalten."

„Na gut, Gerda. Ich kann dich nicht zwingen. Jedenfalls bin ich bei Hans davon überzeugt, dass er wahrscheinlich nach dem Einsteigen ins Auto vom Rücksitz aus mit Chloroform betäubt und ihm dann etwas injiziert wurde. Zeig doch mal deine Arme."

„Wo du das sagst, mein rechter Hemdärmel war aufgeknöpft." Hans zog seine Jacke aus und krempelte den Ärmel hoch.

„Was ich befürchtet habe", stellte Heike fest. „Siehst du da den Einstich in der Armbeuge? Und danach bist du mit dem Auto nach Hause gefahren?"

„Ja, natürlich, mir fehlte ja sonst nichts weiter."

„Da hast du aber Riesenglück gehabt, mein Lieber. Denn je nachdem, was die dir gespritzt haben, hätte es auch sein können, dass du beim Fahren plötzlich einen Blackout bekommen hättest. Die Folgen mag ich mir gar nicht vorstellen."

„Oh mein Gott, mir wird ganz anders", stöhnte Gerda. „In was für einen Sumpf sind wir da bloß reingeraten?"

„Und wir hatten gehofft, dass nach dem Jugendgericht die Sache aus der Welt gewesen wäre. Ich habe die Jungs sogar zu einer Psychotherapie geschickt. Und die Psychologin hatte auch eine positive Prognose abgegeben", fügte Hans hinzu.

„Aber eins verstehe ich noch nicht so ganz. Ihr habt doch gesagt, dass Daniel und Simon bereits von der Kölner Kripo angehört worden sind und vor Gericht als Zeugen aussagen sollten. Das ist doch jetzt schon eine ganze Weile her. Habt ihr dazu denn noch keine Vorladung erhalten?"

„Nein", antwortete Hans. „Wir haben inzwischen herausgefunden, dass es sich bei dem Täter und den Opfern des Mordes, den die beiden beobachtet haben, wohl um rivalisierende Banden handelte. Aus der örtlichen Tagespresse war zu entnehmen, dass es um einen regelrechten Bandenkrieg zu gehen scheint und die Ermittlungen der Polizei dazu noch in den Anfängen stecken. Es sind wohl inzwischen sogar noch andere Morde passiert. Daher vermute ich, dass die Staatsanwaltschaft von konkreten Anklageerhebungen, geschweige denn von Gerichtsverhandlungen noch ganz weit entfernt ist."

„Das könnte in der Tat so sein. Andernfalls hätte die Kripo in Köln sich nämlich auch bereits auf die Suche nach euren Söhnen gemacht, wenn die einer gerichtlichen Zeugenvorladung nicht pünktlich gefolgt wären. Aber je schneller wir eure beiden Sorgenkinder finden, desto besser ist das. Daher sollten wir umgehend einen Kollegen von der Wittmunder Kripo informieren. Denn falls sich eure Jungs hier aufhalten, dann dürften er und sein Team sie am schnellsten finden. Wenn ich da losziehen würde, wäre das wie die Suche nach der Stecknadel im Heuhaufen oder ein Lotteriespiel."

Heike hätte am liebsten sofort alle Hebel in Bewegung gesetzt. Aber sie merkte, dass sie damit ihre Freunde, die sich ihr anvertraut hatten, im Moment wohl überfordern würde. Schließlich stimmten aber Gerda und Hans schweren Herzens zu, dass Heike Kommissar Bert Linnig und seine Partnerin Nina Jürgens für den nächsten Tag zum Kaffee einladen würde. Dann sollten die weiteren Schritte besprochen werden.

***

Am Samstagmorgen rief Heike bei Bert zu Hause an: „Moin, Bert, wie geht es? Vor allem, wie geht es Nina? Ich habe ja eine ganze Weile nichts von euch gehört."

„Moin, Heike, mir geht es so weit gut. Und körperlich hat Nina sich auch ganz gut erholt. Es ist sowieso ein Wunder, dass sie den Schlag des Ganoven auf ihren Kopf überhaupt überlebt hat. Auch die anderen Frakturen und Blessuren sind gut verheilt. Das Schlimmste ist aber für sie, dass sie nicht nur unser Kind verloren hat, sondern auch wohl keine mehr bekommen kann, wie die Ärzte sagen."

„Oh, Bert, das muss eine Frau auch erst einmal wegstecken. Mein Gott, über so etwas kann man selbst als erfahrene Polizistin nicht nachdenken, ohne sentimental zu werden. Nina tut mir unheimlich leid. Richte ihr bitte meine besten Genesungswünsche aus. Lässt sich denn schon absehen, wann sie ihren Dienst wieder aufnehmen wird?"

„Das steht noch völlig in den Sternen. Es gibt nämlich eine Information, mit der sie am meisten hadert. Vom Zeitablauf konnten wir eindeutig belegen, dass Nina nicht in diese Falle gelaufen wäre, wenn die Haushälter schneller die Zusage für das große Zeugenschutzprogramm eines inhaftierten Kronzeugen gegen ein Drogenkartell gegeben hätten. Das Sondereinsatzkommando wäre viel früher zum Einsatz gekommen, bevor Nina sich hätte in Gefahr begeben können."

„Wieso haben die sich damit so viel Zeit gelassen? War denen denn nicht klar, dass es bei solchen Einsätzen manchmal auf jede Minute ankommt?"

„Das ist es ja gerade, Heike. Über das hohe Gefährdungspotenzial, gerade auch in Bezug auf die Opfer, für die es da um Leben und Tod ging, waren die Oberstaatsanwaltschaft und somit auch die Haushälter, die über die Mittelfreigabe zu entscheiden hatten, informiert. Und trotzdem hat es Tage gedauert. Wobei wir alle hier vor Ort, einschließlich der Richter und der Staatsanwälte, quasi Tag und Nacht im Einsatz waren. Aber die Herren Bürokraten mussten ja wahrscheinlich pünktlich zu ihrem Feierabend kommen. Das ist es, womit Nina nicht klarkommt und weshalb sie sogar die eigene Berufswahl heute infrage stellt."

„Heißt das, dass Nina eventuell ihren Dienst quittieren will?"

„Genau das heißt es, Heike. Mit diesem Gedanken spielt sie und ich kann es ihr nicht verdenken. Unser Kind könnte noch leben! Das steht hundertprozentig fest. Und die, die das mit zu verantworten haben, dürften sich noch nicht mal einer Schuld bewusst sein. Sie haben ja schließlich nach Recht und Gesetz entschieden. Und wo kämen wir denn in Deutschland hin, wenn man leichtfertig – quasi nur auf Zuruf eines Kriminalbeamten oder eines Staatsanwalts – eine vorschnelle Entscheidung über eine Geldausgabe trifft? So etwas will gut begründet und rechtlich nach allen Seiten abgesichert sein. Eine solche Fehlentscheidung könnte ja schließlich auch noch der eigenen Karriere schaden", wurde Bert sarkastisch und man merkte ihm die Bitterkeit deutlich an.

„Allerdings hätte der Inhaftierte ja auch früher seine Aussage machen können, ohne das bürokratische Verfahren abzuwarten. Und der wird sicher auch einigen Dreck am Stecken gehabt haben, für den er dann sogar noch Straffreiheit erwarten konnte."

„Eine Erkenntnis, die Nina und ich natürlich teilen, liebe Heike. Und wenn das nicht wäre, hätte Nina sich auch ganz bestimmt bereits entschieden. Da bei ihr die Psychotherapie noch nicht abgeschlossen ist, kann sie sich damit auch noch etwas Zeit lassen. Aber dieser Gedankenaustausch war doch sicher nicht der Grund deines Anrufes?"

„Nein, Bert, natürlich nicht. Ich hatte gestern Besuch von alten Freunden. Gerda und Hans Spiekermann aus Köln. Wir waren einige Jahre in Essen Nachbarn gewesen. Damals war er als Mathematiker bei einer Bank in Essen beschäftigt. Er arbeitete an mathematisch gestützten Trendprognosen im Wertpapiergeschäft, bis er dann eine Berufung als Mathe-Professor an die Uni Köln erhielt." Heike schilderte in kurzen Worten das Problem der beiden und bat Bert und Nina für den Nachmittag zum Tee oder Kaffee.

„Wenn ich das so höre, müssen wir uns wohl darauf einstellen, dass das auf das gleiche Thema rausläuft, über das wir uns gerade unterhalten haben. Ich sehe hier ein erhebliches Gefährdungspotential und fürchte, dass wir auch in diesem Fall ohne Zeugenschutzprogramm nicht auskommen werden, wenn wir deine Freunde und deren Söhne nachhaltig schützen wollen. Da können wir nur hoffen, dass das für die beiden Jungen nicht ohnehin schon zu spät ist. Aber lass uns da heute Nachmittag in aller Ruhe drüber reden. Jedenfalls vielen Dank für deine Einladung. Allerdings glaube ich nicht, dass Nina – gerade für ein solches Thema – schon bereit ist. Daher werde ich alleine kommen."

***

Pünktlich zur Tee- und Kaffeezeit hatten sich sowohl Bert als auch Gerda und Hans eingefunden. Dabei hatten alle drei festgestellt, dass sie sich vor Jahren bereits einmal bei einer Party in Heikes Haus in Essen begegnet waren. Für das Finden einer Vertrauensbasis stellte sich diese Tatsache als sehr hilfreich heraus und man war sehr schnell beim Du gelandet.

Bert hörte sich noch einmal die ganze Geschichte von Gerda und Hans an. Für ihn stand danach fest, hier musste schnell gehandelt werden, sogar sehr schnell! Denn nach seiner Beurteilung der Lage bestand bereits mit der Rückkehr der Eheleute Spiekermann nach Köln für beide akute Lebensgefahr. Ferner musste man davon ausgehen, dass die Gangster auch bereits ihre Fühler nach Ostfriesland und Neuharlingersiel ausgestreckt hatten. Wer wusste, was denen für Informationen auf dem Notebook und den alten Handys in die Hände gefallen waren? Also mussten auch die Zwillinge so schnell wie möglich gefunden werden.

Aus einem gemütlichen ausgedehnten Tee- und Kaffeetrinken bei Heike wurde nichts. Bert hatte inzwischen sein Team ins Kommissariat beordert. Es war gerade noch Zeit für eine Tasse Tee beziehungsweise Kaffee und ein Stück von Heikes

Ostfriesentorte geblieben. Dann waren Gerda und Hans bereits im Auto von Bert unterwegs mit ihm nach Wittmund. „Wir benötigen sofort Phantomzeichnungen von den beiden Verbrechern, die in euer Haus eingedrungen sind", erklärte Bert. „Dann müssen sofort eine Rundumbewachung eures Hauses und ein Personenschutz für euch beide von den Kölner Kollegen organisiert werden. Mit diesen Verbrechern ist wirklich nicht zu spaßen. Außerdem brauchen wir Bilder von euren Jungs."

„Habe ich in meiner Handtasche immer bei mir", sagte Gerda.

„Das ist sehr gut. Dann können wir nachher gleich unsere Kollegen von der Streife losschicken und in den Lokalen, die jetzt außerhalb der Saison geöffnet haben, nachforschen lassen. Manche Lokale haben zudem ohnehin nur an Wochenenden und Feiertagen geöffnet, daher muss das sehr schnell gehen, denn ab Montag haben die dann bis zum nächsten Wochenende wieder zu. Und wenn die Zwillinge sich hier irgendwo in der Gegend in einem Ferienhaus eingemietet haben, sind die auch bestimmt mal in einem der hiesigen Lokale gesehen worden. Und so ein Duo fällt doch auf. Das ist vielleicht unsere Chance."

„Und wie wäre es mit einem öffentlichen Aufruf, Regionalfernsehen oder Rundfunk?", fragte Gerda.

„Liebe Gerda, sicher keine so gute Idee. Das könnten auch die Kriminellen mitbekommen", klärte Bert sie auf. „Aber ich kann dich beruhigen, die Anzahl der geöffneten Lokale zu dieser Jahreszeit ist sehr überschaubar und unsere Streifenwagenbesatzungen sind Einheimische, die wissen genau, wo sie hinfahren müssen."

Sie hatten inzwischen das Kommissariat in Wittmund erreicht. Bert veranlasste sofort, dass die Bilder der Zwillinge eingescannt und den Kollegen auf ihre Smartphones geschickt wurden. Gerda saß mit Hans bei einem Spezialisten, der mit ihr die Phantombilder der beiden Eindringlinge erstellte, während Bert nach einem Telefonat mit den Kölner Kollegen zum Besprechungsraum seines Teams eilte.

Nach einer kurzen Begrüßung kam Bert gleich zur Sache. „Tut mir leid, Leute. Ich glaube, wir sind hier gerade in die Fortsetzungsgeschichte unseres letzten Falles geraten."

„Sind schon wieder Filme auf verbotenen Seiten im Internet aufgetaucht?", wollte Polizeihauptmeister Bernd Guben wissen.

„Nein, aber ihr erinnert euch doch an den Kronzeugen Andreas Marcel Schmidt aus Köln, der als Ex-Schwiegersohn von einem der Drogenbosse aus der Kölner Szene einiges auszusagen hatte und ins Zeugenschutzprogramm genommen wurde."

„Erinnern ist gut, Bert", sagte Sönke Nansen, der Leiter der Spurensicherung, der zufällig im Haus war und die Gelegenheit nutzte, um sich zu informieren. „Das ist doch der Kronzeuge, der ohne verbindliche Zusage für das Zeugenschutzprogramm keine Aussagen machen wollte."

„Genau der, Sönke. Jedenfalls haben mir die Kölner Kollegen gerade am Telefon gesagt, dass das Drogenkartell seines Ex-Schwiegervaters aufgrund der Zeugenaussagen von Andi Schmidt zerschlagen werden konnte. Und um dieses Gebiet sind sich zwei andere Kartelle in die Haare geraten und führen seit Kurzem einen regelrechten Bandenkrieg um die dortige Vorherrschaft. In diesen sind die Zwillinge und Gymnasialschüler Daniel und Simon Spiekermann als Kleindealer und Mordzeugen geraten. Deren Lieferant, der ebenfalls Zeuge dieses Mordes war, ist bereits erstochen aufgefunden worden. Die Zwillinge haben sich möglicherweise hier nach Ostfriesland, eventuell nach Neuharlingersiel, abgesetzt, weil sie das von regelmäßigen Ferien her kannten."

„Wieso werden wir hier immer wieder – und sei es indirekt – in Auseinandersetzungen der Kölner Drogenszene gezogen?", wollte Silke Janssen, die erst vor wenigen Tagen beförderte Polizeihauptmeisterin, wissen.

„Wir sind nun mal bevorzugtes Urlaubsgebiet insbesondere für das Ruhrgebiet und das Rheinland. Unsere Touristik lebt davor. Aber wo Licht ist, fallen bekanntlich auch Schatten. Damit werden wir wohl leben müssen. Jedenfalls sind unsere Streifenwagenbesatzungen gerade mit Bildern der vermissten Brüder bei der Gastronomie in unserem Kreisgebiet unterwegs. Vielleicht erhalten wir ja schon bald entsprechende Hinweise."

„Na, damit werden die zu dieser Jahreszeit ja wohl schnell durch sein. Die Handynummer von der SMS an die Mutter wird von uns bereits überprüft. Aber da habe ich wenig Hoffnung. Es wird sicher eins dieser billigen Wegwerfhandys sein. Jedenfalls sind meine Leute und ich für einen konkreten Einsatz stand-by. Obwohl – wenn wir zum Einsatz kommen, wäre es für die Schüler leider schon zu spät. Das wollen wir nicht hoffen. Ihr wisst, wie ihr mich erreichen könnt", sagte Sönke, bevor er mit einem kurzen Gruß den Raum verließ.

„Mehr können wir von hier aus im Moment nicht unternehmen. Eine öffentliche Fahndung nach den Brüdern scheidet aus, da wir damit Gefahr laufen würden, die Gangster erst auf den Plan zu rufen. Die Hauptlast liegt im Moment bei den Kölner Kollegen, die für die Sicherheit der Eltern sorgen müssen, die morgen wieder in ihr Haus nach Köln zurückkehren werden. Ich gehe davon aus, dass die Phantomzeichnungen inzwischen bereits bei der Kripo in Köln vorliegen. Unser Augenmerk bleibt jetzt erst einmal auf den Verbleib und das Auffinden der beiden Söhne gerichtet. Das heißt für uns Bereitschaft und Einsatz, sobald wir eine Rückmeldung mit eventuellen Hinweisen von unseren Leuten draußen erhalten. Ich werde daher gleich nach unserem Meeting die Aufstockung unseres Teams veranlassen, sodass wir eine Rund-um-die-Uhr-Bereitschaft sicherstellen können. Bernd, du kümmerst dich um die Einteilung."

„Alles klar, Chef."

Bert ging in sein Büro, dort warteten bereits die Eheleute Spiekermann und der Kollege, der die Phantomzeichnungen angefertigt hatte, auf ihn.

„Die Gesichtserkennung der Kölner Forensik ist schon fündig geworden. Die gehören zur Russenmafia und sind alte Bekannte der dortigen Kollegen. Die erkennungsdienstlichen Aufnahmen, die uns aus Köln geschickt wurden, hat Frau Spiekermann bereits identifiziert. Das Haus der Eheleute wird ab sofort rund um die Uhr überwacht."

Bert veranlasste nach einem Telefonat mit Heike Grabowski, dass das Ehepaar zu ihr zurückgebracht wurde. Jetzt hieß es warten. Wobei Bert noch keine Ahnung davon hatte, dass ihm und seinem Team noch eine Menge Geduld abverlangt werden würde.

Kapitel 4

Weihnachten und auch der Jahreswechsel waren inzwischen ins Land gegangen. In Köln war alles ruhig geblieben. Es waren keine Drohbriefe und auch keine Gangster mehr bei Gerda und Hans Spiekermann aufgetaucht.

Das Kommissariat in Wittmund hatte mit Unterstützung der Kollegen des hiesigen Raumes die Suche nach den Zwillingen sehr schnell auch auf die anderen Kreisgebiete in Friesland und Ostfriesland ausgedehnt. Nur in Aurich konnte sich ein Taxifahrer daran erinnern, irgendwann mal zwei junge Männer, die sich sehr ähnlich sahen, gefahren zu haben. Aber er war sich nicht sicher, ob es sich tatsächlich um die beiden Gesuchten handelte, und er konnte sich auch nicht mehr erinnern, von wo nach wo er sie gefahren hatte.

Kriminalhauptkommissar Bert Linnig beunruhigte vor allem die Funkstille in Köln. Er befürchtete, dass die Drogenmafia sich deswegen nicht mehr bei den Eltern der Jungen gemeldet hatte, weil sie inzwischen wusste, wo die beiden sich aufhielten. In Bezug auf die Vermissten keine Erkenntnis, die hoffnungsfroh stimmte, zumal diese Befürchtung von den Kölner Kollegen inzwischen geteilt wurde.

Die Eheleute Spiekermann hatten die Weihnachtsfeiertage und den Jahreswechsel in Neuharlingersiel verbracht. Immer in der Hoffnung, vielleicht auf dem dortigen Weihnachtsmarkt oder beim Silvesterfeuerwerk im Kutterhafen ihre Söhne zu treffen. Leider hatten sich ihre Hoffnungen nicht erfüllt. Sie hatten viel Zeit bei Heike verbracht, die ihnen als treue Freundin immer wieder versuchte Mut zu machen. Obwohl auch sie als ehemalige Kriminologin nicht an der Erkenntnis von Bert und den Kölner Kollegen vorbeikam. Auch sie befürchtete das Schlimmste.

Welch eine Freude und Erleichterung wäre es für Gerda und Hans Spiekermann gewesen, wenn sie gewusst hätten, dass sich ihr geliebter Nachwuchs nur wenige Kilometer von ihnen entfernt von Weitem das gleiche Silvesterfeuerwerk von Neuharlingersiel angesehen hatte wie sie selbst. Wobei von den Zwillingen sehnsüchtige Empfindungen und Botschaften gedanklich über

37

den Äther nach Köln gegangen waren. Auch die beiden hatten ja keine Ahnung, dass sich ihre Eltern zu diesem Zeitpunkt ganz in der Nähe befanden.

Allerdings hätten die Eltern ihre Sprösslinge, selbst wenn sie ihnen begegnet wären, wohl auf Anhieb kaum wiedererkannt. Sess und Söven, wie Daniel und Simon sich jetzt – schon allein aus Tarnungsgründen – nur noch nannten, hatten sich auch äußerlich stark verändert. Sie waren dem Ratschlag von Ummo gefolgt und jetzt kaum noch als Zwillinge zu erkennen. Sess hatte zwar die Haare noch relativ lang, aber hellblond gefärbt. Den Vollbart hatte er in der Naturfarbe belassen. Wohingegen Söven oben kahl war, dafür jedoch einen dunkelblonden Vollbart trug, aber ganz im Sinne der Amische, ohne Oberlippenbart. Auch das Tragen gleicher Kleidung, früher eines ihrer Markenzeichen, war für sie inzwischen tabu.

***

An den Tagesablauf auf einem Bauernhof, der in erster Linie durch die Tiere bestimmt wurde, hatten sich Sess und Söven gewöhnt. Ummo betrieb auf seinem Hof eine Kälbermast für Kühe, die nicht für die Milchproduktion vorgesehen waren, sondern auf die nach zwei Jahren die Schlachtbank wartete. Energie lieferte eine große Biogasanlage. Da gab es von morgens früh bis abends spät für die Gestrandeten auf dem Hof genug zu tun.

Ummos Bruder war ursprünglich Milchbauer. Irgendwann hätten die EU-Richtlinien, insbesondere im Hinblick auf die Einhaltung von Hygienestandards, sehr kostspielige Umbaumaßnahmen und Modernisierungen erfordert, sodass er die Milchproduktion aufgegeben hatte. Bullenmast wäre zwar wesentlich ertragreicher gewesen, aber auch dazu wären umfangreiche Investitionen in Umbauten erforderlich gewesen, weil Bullen nun mal etwas rabiater waren als friedliche Kühe. Für Ummo war die vorgefundene Situation nach der Übernahme des Hofes auch in Bezug auf die vorhandene Technik trotz seiner religiösen Einstellung durchaus akzeptabel. Der Hof entsprach nicht dem neuesten Stand der heutigen Agrartechnik und erforderte noch viel Handarbeit, die von den Zufluchtsuchenden geleistet wurde.

Een, der ursprünglich aus der Landwirtschaft kam und daher als Vorarbeiter fungierte, teilte die Arbeiten ein. Ummo, Mike und Bob beteiligten sich nicht mehr unmittelbar an den körperlichen Arbeiten auf dem Hof. Trotzdem schien zumindest einer von ihnen immer irgendwie und überall präsent zu sein. Jedenfalls empfanden Sess und Söven das so. Daher war es gar nicht so einfach für die beiden, das inzwischen aus den geheimen Depots eingeschmuggelte Smartphone von Zeit zu Zeit wieder mit Strom zu versorgen.

Jeden Tag wurde vor der Einnahme des Frühstücks von Mike und Bob im Wechsel ein Bibelspruch aus einer amischen Bibel vorgetragen, sozusagen als Motto für den Tag. Jeden vierten Sonntag gab es vor der Teestunde einen von Ummo in der Küche zelebrierten Gottesdienst mit einer Predigt von den beiden Glaubensbrüdern, ebenfalls immer im Wechsel. Irgendwelche religiösen Bekenntnisse wurden den Bewohnern aber nicht abverlangt. Es gab auch keine Gehirnwäsche oder Hypnose, sehr zum Erstaunen von Sess und Söven. Stattdessen erhielt jeder von ihnen sogar ein Taschengeld von dreißig Euro pro Woche.

Obwohl die Vergangenheit der Bewohner eigentlich tabu war, ging es doch auch hier so zu wie in fast allen menschlichen Gemeinschaften. Irgendwie sickerte das eine oder andere doch durch. Von Bob und Mike hieß es, dass einer von beiden wohl in Amerika sogar schon mal wegen Doppelmordes vor einer Grand Jury gestanden hätte, aber wegen Mangel an Beweisen freigesprochen worden sei. Er sollte seine Frau mit ihrem Liebhaber erwischt und beide erschlagen haben. Allerdings habe er wohl ein Alibi gehabt.

Aber auch unter Ummos Schutzbefohlenen gab es den einen oder anderen, der vor allem Söven Angst einflößte. Dree traute er irgendwie überhaupt nicht über den Weg. Er schien ihm so einen hinterhältigen Blick zu haben. Aber auch Acht, ein Bewohner, der erst zwei, drei Wochen nach dem Jahreswechsel dazugestoßen war, bereitete ihm Sorgen. Er hatte ihn schon mal mit einem

Handy von der Toilette kommen sehen und meinte, bei Acht irgendwie slawische Gesichtszüge zu erkennen. Sess teilte die Einschätzung und Ängste seines Bruders nicht. Er hielt das schon fast für eine Art Verfolgungswahn. Fakt schien aber zu sein, dass keiner der im Küstenhort Gestrandeten eine reine Weste hatte. Jeder hatte irgendetwas zu verbergen.

Aber egal wie und egal was, Ummo deckte alles mit seinem religiösen Großmut ab. Jedenfalls erweckte er diesen Eindruck. Einer seiner Schützlinge, Dree, hatte aber auch schon mal eine ganz materielle Seite der Geschichte dahinter vermutet: „Wir sind für Ummo einfach nur ganz billige Arbeitskräfte für einhundertzwanzig Euro im Monat und freie Kost und Logis."

Für Sess und Söven stand unabhängig davon aber fest: Sobald sich die Lage in Köln wieder beruhigt haben würde, nichts wie weg hier. Dazu hatten sie immer wieder versucht, über Presserecherche mit ihrem reingeschmuggelten Handy den Stand der Dinge zu erkunden. Aber bisher hatten sie nur herausgefunden, was auch ihr Vater schon erfahren hatte. Namen und Details waren bislang auch für die beiden Brüder nicht zu ermitteln gewesen. Also mussten sie immer noch befürchten, auf der Todesliste zu stehen.

Und nur das hielt sie nach wie vor an diesem Ort. Die strenge Einhaltung der Ordnung, wie Ummo seine Regeln nannte, gefiel beiden ganz und gar nicht. Insbesondere weil Verstöße sofort geahndet wurden, durch Zusatzdienste, Streichung des Taschengeldes oder der freien Tage, bis hin sogar zu Arrest bei Wasser und Brot.

Der Raum dazu befand sich im Kuhstall, ohne Fenster, zum Dachgebälk nach oben offen und nur durch gemauerte rohe Wände von den Kühen getrennt. An der einen Seite des Raumes bildete den Boden eine Spaltenplatte, wie sie auch im gesamten Boxenbereich der Kühe über der darunterliegenden Güllegrube lagen. Das erleichterte das Sauberhalten des Stalles ungemein. Exkremente landeten ohne Umwege durch die Spalten direkt dort, wo sie hingehörten. Die Spaltenplatten aus Beton wurden im Bedarfsfall einfach mit dem Wasserschlauch abgespritzt und so der Stall sauber gehalten.

Von Zeit zu Zeit wurden die tierischen Exkremente mit einem riesigen Güllemixer durch einen Schacht von außen in Bewegung gesetzt und durchgerührt, bevor diese dann auf dem Feld in flüssiger Form verspritzt wurden.

Das Absetzen der Notdurft während des Arrestes war ähnlich wie bei den Kühen geregelt. Man hätte die Art und Weise auch als „französisch" bezeichnen können, so wie man es heute noch auf vielen französischen Autobahntoiletten vorfand. Söven hatte mit seiner rheinländischen, humorvollen Seite dazu ‚Das Lied von der Glocke' von Schiller vereinfacht umgedichtet: „Loch in Erde, pinkel rin. Glocke raus, bim, bim, bim."

Trotzdem war der Aufenthalt in dem das Loch genannten Raum alles andere als ein Vergnügen. Da dieser nach oben hin zum Gebälk des Dachstuhles offen war, gab es zwar genügend Luftzufuhr, dennoch stellten die aufsteigenden Dämpfe aus der Fäkaliengrube schon fast eine Art Folter dar, von Gesundheit gar nicht zu reden. Immerhin hatte Ummo auf diese Weise den Einbau einer Toilette gespart. Nur die Stallbeleuchtung spendete ein wenig diffuses Licht. Viel zu sehen gab es ohnehin nicht. Die einzige Einrichtung dieser Nobelunterkunft bestand in einer Holzpritsche mit einer Wolldecke zum Zudecken. Eine Heizung gab es in diesem Raum natürlich auch nicht. Es war also alles andere als eine angenehme Ruhestätte, insbesondere wenn Sess und Söven sich die Liege und auch die Decke noch teilen durften. Seit ihrem Einzug auf dem Hof hatten sie mit diesem Raum schon wiederholt Bekanntschaft machen müssen.

Aber es gab ja auch hin und wieder Lichtblicke. Grundsätzlich hatte jeder der aufgenommenen Bewohner einen Tag in der Woche zur freien Verfügung, der von Een eingeteilt wurde. Dabei durften Sess und Söven ihren freien Tag immer gemeinsam nehmen. Die Brüder hatten diesen anfangs dazu genutzt, um sich aus ihren Depots mit etwas Geld zu versorgen und mit einem Taxi irgendwohin fahren zu lassen. Über das ins Haus geschmuggelte Prepaidhandy konnten sie ein Taxi zur Einmündung an der Hauptstraße beordern.

Von Anfang an hatten sie es vermieden, Lokalitäten in der näheren Umgebung von Neuharlingersiel aufzusuchen. Die

Gefahr, als regelmäßige Feriengäste wiedererkannt zu werden, war einfach zu groß und hätte ihre mühevolle Tarnung unter Umständen ganz schnell auffliegen lassen können.

Wie klein die Welt manchmal war, zeigte sich schon daran, dass sie in einer Dönerbude in Aurich Malte Sörensen, einer früheren Ferienbekanntschaft aus Neuharlingersiel, wiederbegegnet waren. Seitdem trafen sie sich allerdings öfter mit ihm und ließen sich inzwischen auch schon von ihm direkt am Hof abholen. Malte, der etwa zwei Jahre älter war, hatte eine Ausbildung als Dachdecker abgeschlossen und verdiente gutes Geld, sodass er auch bereits über ein eigenes Auto verfügte. Mit ihm waren sie schon zweimal in einer Disco bei Leer gewesen und jedes Mal versumpft, sodass die Tiere viel zu spät ihr Futter erhalten hatten. Worüber sich das Triumvirat wenig erfreut zeigte, was für beide jeweils vierundzwanzig Stunden Arrest über der Grube mit den tierischen Hinterlassenschaften bedeutete.

Und jetzt war in Köln die fünfte Jahreszeit angebrochen. Für echte kölsche Jungs eine Qual, nicht dabei sein zu können. Daraus machten sie weder auf dem Hof noch Malte gegenüber einen Hehl. Aber der hatte eine Lösung für die beiden Schwerenöter: „Am Sonntag, eine Woche vor den Karnevalstagen, gibt es im Saterland, in Ramsloh, einen großen Karnevalsumzug. Der ist zwar nicht ganz so lang wie der in Köln", Malte lachte. „Ich war ja schon mal da im Saterland und auch in Köln gewesen. Aber für die hiesigen Verhältnisse ist das schon etwas ganz Besonderes. Mit allem, was dazugehört: tolle Wagen, tanzende Gruppen, Bier, Schnaps und vor allem holde Weiblichkeit." Letzteres schien ihm besonders wichtig zu sein, wie seiner Mimik anzusehen war.

„Ich denke, Karneval gibt es hier im Norden nicht?", gab Söven zu bedenken. „Und wo liegt denn überhaupt das Saterland und was macht es so besonders?"

„Also, wenn du so fragst, was es besonders macht: Das Saterland steht als kleinste Sprachinsel Europas mit dem Saterfriesisch im Guinness-Buch der Rekorde. Was Ostfriesland und den Karneval angeht, hast du sicher recht, so was kennen wir Ostfriesen eigentlich sonst nur aus dem Fernsehen", bestätigte Malte. „Und zur Lage vom Saterland, es befindet sich unmittelbar neben dem Landkreis Leer. Es liegt im Landkreis Cloppenburg und dieser gehört kirchentechnisch irgendwie zu Münster oder Osnabrück. Wie das genau zusammenhängt, da kenn ich mich auch nicht aus. Jedenfalls ist man dort eher katholisch und deshalb haben die da wohl auch Karneval, soweit ich weiß."

„In Münster ist man auch überwiegend katholisch und da gibt es auch Karneval mit Umzug, das weiß ich zufällig", bestätigte Sess.

„Mensch, geil! Das wäre ja schon bald. Würdest du mit uns dahinfahren?"

„Na klar. Gute Idee. war auch schon lange nicht mehr da. Hätte ich mal wieder richtig Bock drauf. Aber eins sage ich euch gleich: Wenn ich zu viel getrunken habe, dann penne ich erst mal meinen Rausch aus. Ihr kennt das ja schon. Dann müsst ihr sehen, wie ihr in der Nacht zu eurem Hof zurückkommt."

„Wo ein Wille ist, ist auch ein Weg. Da findet sich sicher eine Lösung und wenn wir ein Taxi nehmen", zeigte sich Sess optimistisch.

„Ich kenne den Spruch aber ein bisschen anders", belehrte Malte ihn grinsend. „Wo ein Wille ist, ist auch ein Gebüsch. Und wenn ihr Glück habt, dann auch das. Ob ihr allerdings bei der Kälte auch Mädchen in die Büsche bekommt, da müsstet ihr schon ganz großes Glück haben. Jedenfalls wird meine Bumskuh ja aller Voraussicht nach bereits durch mich besetzt sein." Mit Bumskuh bezeichnete er immer liebevoll seinen umgebauten VW-Bus.

„Glaub nur nicht, dass man in Köln diese Variante des Spruches nicht kennt. Und Köln hat viele grüne Flecken in der Stadt", klärte Sess ihn lachend auf. „Aber das sind doch mal wieder tolle Aussichten auf ein bisschen Spaß anne Freud! Dafür lohnt sich in jedem Fall unseren freien Tag auf den Sonntag zu tauschen."

„Kriegen wir hin, notfalls helfen da ein paar kleine Scheinchen nach", ergänzte Söven.

„Und wenn es sein muss, dann nehm ich anschließend auch den Arrest mit Güllearoma in Kauf." Sess war kaum noch zu bremsen. Am liebsten wäre er sofort losgefahren.

***

43

Es gab manchmal so Tage, die endeten völlig anders, als sie begonnen hatten oder man es erwartet hatte. So auch dieser Sonntag für die Zwillinge. Kein Tag in Ostfriesland hatte bisher für sie mit so viel positiver Erwartung und Vorfreude begonnen. Dabei sollte gerade dieser Tag ganz anders enden, als die beiden sich das hätten vorstellen können.

Der Tausch des freien Tages war angesichts eines Zehneuroscheines für jeden Tausch tatsächlich überhaupt kein Problem gewesen. Een hatte auch noch ein Scheinchen als Bestechungsgeld bekommen. Dree und Acht freuten sich über das zusätzliche Taschengeld und wünschten den beiden viel Spaß beim Karneval Nord, wobei beide keine Ahnung von Karneval zu haben schienen. Die Aussicht auf einen Karnevalsumzug, wenn auch sicher nicht mit dem Kölner Rosenmontagsumzug vergleichbar, aber immerhin mit rheinländischem Frohsinn in den Liedern, versetzte Sess und Söven – die beiden nannten sich mittlerweile auch in Gegenwart von Malte so und wurden auch von ihm so angesprochen – in freudige Ungeduld. Malte wollte sie gegen elf am Hof abholen.

Kurz nach elf fuhr er endlich mit seiner Bumskuh auf den Hof. Ein Blick in den hinteren Teil des Wagens ließ auch gleich nicht ganz jugendfreie Assoziationen hochkommen. Die Mittelbank war ausgebaut. Stattdessen war vom hinteren Rücksitz bis zum Fahrersitz der untere Teil der Mittelbank quergestellt fest eingebaut. Mit dem Bus fuhr Malte oft am Wochenende zu einer ganz bestimmten Disco bei Leer, wo er dann auch regelmäßig zum Einsatz kam, wie Malte gern mit stolzgeschwellter Brust zum Besten gab.

Wenn er einiges getrunken hatte, schlief er einfach in dem Bus seinen Rausch aus. Und tatsächlich hatte dieser dann schon des Öfteren vorher für manch lustvolle Betätigungen herhalten müssen. Allerdings galt Letzteres nicht für Sess und Söven. Aber wenn keine Prioritäten für Malte etwas anderes erforderten, dann durften die beiden gemeinsam mit ihm an der Ausnüchterungsphase teilnehmen, was für sie schon zweimal mit Arrest über der Güllegrube geendet hatte, weil sie nicht pünktlich zur Viehfütterung auf dem Hof zurück gewesen waren.

Heute war ihnen aber alles egal. Karneval war für sie das Fest der Feste, mit Bützje und – wenn der Alkohol so manches Keuschheitsgelübde eingenebelt haben würde – vielleicht auch mehr. Als Karnevalskostüm mussten es heute der für Amische typische Strohhut und ihre Sonnenbrillen tun. Über ihre karierten Hemden hatten sie ihre Trekkingjacken gezogen. Dazu hatte Malte dringend geraten und der Wettergott zeigte sich heute nicht gerade von seiner sonnigen Seite. In Köln hätten sie da andere Möglichkeiten zur Maskerade gehabt. Aber das war ihnen im Moment völlig wurscht. Hauptsache Spaß.

Bevor sie nach draußen gingen, um in Maltes Bus einzusteigen, mahnte Een sie noch nachdrücklich: „Denkt dran, für euch ist um fünf die Nacht um. Das Vieh wartet nicht. Aber das Loch, ihr wisst schon, was ich meine!"

Acht hatte es sich nicht nehmen lassen und war sogar noch mit rausgekommen: „Ich kann euch ja verstehen, wenn es ums Saufen geht. Aber was ihr mit dem Karneval für ein Geschisse macht. Und dann mit unseren komischen Strohhüten. Die müssen euch doch alle für bekloppt halten." Sprach's und zog ein Handy aus der Hosentasche. „Das sollte man für die Nachwelt festhalten."

Sess und Söven stellten sich mit Malte lachend vor dem VW-Bus in Pose. „Do häs doch kein Ahnung", klärte Sess ihn grinsend auf.

„Lass dich mit deinem Handy bloß nicht erwischen", warnte Söven, bevor sie in den Bus einstiegen.

Aus Maltes Autolautsprechern dröhnten ihnen die Höhner entgegen: „Echte Fründe ston zesamme, ston zesamme su wie .. "

Gleich fielen Sess und Söven voller Begeisterung mit ein: „... Fründe, Fründe, Fründe en dr Nut ..."

„Mensch, Malte, du bist der Größte. Wo hast du denn die Mucke her?", wollte Sess wissen.

„Habe ich von meinem bisher einzigen Rosenmontagsumzug aus Köln mitgebracht. Übrigens: In der Kühlbox sind Büchsen mit Bier. Sorry, Kölsch war leider nicht zu kriegen. Aber ich denke, Jever tut's auch. Friesisch herb, aber das kennt ihr ja inzwischen. Mir könnt ihr auch eine Dose rübergeben. Eine geht wohl und Kontrollen werden erst heute Abend sein. Und ohne Vorglühen ist nicht."

„Do häs du in Kölle jot aufgepasst. Ohne Alk zum Zoch dat jeht net", fiel Söven in seinen rheinischen Dialekt. Im Lautsprecher dröhnte: „Wenn nicht jetzt, wann dann ...", und die drei stimmten kräftig mit ein. Söven meinte, dass das doch ein gutes Motto sei.

Als die CD zu Ende war, sagte Malte: „Übrigens, wir müssen gleich in Rhauderfehn noch Sabine abholen. Die hab ich letzte Woche in der Disco kennengelernt. Das heißt, ich brauch die Bumskuh in jedem Fall für die Übernachtung und ihr müsst euch selbst um die Rückfahrt kümmern."

„Ich hab schon mal geschaut, in Ramsloh gibt es ein Taxiunternehmen. Da werden wir schon zurückkommen", antwortete Sess ganz entspannt. Ihn schien heute nichts anfechten zu können, für ihn war heute Ausnahmezustand und alles erlaubt.

„Lass noch mal die Höhner laufen, oder hast noch was anderes auf Lager?"

„Nee, nur die eine." Und dann wurden die Höhner von vorne gedudelt.

Inzwischen hatten sie Sabine abgeholt. Ein hübscher ostfriesischer Blondschopf mit langen Haaren, die sie als Pferdeschwanz zusammengebunden hatte. Sie trug ein Bunny-Kostüm, allerdings mit dicker Strumpfhose und warmem Anorak obendrüber. „Ich bin jedes Jahr beim Zug in Ramsloh", verkündete sie. „Liegt ja gleich nebenan und feiern können die Saterfriesen."

„Was brauchst du Saterfriesen, wenn du mich hast!?", protestierte Malte.

„Du kommst schon noch auf deine Kosten, wart's ab." Sabine zwinkerte den Zwillingen zu.

Am liebsten hätte Sess zurückgezwinkert und ihr zu verstehen gegeben, dass sie den ganzen Spaß auch noch im Doppelpack haben könnte. Es wäre, vor allem nach ein paar Joints, nicht sein erster Dreier gemeinsam mit seinem Bruder gewesen. Und heute hatten sie aus ihrem Depot sogar etwas „Marschverpflegung" dabei, wie sie das verniedlichend nannten.

Sie waren von Rhauderfehn aus noch gar nicht lange gefahren, da bog Malte auf den Parkplatz zu einem Fitnesscenter, dem ‚Aktiv Fitnessclub‘, ab. „Wir lassen das Auto hier stehen, den Rest gehen wir zu Fuß“, klärte er seine Mitfahrer auf. „Das sind nur ein paar hundert Meter. Ab der Feuerwehr da hinter der Kurve ist die Hauptstraße jetzt sowieso für Autos gesperrt.“

Bevor sie sich auf den Weg machten, verteilte Malte noch kleine Schnapskrüge mit Henkel an einem Band. „Das ist für die Kurzen, die die Wagen und Fußgruppen dabeihaben. Aber bei Hochprozentigem solltet ihr berücksichtigen, dass wir hier geübter sind“, fügte er dann noch lachend hinzu.

Nach wenigen hundert Metern passierten sie das Ortsschild von Ramsloh. „Sag mal, wieso stehen denn da zwei Ortsnamen drauf“, wollte Söven wissen, „Ramsloh und Roomelse?“

„Ich sagte euch ja schon, dass das Saterfriesisch sogar im Guinnessbuch steht, und Ramsloh heißt auf Saterfriesisch eben Roomelse.“

„Finde ich ja witzig, habe ich sonst noch nirgendwo gesehen“, kommentierte Sess.

„Deswegen stehen wir mit unserem ostfriesischen Platt auch nicht im Guinnessbuch“, mutmaßte Sabine kichernd. „Vielleicht sollten wir für Rhauderfehn auch mal den plattdeutschen Namen auf das Ortsschild schreiben.“

Auf Höhe der Feuerwehr war auf dem Rad- und Fußweg eine kleine Sperre eingerichtet und sie mussten ein Eintrittsgeld von drei Euro abdrücken. „Das sollten wir mal in Köln einführen“, kommentierte Söven, „dann hätte die Stadt immer eine volle Kasse.“

„Ich denke, hier bekommen das die Veranstalter. So was zahlt sich sicher nicht von allein und muss ja auch alles organisiert sein“, klärte Sabine die Jungs auf. „Wir sind gerade rechtzeitig. So wie es aussieht, kommt da schon die Vorhut vom Zug. Wir gehen bis zum Kreisel an der Kirche. Ein Stück weiter ist das Rathaus und da gibt es auch Bierstände. Und nach dem Zug ist es auch nicht mehr weit bis zum Festzelt beim Schwimmbad.“

Von einigen Häusern, die die Hauptstraße säumten, erklang Karnevalsmusik und an den Straßenrändern standen Leute, zum

Teil maskiert und bemalt, zumindest die meisten Kinder. Auch der kleine Schneeregenschauer konnte offensichtlich den Zuschauern die gute Laune nicht verderben.

„Jetzt sind wir schon ein paar hundert Meter gegangen und noch nicht ein einziges Bützje", beschwerte sich Sess. „Da sind de kölsche Mädche aber lockerer drauf."

„Komm her, das können nicht nur kölsche Mädche", sagte Sabine seinen Dialekt nachahmend und gab ihm einen frechen Kuss auf den Mund.

„Hey, so weit geht die Freundschaft aber nicht", protestierte Malte prompt und wurde gleich mit einem langen Zungenkuss von Sabine ruhiggestellt. Als dann die ersten Fußgruppen zwischen den Wagen in Aktion traten und die Pinnchen am Hals der zwei Rheinländer schon wiederholt im Einsatz gewesen waren, konnten sich die beiden davon überzeugen, dass nicht nur in Köln der Karneval manche Mädchen etwas lockerer zu machen schien. Jedenfalls waren beide mit Bützjes bereits auf ihre Kosten gekommen.

Schließlich hatten die vier den ersten Bierstand erreicht und auch gleich zwei Lagen nacheinander bestellt. Leichter Schneeregen hatte erneut eingesetzt, schien die Jecken aber nicht sonderlich zu beeindrucken. Mancher Regenschirm war zweckentfremdet zum Auffangen der Süßigkeiten eingesetzt worden. Schnäpschen holten sich Sess und Söven besonders gerne von weiblichen Ausschenkerinnen persönlich ab.

Als sie gerade mal wieder von einer Bützjentour zum Bierstand zurückkamen, standen neben Malte und Sabine zwei süße kleine Mäuse, jedenfalls nach der Kostümierung. Und da Sess und Söven gerade in Stimmung und inzwischen wieder gut in Übung waren, bekamen sie und auch die Mäuschen vom Rest des Zuges nicht mehr allzu viel mit.

Malte schlug daher vor, bereits jetzt einen Standortwechsel vorzunehmen, bevor die besten Plätze nachher im Zelt belegt seien. Also machten sich die sechs dorthin auf den Weg.

Sie fanden auch gleich einen Sitzplatz. Ziemlich abgelegen von der Bühne und ohne Sichtkontakt dort hin. Das war ihnen aber auch völlig egal. Die beiden Mäusemädchen, Lea und Tine, entpuppten sich nicht nur als besonders hübsche Exemplare der Gattung Mäuse, sondern schienen in Bezug auf das Küssen sogar durch die Kölner Schule gegangen zu sein, wie Söven es ausgedrückt hatte. Dass die beiden nur Cola tranken, verwunderte die Zwillinge zwar, störte sie aber in diesem Fall überhaupt nicht. Schließlich kamen sie auch so auf ihre Kosten. Inzwischen hatten sie auch erfahren, dass die beiden Süßen irgendwo aus Brandenburg in der Nähe von Berlin kamen und bei der Tante von Tine in einem der Nachbarorte zu Besuch waren.

Nachdem der Zug vorbei war, füllte sich das Zelt ganz schnell bis auf den letzten Platz. Der DJ gab alles und heizte die Stimmung bis zum Siedepunkt an. So liebten es die beiden Kölner. „Dat könnt im Gürzenich net besser sinn", kommentierte Söven und schoss mit seinem Handy ein paar Erinnerungsfotos. Das würde ihm sonst später in Köln keiner der alten Kumpels glauben.

Auch Malte und Sabine hatten schon vom Zug und auch im Zelt reichlich Aufnahmen gemacht. Malte hatte das seinen Arbeitskollegen versprochen, von denen noch keiner bisher beim Karnevalsumzug im Saterland gewesen war. Dabei stand für Malte fest, dass es mit seinen Kumpels, die alle keine Kinder von Traurigkeit waren, sicher im nächsten Jahr noch mehr Spaß machen würde.

Es war noch nicht einmal Abend. Draußen hatte es zu dämmern begonnen, da verkündete Malte, dass er und Sabine mal etwas frische Luft brauchen würden, aber in spätestens ein, zwei Stunden wieder zurück seien. Sess und Söven konnten sich ein hintersinniges Grinsen nicht verkneifen.

Nachdem die beiden das Zelt verlassen hatten, fragte Sess: „Tine, meinst'e nicht, dass wir auch mal etwas frische Luft gebrauchen könnten?"

„Warum nicht?", antwortete diese und erhob sich, um Sess nach draußen zu folgen.

Dieser zog sie hinter das Zelt, wo eine kleine Baum- und Buschgruppe stand. Tine schien aber seine Absicht durchschaut zu haben. „Also, mein Lieber, das ist mir hier zu ungemütlich, da hätt ich eine bessere Idee. Lea und ich sind doch mit dem Auto da. Von mir aus können wir zu uns in die Ferienwohnung meiner Tante fahren. Morgen bringen wir euch dann nach Neuharlingersiel. Da kommen wir auch mal an die Küste."

Das ließ sich Sess nicht zweimal sagen. Er konnte gar nicht schnell genug ins Zelt zurück zu seinem Bruder kommen. Der war gerade mit Lea auf der Tanzfläche. Als die beiden an den Tisch zurückkamen, informierte Sess sie über die Planänderung.

„Da brauchen wir aber noch ein wenig Proviant", meinte Söven. „Oder habt ihr Bier und so bei euch in der Ferienwohnung?"

„Ne, außer Cola und Wasser haben wir nix", informierte ihn Lea.

„Dann nehmen wir noch 'ne Flasche Braunen mit. Der Charly, den die hier aus Schnaps und Cola mixen, tut's ja auch", schlug Sess vor.

Bewaffnet mit einer Flasche Weinbrand machten sich die vier auf den Weg zum Auto von Lea und Tine. Mit vielem hatten die Zwillinge gerechnet, aber mit der Aussicht auf so ein Tête-à-Tête nun wirklich nicht. Da war ihnen auch völlig egal, dass ihnen das Loch drohen würde. Sie waren sich einig: Selbst wenn es eine Woche Arrest im Gülledunst bedeuten sollte, das war es ihnen einfach wert.

Sess flüsterte seinem Bruder noch zu: „Mit den zwei Mäusen würde ich selbst bis nach Brandenburg fahren. Vielleicht könnten wir da ja auch untertauchen."

„Dann müssten wir aber vorher unsere Depots ausräumen", konnte Söven gerade noch leise erwidern, bevor sich ihm Lea wieder an den Hals warf. Aber so liebten es die Brüder, wenn aus den Bützjes anhaltende Zungenküsse wurden. Wie zu Hause bei einer privaten Karnevalsfete. Und der Abend hatte ja gerade erst angefangen. Für Malte hatten sie eine Nachricht auf die Papiertischdecke geschrieben: „Wir sind bei Lea und Tine. Melden uns. Kölle alaaf + Ramsloh alaaf + Bumskuh alaaf. S+S."

Kapitel 5

Nina und Bert genossen gerade die Ruhe des Sonntagmorgens mit einem ausgedehnten Frühstück. Dafür ließen sie dann meistens das Mittagessen ausfallen. Bert hatte gerade sein Frühstücksei geköpft, als das Telefon läutete.

„Verflixt, nicht mal am Sonntag hat man seine Ruhe!", schimpfte er, aber mit einem Grinsen, welches zeigte, dass er das nicht ganz so ernst meinte.

Seit Ninas langem Krankenhausaufenthalt, dem eine noch längere Reha gefolgt war, hielt sie sich überwiegend bei Bert in seiner etwas größeren Wohnung auf. Das Häuschen in Carolinensiel, in das sie eigentlich längst gemeinsam hätten einziehen wollen, hatte die Vermieterin nach der Renovierung jetzt als Ferienhaus genutzt und noch nicht wieder fest für eine anderweitige Dauervermietung vorgesehen. Sie hatte sich mit dem Gedanken angefreundet gehabt, an ein Polizistenpaar vermieten zu können, und die Hoffnung offensichtlich immer noch nicht aufgegeben. Andererseits hatte sie aber auch Verständnis für Nina, die sich nach dem Verlust ihres ungeborenen Kindes noch nicht dazu hatte durchringen können, gerade in dieses Haus zu ziehen, mit dem sie so viel Vorfreude und Gefühle verbanden.

Bert war ins Wohnzimmer gegangen, wo das Mobilteil vom Telefon lag. Nach einer Weile kam er wieder zu Nina in die Küche. „Uns bleibt aber auch nichts erspart. Ein Spaziergänger hat im Knyphauser Wald einen ausgebrannten VW-Bus gefunden."

„Das ist doch das Waldgebiet gleich hinter Leerhafe?"

„Ja."

„Aber wieso rufen sie denn dich an?", wollte Nina wissen. „Ein ausgebranntes Auto, da können sich doch andere drum kümmern."

„Nach der Meldung liegen zwei Tote im Wagen. Aber ich fahre alleine hin. Offiziell bist du ja ohnehin erst morgen wieder im Dienst. Da musst du nicht mitkommen."

Nachdem sich Bert noch schnell das Ei und die zweite Hälfte des Brötchens einverleibt hatte, machte er sich auf den Weg, direkt zum Knyphauser Wald. Als er dort eintraf, war Sören Nansen, der Leiter der Spurensicherung, mit seiner Truppe bereits im Einsatz.

„Wie sieht es denn aus?", fragte Bert ihn nach der kurzen Begrüßung.

„Böse. Ganz böse. Man könnte meinen, dass ein Liebespaar beim Sex gestört und abgefackelt wurde."

Bert trat an die offene Tür des Busses heran und schaute hinein.

„Sehe ich das richtig, dass die zusammengekauerte Leiche auf dem Rücksitz unbekleidet war und dass die größere Leiche auf dem Boden weder Hose noch Schuhe anhatte?" Bert sah nicht zum ersten Mal Verbrennungsopfer. Aber der Anblick hier war auch für ihn starker Tobak.

„Das siehst du wohl richtig. Nach Selbstmord sieht das hier eher nicht aus", bestätigte ihn Sören. „Möglicherweise, von der Größe her zu schließen, war die Person auf dem Rücksitz eine Frau und die davor liegende Leiche ein Mann. Genaueres wird uns sicher unser Rechtsmediziner Dr. Rabe sagen."

„Schon da", mischte sich dieser in die Unterhaltung ein. „Das sind Sonntage, auf die man gerne verzichten möchte."

Nachdem sich Dr. Rabe einen ersten Eindruck verschafft hatte, sagte er: „Ich konnte Ihre letzten Sätze von vorhin noch aufschnappen. Nach Selbstmord sieht das wirklich nicht aus. Der Mann hat am Kopf eine Schussverletzung. Ob diese tödlich war, wird sich bei der Obduktion zeigen. Die Haltung der Frau deutet auf sehr große Angst hin."

„Zu der bisher erfolglosen Suche nach den beiden Brüdern aus Köln jetzt noch einen Mordfall, das muss wirklich nicht sein. Da werden wir unser Team schon wieder aufstocken müssen", sinnierte Bert. „Und was für Vollpfosten fackeln denn hier mitten im Wald Liebespaare ab?" Bert schüttelte verständnislos den Kopf.

„Ach, da hätt ich schon eine Idee, Bert. Vielleicht ein gehörnter Ehemann", überlegte Sören.

„Gar nicht ausgeschlossen, das könnte auch die Schusswunde am Schädel des Mannes erklären", bestätigte Dr. Rabe.

„Auf jeden Fall haben wir hier bereits Autospuren von einem Pkw sichergestellt, die wohl auch von gestern Abend stammen, genauso wie die Abdrücke von dem VW-Bus", meldete sich einer der Spurensicherer zu Wort.

„Ein solches Beziehungsdrama hat uns gerade noch gefehlt. Andererseits könnte sich das auch relativ schnell aufklären lassen, wenn wir erst einmal wissen, wer die Toten sind und wie die zusammengehören. Ich werde gleich ins Kommissariat fahren und den Halter von dem Wagen hier ermitteln. Vielleicht bringt uns das ja schon einen Schritt weiter." Bert verabschiedete sich von seinen Kollegen und ging zu seinem Auto.

Im Kommissariat hatte er ganz schnell herausgefunden, dass es sich bei dem Halter des VW-Busses um Malte Sörensen aus Neuharlingersiel handelte. Da es für das Zusammenrufen des Teams noch zu früh war, weil er erst einmal die vorläufigen Berichte der Rechtsmedizin und der Spurensicherung abwarten wollte, machte er sich auf den Weg nach Neuharlingersiel. Vorher hatte er noch Nina informiert, die darauf bestanden hatte, mit ihm dorthin zu fahren. Sie musste ja mal wieder in den üblichen Dienstablauf einer Kriminalkommissarin zurückfinden und da erschien ihr dies eine geeignete Vorübung.

Das Navi hatte sie bald in das Wohngebiet in der Nähe des Hotels Teestube am Seedeich in Neuharlingersiel geführt. „Da werden Erinnerungen wach", sagte Nina schmunzelnd, als sie am Hotel vorbeifuhren. „Unsere erste gemeinsame Nacht nach dem feuchtfröhlichen Abend im Harlekin. Da waren wir auch schon lange nicht mehr."

„Wir sollten uns wirklich mal wieder einen Abend im Irish Pub gönnen, mit einem gepflegten Single Malt."

„Und außerhalb der Saison haben die bestimmt auch ein Zimmer für uns frei, sodass keiner von uns fahren müsste", stimmte Nina ihm zu. „Wir werden das mal für die nächste Zeit im Auge behalten."

Für Bert war das ein gutes Zeichen, das darauf hinzudeuten schien, dass Nina langsam wieder in das Leben zurückfand. „Werden wir machen, Nina. Ich glaube, wir sind da."

Er hielt vor einem stattlichen Haus, das von außen schon vermuten ließ, dass es über eine Einliegerwohnung verfügte. Die beiden Hauseingänge lagen direkt nebeneinander. Die Kommissare stiegen aus und gingen zu den Eingängen.

„Zweimal Sörensen", stellte Nina nach einem Blick auf die Klingelschilder fest.

In diesem Augenblick wurde die eine Tür geöffnet. Eine freundliche Frau Mitte fünfzig fragte: „Wollen Sie zu unserem Sohn? Der ist unterwegs. Eigentlich wollte er schon wieder da sein. Aber vielleicht ist er noch zu einer Freundin gefahren."

„Frau Sörensen, fährt Ihr Sohn einen VW-Bus älteren Typs?", stellte Bert die Gegenfrage. „Wir sind von der Kriminalpolizei Wittmund, mein Name ist Bert Linnig und das ist meine Kollegin Nina Jürgens."

Die Frau erbleichte. „Um Gottes willen, die Polizei! Ist etwas mit unserem Sohn passiert? Ein Unfall?"

„Dürfen wir erst einmal reinkommen, Frau Sörensen?", fragte Nina.

„Natürlich. Aber was ist denn passiert? Wenn die Polizei so vor der Tür steht, bedeutet das nichts Gutes." Sie ließ die beiden Beamten eintreten. „Moment, ich gehe mal voraus. Günter, kommst du bitte mal runter? Die Polizei ist hier", rief sie mit zittriger Stimme nach oben, bevor sie die Besucher in die Küche führte. „Oh Gott, es ist was passiert, das spüre ich." Sie schlug die Hände vor das Gesicht und begann zu schluchzen.

In diesem Moment betrat ein grauhaariger großer Mann den Raum. „Polizei? Ist was mit unserem Jungen?"

„Davon müssen wir leider ausgehen", antwortete Bert. „Es tut uns sehr leid. Wir haben seinen Wagen ausgebrannt im Knyphauser Wald bei Leerhafe gefunden."

„Ich fass es nicht. Hatte er einen Unfall? Oh mein Gott, Rieke." Günter Sörensen hatte seine Frau in die Arme genommen, die völlig aufgelöst schien.

„Vielleicht sollte sich Ihre Frau einen Moment hinlegen", schlug Nina vor.

„Ja, lassen Sie uns ins Wohnzimmer gehen." Die Eheleute gingen voraus, wobei der Mann seine Frau fürsorglich stützte.

„Wir haben in unserem Arzneischrank noch ein paar Valium-Tabletten, die hole ich mal eben."

Als er zurückkam, hatte er ein Glas Wasser aus der Küche mitgebracht und versorgte erst einmal seine Frau. Dann wandte er sich erneut an die Polizisten. „Was ist denn nun mit unserem Sohn? Wenn ich Ihre Gesichter richtig deute, müssen wir uns wohl auf das Schlimmste einstellen."

„Herr Sörensen, das sehen Sie leider richtig und es tut uns wirklich sehr leid. So wie es aussieht, ist Ihr Sohn einem Gewaltverbrechen zum Opfer gefallen. War er mit einer Freundin unterwegs?"

Maltes Mutter lag auf der Couch. Sie hatte die Hände vor das Gesicht geschlagen und weinte still in ein Taschentuch. Günter Sörensen saß wie versteinert neben ihr in einem Sessel. Die Beamten ließen beiden erst einmal etwas Zeit, mit der Situation fertigzuwerden, bevor Nina ihre Frage wiederholte.

„Er wollte sich mit einer Freundin aus Rhauderfehn treffen", sagte Rieke Sörensen dann mit leiser Stimme. „Er war gestern Abend mit ihr in einer Disco bei Leer verabredet."

„Sie sprechen von einem Gewaltverbrechen, wurde er erschossen?", wollte Maltes Vater dann wissen.

„Wieso fragen Sie danach?", hakte Bert sofort ein. Er dachte gleich an das Gespräch mit seinen Kollegen.

„Na ja, es ist mir irgendwie fast etwas peinlich. Unser Sohn ist ein sehr gut aussehender junger Mann und manches weibliche Wesen war da wohl auch nicht abgeneigt, mit ihm intim zu werden. Uns hat das gar nicht gefallen, aber wie junge Leute so sind … Daher hatte er sich auch den VW-Bus umgebaut, so wurde die Mittelbank zu einer dauerhaften Liege, wie in einem Campingbus. Auch die junge Ehefrau eines Dachdeckerkunden aus einem der Nachbarorte war wohl schon unter seinen Eroberungen gewesen. Jedenfalls ist der Mann von ihr für seine Wutausbrüche bekannt. Er soll schon mal bei einer Party, wo ihn andere Gäste damit aufgezogen haben, dass unser Sohn ihm Hörner aufgesetzt hätte, gedroht haben, Malte zu erschießen. Der ist nämlich im Schützenverein und Pistolenschütze. Uns hat das ein Bekannter zugetragen."

„Details dürfen wir Ihnen dazu noch nicht nennen. Aber haben Sie vielleicht Namen und Adresse dieses Schützen?" Nina hatte Block und Stift bereits in der Hand und hielt ihm beides hin.

„Ja, schreibe ich Ihnen auf. Die genaue Hausnummer kenne ich zwar nicht, aber Sie werden das schon finden."

Man spürte, dass der Mann irgendwie versuchte, die schlimme Nachricht zu verarbeiten. Daher fragte er, als er Nina ihre Schreibutensilien zurückgab: „Können Sie uns denn nicht wenigstens sagen, was genau passiert ist? Oh Gott, Rieke, unser Junge. Aber ich habe schon immer gesagt, das wird noch mal schlimm enden, wie der jedem Weiberrock nach ist."

„Ich würde eher sagen, jeder Weiberrock ihm", platzte es aus Rieke raus. „Die haben sich ihm doch förmlich an den Hals geworfen. Eine verheiratete Frau! Aber bei der soll die Ehe ja auch nicht in Ordnung sein und ihr Mann soll sie auch schon öfter verprügelt haben, wie man sich erzählt. So etwas spricht sich doch rum."

Nina und Bert wechselten bedeutungsvolle Blicke. Bert hatte Nina auf der Herfahrt über seine diesbezüglichen Überlegungen informiert. Da galt es, möglichst schnell zu handeln. Bert sprach noch mal sein Beileid aus und kündigte die Spurensicherung an, die Maltes Wohnung auf Hinweise untersuchen würde. Nina und er hatten es auf einmal sehr eilig. Vom Auto aus informierten sie Sönke, der gerade auf dem Heimweg zum Kommissariat war.

Es dauerte keine zehn Minuten, dann hatten sie das Haus des impulsiven Sportschützen erreicht. Dem Dach sah man schon von Weitem an, dass es offensichtlich erst neu gemacht war, da die neuen glänzenden Ziegel irgendwie nicht so recht zu den alten Klinkersteinen passen wollten.

Nachdem Bert geklingelt hatte, öffnete ein kräftiger Mann Mitte dreißig mit schütterem schwarzem Haar und Dreitagebart. „Wir kaufen nix und mit Jehovas haben wir es auch nicht", blaffte er die beiden Kommissare an.

„Wir kommen nicht von den Zeugen Jehovas, sondern von der Polizei. Können wir Sie einen Moment sprechen? Mein Name ist Bert Linnig und das ist meine Kollegin Nina Jürgens vom Kommissariat in Wittmund." Beide zeigten ihre Ausweise.

„Ich hab noch eine Verabredung und wenig Zeit", sagte der Mann, ließ Nina und Bert aber ins Haus. Allerdings blieb er im Flur stehen und machte auch keine Anstalten, sie in die Küche oder das Wohnzimmer zu bitten. „Um was geht es denn?"

„Sie sind Sportschütze und besitzen eine Pistole?"

„Ja, aber was interessiert das die Polizei?"

„Nur eine Routineuntersuchung", sagte Nina. „Können wir die Waffe mal sehen?"

„Haben Sie einen Durchsuchungsbeschluss, oder können Sie mir einen konkreten Grund dafür nennen?"

„Warum fragen Sie nach einem Durchsuchungsbeschluss?", griff Bert diese Frage auf. „Haben Sie etwas zu verbergen? Wir haben gute Gründe, dass wir uns Ihre Waffe anschauen wollen. Also bitte, wo bewahren Sie Ihre Waffen auf?"

„In meinem Büro habe ich einen Stahlschrank, wo ich meine Sport- und Jagdwaffen aufbewahre, ich habe nämlich auch einen Jagdschein."

„Dann würden wir uns diesen Schrank gerne einmal ansehen. Wenn Sie nichts zu verbergen haben, dann können Sie uns den doch zeigen und sind uns dann auch gleich wieder los", versuchte Nina ihm eine Brücke zu bauen.

„Mein Waffenschrank geht Sie gar nichts an. Und wenn Sie mir keinen konkreten Grund nennen können, zeige ich Ihnen gar nichts."

Nina waren die angeschwollenen Adern an den Schläfen und der hochrote Kopf des Schützen nicht entgangen. Er zügelte sichtlich seinen Jähzorn. „Den genauen Grund können wir Ihnen aus ermittlungstaktischen Gründen nicht nennen. Aber wo waren Sie in der letzten Nacht?"

„Wird das hier ein Verhör?", brüllte der Angesprochene auf einmal los. „Sie überfallen hier unbescholtene Bürger! Was fällt Ihnen ein? Ich war natürlich zu Hause, wo sonst!?"

„Kann das jemand bezeugen?", fragte Bert unbeirrt.

„Nein, meine Frau ist zurzeit bei ihrer Mutter in Braunschweig. Aber das geht Sie alles einen Scheißdreck an! Verschwinden Sie aus meinem Haus, oder ich mache Ihnen Beine! Nur weil ihr von der Kripo seid, glaubt ihr, euch harmlosen Bürgern gegenüber was rausnehmen zu können."

„Mäßigen Sie sich im Ton, Herr Büser! Wir sind nicht zum Spaß hier!", wies ihn Bert mit einem gefährlichen Unterton in der Stimme zurecht.

„Hier in meinem Haus gibt mir keiner Anweisungen! Und jetzt haut ab! Ich hab die Schnauze voll, ihr Arschlöcher!", brüllte der Mann, holte aus und machte einen bedrohlichen Schritt auf Nina zu, die ihm am nächsten stand.

„Sie sind vorläufig festgenommen!" Bert machte einen Satz auf ihn zu, um seinen Arm zu greifen, da traf sein Schlag Bert unterhalb vom linken Jochbein. Nina hatte sich blitzschnell unter seinem Schlag weggeduckt und ihn als erfahrene und trainierte Karatekämpferin von der Seite mit einem gezielten Handkantenschlag gegen den Hals für Sekunden außer Gefecht gesetzt. Und ehe der Angreifer sich versah, hatte er bereits seine Arme auf dem Rücken mit Handschellen fixiert.

„Scheißbullen!", brüllte er.

Bert war wohl mehr in seinen Schlag hineingesprungen, weil er Nina bedroht sah und der sie normalerweise auch getroffen hätte. Man sah der schlanken, fast zierlich wirkenden Polizistin mit der dunklen Kurzhaarfrisur nicht an, über welche Fähigkeiten sie verfügte. Dagegen wirkte der kompakte, kräftige und sportlich gut trainierte Bert mit seinem glatt rasierten Kopf und dem Dreitagebart neben Nina fast wie ein Fels in der Brandung.

„Sie hätten sich das ersparen können", blieb Bert erstaunlich ruhig. „Also wo ist Ihr Waffenschrank?"

„Dahinten", Frank Büser deutete mit dem Kopf auf eine Tür am Ende des Ganges.

Bert nahm ihn am Arm und führte ihn zu der bezeichneten Tür. An der Wand gegenüber von einem Schreibtisch, der vor einem Fenster stand, befand sich der Stahlschrank. „Wo ist der Schlüssel?", wollte Bert wissen.

„Da auf dem Schreibtisch."

„Na, geht doch", kommentierte Bert, nachdem er den Schlüsselbund vom Schreibtisch genommen hatte. „Welcher ist es?"

„Der mit dem roten Ring."

Bert schloss den Schrank auf und öffnete ihn. „Da sind ja nur Langwaffen, wo ist die Pistole?"

„Die muss mir irgendwer auf dem Schießstand geklaut haben."

„Haben Sie das angezeigt?", hakte Nina sofort nach.

„Hätte das was gebracht?"

„Dazu wären Sie verpflichtet gewesen und zumindest hätte Sie das jetzt entlastet", belehrte ihn Bert. „So müssen wir Sie leider mit zum Kommissariat nehmen."

„Mich nimmt aus meinem Haus keiner mit!", brüllte Büser erneut los.

„Sie können sich entscheiden, Herr Büser. Entweder begleiten Sie uns ruhig und unauffällig zu unserem Wagen, oder wir alarmieren unsere Bereitschaft und lassen Sie von den Kollegen mit großem Bahnhof abholen", ließ Nina ihm die Wahl.

„Ich komme mit. Aber ohne meinen Anwalt sage ich nichts mehr."

„Das ist Ihr gutes Recht", stimmte sie ihm zu.

Dann waren die beiden Beamten mit ihm im Auto unterwegs zum Kommissariat nach Wittmund. Dort angekommen, war der Anwalt von Frank Büser natürlich nicht zu erreichen. Es war schließlich Wochenende. Die auf dem Anrufbeantworter benannte Vertretung für Notfälle wollte Büser nicht haben und lieber bis zum nächsten Tag warten.

Sönke und sein Team waren offensichtlich noch bei den Sörensens im Einsatz. Bert hinterließ eine Nachricht auf seinem AB, dass er im Bedarfsfall über Handy erreichbar sei. Dann machte er sich mit Nina auf zu ihrem Lieblingsitaliener, denn sie hatten seit dem Frühstück nichts mehr gegessen und einen ordentlichen Hunger.

***

Heute war im Kommissariat von Wittmund offensichtlich ein ganz besonderer Tag. Schon vor Dienstbeginn hatte Polizeihauptmeisterin Silke Jansen einen riesigen Blumenstrauß in das Gebäude gebracht. Ihr Kollege im gleichen Dienstrang,

Bernd Guben, hatte sie dabei mit einer überdimensionierten Sektflasche, wie sie die Formel-1-Piloten bei der Siegerehrung vor sich stehen hatten, begleitet.

„Pat und Patachon im Großeinsatz", hatte der uniformierte Polizist am Eingang grinsend einem Kollegen zugeraunt. So wurden Silke und Bernd heimlich im Kommissariat genannt. Wenn sie so nebeneinander hergingen, drängte sich dieser Vergleich mit dem dänischen Komikerduo der Stummfilmzeit auch geradezu auf. Bernd, der lange Schlaks aus dem Ruhrgebiet, eingefleischter Schalke-Fan. Und die kleine, etwas pummelig und gemütlich wirkende Ostfriesin Silke.

Und dann war es so weit, Kriminalhauptkommissar Bert Linnig betrat mit seiner Kollegin, Kriminaloberkommissarin Nina Jürgens, das Gebäude. Vom Eingang bis in den ersten Stock standen die Kolleginnen und Kollegen des Kommissariats Spalier und applaudierten.

Nina, eigentlich sonst immer die taffe und coole Kommissarin, standen die Tränen in den Augen. Mit so einer Begrüßung hatte sie nicht gerechnet. Es kam ja aber auch nicht alle Tage vor, dass eine Kollegin gerade noch im allerletzten Augenblick dem Sensenmann von der Schippe gesprungen war, und man spürte förmlich die Herzlichkeit und Erleichterung, die nicht nur von dem Applaus auszugehen schien.

Lange hatten alle befürchtet, dass Nina nicht mehr aus dem Koma erwachen würde. Die Ärzte führten es letztlich auf ihre sehr gute körperliche Fitness zurück, dass sie den furchtbaren Schlag des Verbrechers auf ihren Kopf und die anderen körperlichen Traktierungen überhaupt überlebt hatte. Wie sie mit dem Verlust ihres ungeborenen Kindes und der ärztlichen Prognose, keine Kinder mehr bekommen zu können, fertigwerden würde, stand dabei allerdings noch völlig in den Sternen.

In Ninas Dienstzimmer prangte auf dem Schreibtisch der riesige Blumenstrauß, daneben die Flasche Sekt, mit einem laminierten und bunt verzierten Willkommensgruß: „Herzlich willkommen zurück! Wir freuen uns alle, Sie/Dich wieder hier in unserer Mitte zu haben!", stand in großen Buchstaben auf dem Blatt und alle Angehörigen des Kommissariats hatten unterschrieben.

Nina konnte an dieser Stelle ihre Tränen nicht mehr zurückhalten und sie schämte sich dessen nicht. Auch manche Kollegin und mancher Kollege rieb sich verstohlen die Augen. Aber der kriminalistische Alltag holte sie schnell ein. Bert fand in seinem E-Mail-Postfach bereits einen ersten vorläufigen Bericht der Gerichtsmedizin und auch sein Kollege der Spurensicherung hatte einen ersten Bericht geschickt. Bert ließ von Silke das Team im Meetingraum zusammenrufen.

Nachdem sich alle vom erweiterten Team eingefunden hatten und am großen Tisch saßen, soweit Sitzplätze vorhanden waren, eröffnete Bert das Meeting: „Als Erstes möchte ich dich, liebe Nina, wieder herzlich in unserer Runde willkommen heißen." Alle applaudierten und auch die Sitzenden erhoben sich von ihren Plätzen.

„Nun ist aber mal gut! Ihr habt mich mit eurem Empfang ja schon geflasht. Nein, das ist der völlig falsche Ausdruck", korrigierte Nina sich dann selbst, „zutiefst berührt. Auf so eine Begrüßung war ich nicht vorbereitet. Ich danke euch allen von ganzem Herzen dafür! Schön, wieder zu Hause zu sein. Aber ich glaube, der Dienst hat uns wieder nach dem Leichenfund von gestern."

„Wohl leider wahr", griff Bert den Ball von Nina auf und informierte alle über die Ereignisse des vergangenen Tages „Aus der Rechtsmedizin haben wir die Information bekommen, dass Malte Sörensen zwar ein Geschoss im Kopf hatte, aber nicht tödlich getroffen war. Untersuchungen seiner Lunge haben gezeigt, dass er während des Feuers noch geatmet haben muss. Anders bei der Frau. Sie war durch eine Schussverletzung in der linken Brust und direkt im Herz getötet worden, bevor sie verbrannte."

„Wissen wir denn schon, wer sie ist?", fragte Bernd Guben nach.

„Wir wissen von Sörensens Eltern, dass er sich mit einer Freundin aus Rhauderfehn in einer Disco bei Leer treffen wollte. Heute Morgen hatten wir eine Vermisstenmeldung einer Sabine Brandt von den Kollegen aus Rhauderfehn auf dem Tisch. Die Wahrscheinlichkeit, dass es sich bei der Vermissten um die verbrannte Tote handelt, ist daher sehr groß. Da eine

Identifizierung durch Angehörige nicht mehr möglich ist, werden wohl Zahn- und DNA-Analysen letzten Aufschluss geben müssen. Ebenso auch bei Malte Sörensen."

„Gibt es schon Hinweise auf die verwendete Waffe? Danach haben wir doch gestern bei dem vorläufig festgenommenen Sportschützen gesucht?", interessierte sich Nina brennend.

„Ja, die Geschosse konnten sichergestellt werden. Es handelt sich um Neun-Millimeter-Geschosse, wie sie auch in manchen Sportpistolen verwendet werden."

„Das bedeutet dann ja, unser überaus netter und zuvorkommender Zeitgenosse und Sportschütze kommt durchaus als Täter in Betracht, zumal er auch kein Alibi vorzuweisen hat", resümierte Nina. „Außerdem gab es gegen den schon einige Anzeigen wegen Körperverletzung."

„Netter Zeitgenosse ist also eine eher sarkastische Umschreibung von einem hitzköpfigen und Fäuste schwingenden Choleriker. Also wundert euch nicht, wenn sich über meinem Jochbein in den nächsten Tagen ein blaues Auge entwickeln sollte. Aber Nina hat ihn dann mit einem gekonnten Handkantenschlag für einen Moment außer Gefecht gesetzt, obwohl sie eigentlich gestern noch gar nicht offiziell im Dienst war. Die Handschellen waren danach nur noch Routine", berichtete Bert mit einem Grinsen.

„Na, da passt doch eins und eins zusammen", kommentierte der manchmal etwas vorlaute ehemalige Ruhrpottler Bernd.

„So schnell schießen die Preußen dann doch nicht. Jetzt will er erst mal seinen Anwalt und dann schauen wir mal, wie es ausgehen wird. Bislang konnten wir den noch nicht erreichen. Unsere Spusi hat den PC von Malte Sörensen mitgenommen. Zurzeit läuft ein Programm zum Knacken des Passwortes darüber. Davon erhoffen wir uns noch weitere Erkenntnisse. Ein Handy hatten unsere Leute weder im ausgebrannten Autowrack noch bei ihm zu Hause finden können. Was eigentlich sehr merkwürdig ist. Aber so wie es aussieht, war dieser Malte in Bezug auf Frauen kein unbeschriebenes Blatt und wohl sogar so etwas wie ein kleiner Casanova."

„War der etwa einer dieser Grabschertypen?", wollte eine junge uniformierte Polizistin wissen.

„Das können wir im Moment noch nicht sagen", antwortete Bert. „Was wir bisher wissen, ist, dass er sehr attraktiv war – wie man auf Bildern von ihm unschwer erkennen kann –, und selbst verheiratete Frauen sollen auf ihn geflogen sein. Auch mit der Frau des von uns gestern vorläufig Festgenommenen soll er was gehabt haben." Bert zeigte auf das Bild, das auf seinem Flipchart klebte.

„Na, den hätt ich auch nicht von der Bettkante geschupst", entfuhr es einer anderen Kollegin feixend, die in der Nähe des Flipcharts stand.

„Wir hoffen, dass inzwischen der Anwalt da ist, dann werden wir uns den gehörnten Ehemann mit seiner angeblich geklauten Pistole und ohne Alibi noch mal vorknöpfen." Damit schloss Bert das Meeting.

* * *

Der Anwalt von Frank Büser war inzwischen eingetroffen und hatte bereits mit seinem Klienten gesprochen, sodass Bert und Nina sofort mit dem Verhör beginnen konnten.

„Nachdem Sie sich gestern durch Ihr Verhalten verdächtig gemacht haben, vernehmen wir Sie heute als Beschuldigten. Wir haben den begründeten Verdacht, dass Sie Malte Sörensen und seine Begleiterin heimtückisch erschossen und dann im Wagen des Getöteten verbrannt haben. Einen Haftbefehl haben wir inzwischen beantragt", informierte Bert den Beschuldigten und seinen Anwalt.

„Ob Ihnen das ein Richter unterschreiben wird, da habe ich aber meine Zweifel. So wie ich das sehe, sind das alles unbewiesene Behauptungen. Da aber mein Mandant nichts zu verbergen hat, habe ich ihm geraten wahrheitsgemäß zu antworten. Unbestrittene Tatsache ist, dass Herr Büser aufgrund seines Naturells schon häufiger in tätliche Auseinandersetzungen verwickelt war und damit auch bereits bei Ihnen aktenkundig geworden ist."

„Das hat er gestern erneut tat- und schlagkräftig unter Beweis gestellt und er ist bei uns im Haus wirklich kein unbeschriebenes Blatt, wie wir inzwischen wissen", bestätigte Nina. „Ich frage mich ohnehin, wie ein solch unbeherrschter Choleriker an Waffen- und Jagdscheine gekommen ist."

„Das steht hier nicht zur Diskussion", rügte der Jurist.

„Okay", ergriff Bert wieder das Wort, „wir wollen uns hier nicht mit Vorreden aufhalten. Also, Herr Büser, was für ein Kaliber hat Ihre Sportpistole?"

„Neun Millimeter."

„Und jetzt noch einmal die Frage: Wo ist Ihre Waffe jetzt?"

„Das weiß ich nicht. Und das ist die Wahrheit, Herr Kommissar. Ich hatte schon meine Frau in Verdacht, aber sie hat das vehement bestritten."

„Hat Ihre Frau denn Zugang zum Waffenschrank?", hakte Nina nach.

„Eigentlich nicht, aber manchmal habe ich den Schlüsselbund auf meinem Schreibtisch liegen, auch wenn ich mal kurz weg bin. Ich habe nämlich noch einen Hausschlüssel an meinem Autoschlüssel hängen. Da kann ich natürlich nicht ausschließen, dass meine Frau doch mal am Waffenschrank gewesen ist. Jedenfalls ist das der Grund, warum ich keine Anzeige erstattet habe."

„Sie sagten gestern, dass Ihre Frau bei ihrer Mutter in Braunschweig ist. Stimmt das?"

„Ja, das stimmt. Nachdem ich von einigen Kumpels gehört hatte, dass sie mit diesem Malte ein Verhältnis gehabt haben soll, als die Firma, bei der er arbeitet, bei mir das Dach gemacht hat, habe ich sie zur Rede gestellt. Ich war ja tagsüber selbst zur Arbeit. Aber die Arbeitskollegen von Malte haben natürlich mitbekommen, wenn er in der Mittagspause mit meiner Frau im Schlafzimmer zugange war. Da war das wohl auch schnell im Dorf rum. Nur der betrogene Ehemann, der wusste natürlich von nix. Was glauben Sie, wie ich mich da gefühlt habe, als ich das erfuhr?"

„Und das Zur-Rede-Stellen war dann auch körperlicher und nicht nur verbaler Natur", mutmaßte Nina.

„Ja. Was soll ich sagen? Seitdem ist sie bei ihrer Mutter."

„Sie sollen aber auch bei einer Party geäußert haben, dass Sie Malte erschießen würden", hielt ihm Bert vor.

„Ja, wie man so was in der Wut sagt. Das war, kurz nachdem ich davon erfahren hatte, beim Schildaufstellen für einen runden Geburtstag in der Nachbarschaft. Da hatten mich einige Teilnehmer nach etlichen Bier- und Schnapsrunden damit aufgezogen und lächerlich gemacht. Da hab ich wohl gesagt, dass ich beide abknallen würde, wenn ich sie im Bett erwische."

„Haben Sie denn?", wollte Nina es genau wissen.

„Nein, das sagte ich doch schon. Meine Frau ist ja außerdem, seit ich sie dazu befragt hatte, bei ihrer Mutter. Angeblich, weil die Pflege braucht. Dass ich nicht lache."

„Geben Sie uns bitte die Adresse Ihrer Frau. Wir lassen sie dazu von Kollegen in Braunschweig befragen." Nina schob ihm einen Zettel und einen Stift über den Tisch. Nachdem er die Adresse draufgeschrieben hatte, schob Büser beides wieder zurück.

„Wir hätten noch etwas anzubieten", schaltete sich der Anwalt nochmals ein. „Um seine Kooperationsbereitschaft und seine Unschuld zu beweisen, wäre mein Klient sogar damit einverstanden, wenn Ihre Leute bei ihm eine Hausdurchsuchung durchführen würden. Er macht das freiwillig und gegen meinen Rat, obwohl kein Durchsuchungsbeschluss vorliegt. Damit zeigt er, dass er wirklich nichts, aber auch gar nichts zu verbergen hat."

„Das klingt nicht schlecht", nahm Bert dieses Angebot an. „Ich werde gleich unsere Leute in Marsch setzen. Wir unterbrechen also das Verhör."

„Okay", sagte der Anwalt. „Sie haben meine Nummer. Rufen Sie mich an, wenn es weitergeht. Ich brauche etwa zwanzig Minuten bis hierher. Hoffentlich können wir damit dann meinen Mandanten zweifelsfrei entlasten." Dabei ahnte er sicher nicht, dass sich seine Bedenken in Bezug auf seinen Ratschlag bald bewahrheiten sollten.

Nachdem Bert den Festgenommenen wieder in die Zelle hatte bringen lassen, rief er Sönke Nansen an: „Moin Sönke, der von uns gestern festgenommene cholerische Schützenbruder hat uns die Erlaubnis für die Durchsuchung seines Hauses gegeben. Fax mit seiner und der Unterschrift seines Anwalts ist unterwegs zu dir. Damit will er uns beweisen, dass er mit den Morden im Knyphauser Wald nichts zu tun hat."

„Glaubst du ihm?" Sönke war skeptisch.

„Ich weiß in diesem Fall wirklich nicht so recht, was ich glauben soll. Auch Nina ist sich nicht sicher. Aber was ich sicher glaube, ist, dass wir in seinem Haus nichts Verwertbares finden werden. Entweder hat er es schon entsorgt, wie zum Beispiel die Pistole, oder er hat tatsächlich diesbezüglich eine reine Weste. Mich interessiert daher vor allem sein Auto, ein relativ neuer Audi A6, der stand vor der Garage, als wir bei ihm waren. Ihr habt doch im Wald Reifenspuren gesichert. Vielleicht finden wir ja da den entscheidenden Beweis für oder gegen seine Schuld."

„Ich werde gleich mit einem Team starten. Gute Idee, Bert. Da sollten wir in Kürze mehr wissen."

***

Die Braunschweiger Kollegen mussten sich offensichtlich gleich auf den Weg zu der Ehefrau des Wüterichs gemacht haben. Denn bereits am frühen Nachmittag war eine Antwort da. Nachdem Bert sich den Bericht durchgelesen hatte, rief er Nina zu sich. „Lies dir das mal durch. Es ist immer dasselbe. Unglaublich!"

Als auch Nina den Bericht gelesen hatte, war ihr die Wut anzumerken. „Wenn wir den nicht wegen Mordes drankriegen, dann aber zumindest wegen schwerer Körperverletzung."

„Wenn die Frau nicht noch kurz vorher ihre Aussage wieder zurückzieht."

„Du hast leider recht, Bert. Immer das gleiche Spiel. Ihr Mann ist unschuldig. Der kann ja nichts dafür. Sie war es ja schließlich, die mit dem Dachdecker fremdgegangen ist. Und das nicht nur einmal, sondern viele Male, solange die Handwerker mit dem Dach beschäftigt waren, wie im Protokoll steht. Da muss man es ihrem Mann wirklich nachsehen, dass er sie halb krankenhausreif geschlagen hat." Nina konnte sich ihren Sarkasmus an dieser Stelle einfach nicht verkneifen.

„Allein die Tatsache, dass sie ihren Aufenthalt bei der Mutter mit deren Pflegebedürftigkeit erklärt, zeigt doch, dass sie sich noch immer nicht sicher ist und furchtbare Angst vor ihrem Mann hat. Das heißt, sie braucht sogar für sich selbst eine Ausrede, warum sie von ihrem Mann weg ist", resümierte Bert. „Nach ihrer Aussage weiß sie nichts über den Verbleib der Pistole. Angeblich wusste sie gar nicht, dass diese verschwunden war. Ihr Mann hätte sie auch nicht danach gefragt. Kann man ihr glauben oder auch nicht. Andererseits wäre ja auch nicht ausgeschlossen, wenn Handwerker im Haus aus und ein gehen, dass sich da einer bedient hat, zumal sich gleich neben dem Büro eine Toilette befand, wie mir gestern aufgefallen ist. Vielleicht hat einer gedacht, dass in dem Stahlschrank Geld zu finden ist, als er den Schlüssel auf dem Schreibtisch gesehen hat."

„Alles denkbar, Bert. Warten wir mal ab, was Sönke uns nachher zu berichten hat. Da bin ich schon sehr gespannt."

Die Aktion von Sönke und seinem Team hatte sich dann aber doch noch länger hingezogen als erwartet. Sie hatten den Wagen ins Kommissariat transportieren lassen. Und als Nina und Bert sich gerade bei Bert im Büro zu einer Tasse Kaffee zusammengesetzt hatten, erschien Sönke.

Nachdem auch er sich mit einer Tasse versorgt hatte, sagte er: „Unser Bericht ist schon bei der Staatsanwaltschaft."

„Also doch eine Übereinstimmung?", fragten Bert und Nina fast wie aus einem Munde.

„Na ja, ganz so zweifelsfrei dann auch nicht. Die Spurbreite passt allerdings sogar auf den Millimeter genau. Daher gehen wir davon aus, dass es sich exakt um den gleichen Autotyp handelt. Bei dem Reifenprofil war dies im Waldboden nicht so eindeutig zu erkennen wie zum Beispiel in einem lehmigen Feldweg, wo sich das Profil richtig eingedrückt hätte. Aber es wird wohl für einen Haftbefehl reichen. Zumal der Wagen gestern Morgen noch gründlichst, sogar mit einer Unterbodenwäsche und spezieller Felgenreinigung, geputzt worden war."

„Am Sonntagmorgen?", fragte Bert erstaunt nach.

„Muss ja wohl, jedenfalls war der frisch gewaschen. Kann natürlich auch alles nur Zufall sein. Aber die Wahrscheinlichkeit, dass es sich dabei nicht um Zufälle handelt, erschien auch dem Staatsanwalt sehr hoch. Vielleicht fühlte sich der Büser deshalb so sicher, weil er den Wagen penibelst gereinigt hatte. Jedenfalls konnten wir weder Rückstände vom Waldboden noch etwas anderes an dem Auto finden. Bin mal gespannt, wie der Richter entscheidet."

„Konntet ihr denn schon das Passwort vom Computer des Toten knacken?", wollte Nina wissen.

„Leider nicht. So wie es aussieht, benutzte Malte Sörensen wohl zur Datensicherung eine Cloud und solche Passwörter sind nicht mehr so leicht zu knacken. Bei der Wahl des Passwortes für seinen PC hat er sich offensichtlich auch an den Sicherheitskriterien für eine Cloud orientiert. War wohl so'n kleiner Freak, was das angeht. Wir besorgen uns dafür gerade in Hannover ein aktuelleres Programm. Da müssen wir uns leider noch etwas gedulden."

Nachdem Sönke gegangen war, dauerte es nicht lange, bis der Haftbefehl bei Bert eintraf. Dieser informierte sofort den Anwalt und veranlasste, dass der bislang nur vorläufig Festgenommene in den Verhörraum gebracht wurde. Der Anwalt war wirklich zwanzig Minuten später im Kommissariat. Zunächst las er sich den Haftbefehl durch und verlangte dann mit seinem Klienten allein zu sprechen. Es war eine ziemlich heftige Auseinandersetzung zwischen den beiden, wie Nina und Bert durch die Scheibe sehen konnten. Dann winkte sie der Anwalt rein.

Zunächst wickelte Bert die üblichen Formalitäten ab und verlas den Haftbefehl. Dann fragte er den Untersuchungshäftling, ob er sich dazu äußern wolle. Dieser wollte: „Ich fühle mich von der Staatsgewalt auf ganz üble Art verarscht und von meinem Anwalt im Stich gelassen." Das sagte er in einem erstaunlich ruhigen Ton.

„Und wie kommen Sie zu dieser drastischen Feststellung?", wollte Bert wissen.

„Im Vertrauen auf Gerechtigkeit und Fairness erlaube ich Ihnen eine Hausdurchsuchung ..."

„Von der ich dir dringend abgeraten hatte!", unterbrach der Anwalt. „Bei so was besteht immer die Gefahr, dass Zufälle plötzlich zu Verdachtsmomenten werden."

„Juristengeschwätz! Du hättest nicht sabbeln sollen, sondern das verhindern müssen!"

„Es war deine Entscheidung, die auch ich als Anwalt zu respektieren habe! Und du kannst mich nicht dafür verantwortlich machen, wenn du auf mein Juristengeschwätz, wie du das bezeichnet hast, nicht hören wolltest oder mir gestern in deiner Rage nicht richtig zugehört hast und stur eine andere Entscheidung triffst."

„Wer kommt denn auf die Idee, dass man in den Knast geht, weil man gründlich seinen Wagen gewaschen hat?!", schimpfte jetzt der Beschuldigte los und schlug mit der Faust auf den Tisch.

„Mäßigen Sie sich, Herr Büser! Andernfalls müssen wir Ihnen wieder Handfesseln anlegen." Es waren wohl der drohende Unterton in Berts Stimme und seine unmissverständliche Körpersprache, die den Angesprochenen jetzt davon abhielten, erst richtig aufzudrehen.

Für Nina als erfahrene Beobachterin stand fest, der gehörte zu der Sorte: Wer Schwäche zeigt, bekommt die volle Packung Aggression. Bei einem Stärkeren zog man im Zweifel lieber den Schwanz ein und kuschte. Sie mochte sich gar nicht vorstellen, wie der seine Frau zugerichtet hatte. Sie selbst musste „nur" die Folgen einer solch blindwütigen Attacke tragen. Die Tätlichkeiten selbst hatte sie nach dem Schlag auf ihren Kopf ja nicht mehr bewusst mitbekommen. Aber sie merkte, dass es ihr sehr schwerfiel, einem solchen Fiesling gegenüber nicht die Beherrschung zu verlieren.

„Ich muss mal einen Moment vor die Tür", sagte sie und verließ den Raum.

Bert schien zu ahnen, was im Moment in ihr vorging. Er setzte daher die Vernehmung alleine fort. „Sie sind nicht festgenommen, weil Sie Ihren Wagen gewaschen haben, sondern weil es Indizien gibt, die dafür sprechen, dass Sie zwei Menschen hinterlistig ermordet und dann verbrannt haben."

„Und welche konkreten Indizien sollen das sein?", wollte der Beschuldigte wissen.

Geduldig zählte Bert auf: „Sie haben vor Zeugen Mord-drohungen gegen Malte Sörensen und Ihre Frau ausgesprochen.

Sie sind im Besitz einer Neun-Millimeter-Pistole, deren gegenwärtigen Verbleib Sie nicht erklären können oder wollen, obwohl Sie verpflichtet sind, diese unter sicherem Verschluss zu halten. Die Breite der Reifenspuren beim Tatort im Wald passen exakt zur Spurbreite Ihres Wagens. Ferner haben Sie für die Tatzeit kein Alibi. Außerdem wurde – offensichtlich sogar an einem Sonntagmorgen – an Ihrem Auto eine außergewöhnlich gründliche Wagenwäsche durchgeführt. Was darauf hindeuten könnte, dass Sie damit Spuren vom Waldboden beseitigen wollten. Jedenfalls erschienen diese Indizien auch dem Richter als ausreichend, denn sonst hätte er den Haftbefehl nicht unterschrieben. Hinzu kommt noch, dass – schon allein im Hinblick auf den Verbleib Ihrer Waffe – bei Ihnen Verdunkelungsgefahr besteht. Unabhängig davon werden Sie sich auch noch einer Anzeige wegen mehrfacher schwerer Körperverletzung Ihrer Ehefrau zu stellen haben."

„Kann ich was dafür, wenn die blöde Kuh sich vollsäuft, dann gegen die Kante einer Schranktür torkelt und im Bad auf ihrer eigenen Kotze ausrutscht und mit dem Kopf in die Kloschüssel knallt? Und außerdem, wer ist denn fremdgegangen, meine Alte oder ich?"

Frank Büser begann sich wieder in Rage zu reden, bis ihn sein Anwalt mit scharfem Ton stoppte: „Frank, sei ruhig! Am besten, du sagst gar nichts mehr!"

Nina hatte richtig beobachtet. Auf eine klare Ansage kuschte der Angesprochene, zwar nicht immer, aber zumindest hier.

„Wie geht es jetzt weiter?", wollte der Anwalt dann von Bert wissen. „Insbesondere steht doch bereits jetzt fest, dass die Morddrohung von Herrn Büser nur so aus dem Affekt heraus gefallen ist. Zumal es sich bei der weiblichen Leiche in dem ausgebrannten Fahrzeugwrack eindeutig nicht um seine Ehefrau handeln kann."

„Unsere Spezialisten werden das Haus von Herrn Büser noch einmal gründlich unter die Lupe nehmen. Diesmal aber mit einem richterlichen Beschluss. Dann Zeugenbefragungen, das ganze Programm, Sie kennen das ja. Die Kollegen in Braunschweig haben bereits ärztliche Untersuchungen der Ehefrau veranlasst."

„Die soll sich wagen, die Schlampe!"

„Frank, halt dich zurück!", mahnte der Anwalt erneut mit warnendem Unterton in der Stimme.

Bert beendete die Vernehmung und ließ den Untersuchungshäftling in seine Zelle zurückbringen. Nina hatte sich das Ganze durch die Scheibe angesehen. „Entschuldige, Bert, ich musste da rausgehen", sagte sie, die sonst eigentlich für ihre Beherrschtheit und Coolness bekannt war.

„Alles gut, Nina. Ich konnte dich gut verstehen, auch mir hätte übel werden können." Und da sie beide im Moment alleine auf dem Gang standen, zog Bert seine Nina zu sich heran und drückte ihr einen zärtlichen Kuss auf die Stirn. Obwohl sie im Dienst den Austausch von Zärtlichkeiten vermieden. Für sie beide galt, Dienst ist Dienst und Schnaps ist Schnaps.

Bis zu Ninas Schwangerschaft gab es zwischen ihnen ohnehin offiziell überhaupt keine Beziehung. Beide hatten eine kinderlose Partnerschaft schon hinter sich, die vor allem an Nina emotional nicht spurlos vorübergegangen war. Gefühle wollte sie nicht mehr an sich ranlassen. Aber die Bilder von dem keimenden Leben in ihr hatten alles verändert. Die beiden coolen Staatsbeamten wurden sich ihrer Gefühle zueinander bewusst und versuchten dies auch nicht mehr zu verstecken. Umso tragischer wirkten die schlimmen Ereignisse, die dieses werdende Leben beendeten, bevor es richtig begonnen hatte.

Kapitel 6

Een hatte den schweren Holzdeckel zur Güllegrube an der Kopfseite des Kuhstalls aufgeklappt und an die Außenseite des Gebäudes gelehnt, da fiel ihm der Strohhut auf, der in der einen Ecke auf der schwarzbraunen Brühe schwamm. Wer schmeißt denn seinen Strohhut in den Schacht?, ging es ihm durch den Kopf. Er wollte mit dem riesigen Güllemixer die tierischen Hinterlassenschaften in dem Ringsystem unter dem Stall in Bewegung bringen. Dazu musste der vorn an einem langen Gestänge sitzende Rührpropeller mit einem Traktor schräg über den Außenschacht bis in den Raum unter den Kühen geschoben werden. Als er den Mixer in die Grube senkte und schräg nach vorne in Richtung Hauswand schob, tauchte etwas Großes, Dunkles aus den Exkrementen auf. Dann erschien ein kahler menschlicher Hinterkopf.

In Eens Hirn fuhr es Karussell. Seit ihrem freien Tag waren Sess und Söven verschwunden. Auch Acht hatte offensichtlich über Nacht den Küstenhort verlassen. Das war jetzt etwas mehr als zwei Wochen her. Een ließ alles stehen und liegen und rannte zum Haupthaus. Im Flur hätte er beinahe Ummo über den Haufen gerannt.

„Ummo, du musst sofort kommen. Schau dir das an!"

„Nun bleib mal ruhig, Een. So kenn ich dich ja gar nicht. Was um Himmels willen ist denn los? Du bist ja kreidebleich."

„Komm!", war das Einzige, was Een in diesem Moment herausbrachte.

Dann stand er mit Ummo am Rand der Grube. Inzwischen war noch eine zweite Person an der Oberfläche aufgetaucht. Die Kopfhaare des anderen Körpers waren durch die Mischung aus Kuhfladen und Urin völlig verklebt. Auch die Kleidung war nicht mehr genau zu bestimmen. Alles war von dunklem Schlamm überzogen. Aber dass der eine ein Glatzkopf war und der andere nicht, war unübersehbar.

„Das können eigentlich nur Sess und Söven sein, die seit über zwei Wochen verschwunden sind", sagte Een.

„Ich werde mich mit Mike und Bob darum kümmern", sagte Ummo, der äußerlich ganz ruhig und gefasst erschien. „Nimm den Mixer raus und mach den Deckel zu. Du hast nichts gesehen! Ist das klar? Zu keinem ein Wort! Hast du gehört!?"

Een nickte stumm und tat wie ihm geheißen.

Ummo ging zum Haus und zog sich in seinen Schlafraum zurück. Er versuchte mit seinem Herrgott Zwiesprache zu halten. Lange las er in der Bibel. Sollte es etwa schon wieder passiert sein? Der Herr schien aber keine Antwort für ihn zu haben. Es blieb ihm keine Wahl, er musste mit Mike sprechen. Es gab keine andere Möglichkeit. Ummo kannte Mike nur zu gut. Sein aufbrausendes Temperament und seine absolute Intoleranz gegenüber Andersdenkenden und seit damals vor allem auch in Bezug auf Alkoholisierte. Wenn es nach Mike ginge, würde auch hier auf dem Hof nur die alte Ordnung gelten. Aber nicht Mike war der Bischof, sondern Ummo, was Ersterer – ganz im Sinne gerade dieser alten Ordnung – mit Respekt hinnahm. Ummo war vor Jahren von der amischen Gemeinde in Pennsylvania zum Bischof gewählt worden und dies galt – gerade nach der alten Ordnung – ein Leben lang.

Seit man Mike vor Jahren in Amerika vorgeworfen hatte, seine Frau und einen Nachbarn beide alkoholisiert im Bett erwischt und erschlagen zu haben, war nicht nur der Alkohol für Mike ein rotes Tuch. Auch Konsumenten brachten ihn bereits in Harnisch, egal wer das war. Im letzten Jahr hatte sich ein Feriengast auf ihren Hof verirrt. Sie waren gerade beim Tee gewesen und hatten diesen dazu eingeladen. Als der Gast dann einen Flachmann aus der Tasche zog und sich einen kräftigen Schuss Rum oder Cognac in den Tee gießen wollte, hatte Mike ihm diesen aus der Hand geschlagen und den Gast mit Faustschlägen und Fußtritten aus dem Haus gejagt. Gott sei Dank hatte der Feriengast keine Anzeige erstattet.

Und wer wusste, wo Mike heute wäre, wenn er ihm damals nicht das Alibi verschafft hätte. Aber er war nicht der Herrgott und Mike war bei seiner Version geblieben, keine Ahnung zu haben, was mit seiner Frau und seinem Nachbarn passiert war. Und schließlich hatte er ja nicht tatenlos zusehen können, wie sein

Glaubensbruder eventuell unschuldig in die Todeszelle gekommen wäre.

Und jetzt stand Ummo vor der Frage: Was war am vorletzten Wochenende in der Nacht zum Montag geschehen? Seitdem waren Sess und Söven verschwunden. Auch Acht war seit dieser Nacht wie vom Erdboden verschluckt. Ummo war sich fast sicher, dass es die Zwillinge waren, die er gerade unten in der Grube hatte liegen sehen.

In der besagten Nacht hatte er ein Auto und Stimmen im Hof gehört. Dann war er zur Toilette gegangen und als er zurückkam, war ihm Mike auf dem Gang begegnet und wortlos an ihm vorbei in sein Zimmer gegangen. Er hatte sich gleich gedacht, dass irgendetwas nicht stimmte.

Aber egal, wer in der Gülle lag, er musste eigentlich sofort die Polizei verständigen. Doch mit welchen Konsequenzen? Für ihn, für den Hof, für seine Glaubensbrüder, insbesondere für Mike und die Schutzbefohlenen. Er hatte Gott versprochen, diese wieder auf den Pfad der Tugend zurückzuführen. Hatte er vielleicht kläglich versagt? Alles wäre umsonst gewesen. Das konnte nicht der Wille Gottes sein! Da war er sich absolut sicher. Es musste einen anderen Weg geben.

Als Erstes holte er sich Mike zu einem Gespräch in das Begegnungszimmer. „Wir müssen miteinander reden, Mike."

„Ich wüsste zwar nicht über was, aber wenn du meinst, Ummo. Du bist der Bischof."

„Mike, was war vorletzte Woche in der Nacht von Sonntag auf Montag? Wir sind uns auf dem Gang begegnet."

„Ich hatte ein Auto und Stimmen auf dem Hof gehört. Da bin ich nachsehen gegangen."

„Und was war da?"

„Weiß ich nicht. Als ich rauskam, war kein Auto da."

„Bist du ganz sicher?" Ummo hatte Zweifel.

„Ja, was soll denn sonst gewesen sein?"

„Das will ich ja von dir wissen."

„Ummo, mehr kann ich dir nicht sagen. Aber warum fragst du mich das alles?"

„Mike, wir haben ein Problem."

„Und was für eins?"

„Ich glaube, dass zwei Tote in unserer Güllegrube liegen."

„Denkst du, das sind die Zwillinge, die seit zwei Wochen verschwunden sind? Und glaubst du vielleicht, ich hätte damit etwas zu tun?"

„Es war nur eine Frage, Mike. Nur eine Frage."

„Also, Ummo, ich sage dir, wenn tatsächlich die beiden Brüder in der Grube liegen, dann war es Gottes Wille! Wahrscheinlich waren die mal wieder vollgesoffen und haben sich in der Haustür geirrt. Das heißt, der Herr hat sie dahin geführt, wo sie hingehören."

„Wolltest du damit sagen, dass die beiden so blöd sind und eine Haustür nicht von dem schweren Deckel einer Güllegrube unterscheiden können?"

„Wie sagst du es immer so treffend, die Wege des Herrn sind unergründlich. Dann hat er sie eben genau dahin geführt. Dafür erwartest du doch sicher nicht mein Mitleid."

Für Ummo stand fest, hier kam er so nicht weiter. Er konnte Mike glauben oder auch nicht. Aber egal wie, die Leichen mussten weg. Also holte er Bob zu dem Gespräch dazu. Er informierte ihn darüber, dass zwei Leichen in der Güllegrube lagen und es sich dabei wahrscheinlich um Sess und Söven handelte. Über die Fragen, die er Mike gestellt hatte, informierte er Bob allerdings nicht.

„Und was ist mit Acht?", wollte Bob wissen. „Der ist ja auch seit dem Wochenende verschwunden."

„Wissen wir nicht", antwortete Ummo. „Vielleicht liegt der ja auch in der Grube."

„Wir müssten doch in jedem Fall die Polizei verständigen." Bob hatte ja keine Ahnung, welche Befürchtungen Ummo genau damit verband.

„Stell dir mal vor, hier auf dem Hof, lauter Polizisten. Gar nicht auszudenken. Wir versuchen – möglichst lautlos – unsere gefallenen Sünder wieder auf den rechten Weg zu bringen, und dann sitzen die im Verhör bei der Kripo. Das kann nicht der Wille Gottes sein, der uns einen Auftrag gegeben hat." Ummo war jetzt wieder ganz der Bischof und ganz Autorität. „Egal wer da unten in der Grube liegt, wir werden sie heute Nacht rausholen und mit dem Viehtransporter zum Tief fahren. Das wird hoffentlich nicht nur ihre Körper, sondern auch ihre Seelen reinigen, damit sie Eingang finden im Himmelreich der Gnaden."

„Amen", bestätigten Mike und Bob brav ihren Bischof.

***

Im Kommissariat Wittmund war Großalarm. Spaziergänger hatten eine Leiche im Benser Tief, unweit der Ortschaft Holtgast, entdeckt. Kriminalhauptkommissar Bert Linnig war mit seinem Team bereits ausgerückt. Kurz nach ihm traf auch die Spurensicherung, Sönke Nansen mit seinem Team, ein und sperrte den Fundort weiträumig ab. Es dauerte nicht lange, dann erschien auch bereits der Gerichtsmediziner aus Oldenburg, Dr. Klaus Rabe.

Taucher hatten die Leiche bereits an Land gebracht und dabei in der Uferböschung noch eine zweite Leiche entdeckt. Als Bert sich die beiden Toten ansah, kam ihm sofort ein böser Verdacht, es könnte sich womöglich um die beiden gesuchten Zwillingsbrüder aus Köln handeln. Auch wenn sie nicht auf Anhieb als Zwillinge erkennbar waren. Eine Leiche hatte einen kahl rasierten Schädel, während die andere halblange Haare hatte. Beide mit Bart, wobei der mit Glatze keinen Oberlippenbart trug. Die Gesichtszüge waren aufgedunsen und daher nicht mehr gut zu erkennen.

„So wie es aussieht, müssen die eine Weile in Gülle gelegen haben", war die erste Feststellung des Rechtsmediziners. „Darauf deutet auch der Zustand der Kleidung hin. Todeszeitpunkt und -ursache kann ich erst nach der Obduktion bestimmen. Jedenfalls glaube ich nicht, dass das hier der Ort ist, wo die beiden zu Tode gekommen sind."

„Es gibt ein paar Reifenspuren", trug Sönke Nansen noch bei. „Könnte sein, dass die von einem Geländewagen mit einem Anhänger stammen. Da lagen auch Reste von Stallmist, also sehr wahrscheinlich von einem Viehtransporter."

„Klingt alles nicht gerade nach professionellem Vorgehen. Will sagen, Leichenentsorgung im organisierten Verbrechen sieht eigentlich anders aus." Daran knüpfte Bert die Hoffnung, dass es sich doch nicht um die vermissten Schüler aus Köln handeln würde.

Kapitel 7

Am nächsten Morgen hatte Bert sein Team zusammenrufen lassen. Zwei Mordfälle gleichzeitig, da würde die Verstärkung aus Hannover sicher nicht lange auf sich warten lassen, ging es ihm durch den Kopf. Aber der letzte Fall, der sogar mit einer Belobigung durch das Bundeskriminalamt erfolgreich zu Ende gegangen war und bei dem sich die Verstärkung aus Hannover nicht gerade mit Ruhm bekleckert hatte, ließ ihn hoffen, dass man ihn erst einmal machen lassen und auf seinen konkreten Hilferuf warten würde. Denn er und sein Team hatten jetzt bereits wiederholt unter Beweis gestellt, dass manchmal auch unkonventionelle Methoden sehr effizient und erfolgreich sein konnten.

Außerdem war er froh, Nina mit ihrem messerscharfen analytischen Verstand und ihren Intuitionen, um die sie sicher mancher Profiler beneiden würde, wieder mit an Bord zu haben. Also dachte er im Moment noch nicht daran, um Verstärkung von oben zu bitten. Zumal auch er selbst aus seiner Essener Zeit über Erfahrungen mit organisierter Kriminalität verfügte. Und im Fall der Kölner Gymnasiasten musste man wohl von einem mafiösen Hintergrund ausgehen. Nina konnte diesbezüglich von ihrer Zeit bei der Drogenfahndung in Hannover zehren.

Jetzt stand Bert an seinem Flipchart, um sein erweitertes Team auch in Bezug auf den zweiten Fall auf den neusten Stand zu bringen. Hier pflegte er, alle wichtigen Punkte festzuhalten, und die Blätter wurden später an der Wand aufgehängt, damit jeder im Team immer auf dem aktuellsten Stand war. Zum ersten Mal mussten sie dabei für jeden Fall eine Wand nutzen.

„Also, Leute, auch wenn jetzt zwei Fälle für uns eine ganz besondere Herausforderung darstellen, hoffe ich, dass uns die berühmte Verstärkung aus Hannover erspart bleibt. Ich verlasse mich auf euch! Daher möchte ich an dieser Stelle noch einmal mit einem großen Dank an euch alle an die Belobigung durch das BKA erinnern. Auch wenn gerade dieser Fall bei uns allen einen sehr bitteren Nachgeschmack hinterlassen hat. Er hätte um ein

Haar Nina das Leben kosten können. Und an den Nachwirkungen wird nicht nur sie noch lange zu arbeiten haben."

Alle Blicke richteten sich auf die Angesprochene, die aufstand. „Nochmals vielen Dank für eure Anteilnahme und guten Wünsche. Gemeinsam werden wir es packen!" Nina schien wieder ganz die Alte zu sein.

„Ein gutes Motto, Nina!", griff Bert ihren letzten Satz auf. „Gemeinsamkeit macht stark! Zu den beiden gestern aus dem Benser Tief geborgenen männlichen Leichen steht inzwischen fest, dass sie nicht im Tief umgekommen sind. Gemäß Rechtsmedizin sind die Toten an Gülle erstickt."

„Kein schöner Tod", kommentierte Bernd Guben.

„Nein, wirklich nicht. Die Gülle wird im kriminaltechnischen Labor in Hannover noch genauer untersucht. Vielleicht finden sich ja besondere Hinweise auf den Ort, wo die beiden Aufgefundenen ums Leben gekommen sind. Das Ergebnis steht noch aus", fuhr Bert dann fort. „Allerdings hat eine erste Blutanalyse der Rechtsmedizin bereits ergeben, dass sie zum Zeitpunkt des Todes unter Drogen gestanden haben und eine ziemliche Menge an Alkohol im Blut hatten. Leider müssen wir wohl davon ausgehen, dass es sich bei den Leichen um die beiden Gesuchten, Daniel und Simon Spiekermann aus Köln, handelt. Die Kollegen in Köln versuchen gerade im Haus der Eltern an Material für einen DNA-Abgleich zu kommen."

„Verstehe ich nicht", unterbrach Bernd, „wir haben doch alles abgeklappert, wo auch nur im Ansatz zu erwarten war, dass man die Brüder hier in der Gegend gesehen hat. Aber außer bei dem Taxifahrer aus Aurich war überall Fehlanzeige gewesen. Wenn die sich tatsächlich hier in unserer Gegend aufgehalten hätten, wären die als Duo doch irgendwo mal aufgefallen. Aber nichts, in keinem Lokal oder Geschäft, in keiner Pizzeria oder Dönerbude. Und mit Drogenhandel sind die hier auch nicht aufgefallen."

„Na ja, vor der Drogenmafia waren sie doch gerade auf der Flucht, da hätte ich auch nicht erwartet, dass die hier bei uns in den Drogenhandel einsteigen", griff Bert diesen sicher nicht ganz ernst gemeinten Gedanken auf, obwohl ihm nicht zum Spaßen zumute war. Daher fuhr er dann fort: „Auch wenn die Gesichter schon etwas entstellt waren, konnte man erkennen, dass die beiden – falls es sich wirklich um die Zwillinge handeln sollte – ihr Aussehen verändert hatten. Einer hatte halblange Haare, der andere einen kahlen Kopf. Beide mit Bart. Auch mir war es nicht möglich, die beiden zweifelsfrei anhand der Bilder auf meinem Smartphone zu identifizieren, als sie beim Tief auf den Bahren lagen."

„Wir sind doch sogar bei Vermietern von Ferienwohnungen gewesen", blieb Bernd hartnäckig. „Aber auch da kam nichts. Selbst wenn die ihr Aussehen verändert hatten, werden die sich doch sehr wahrscheinlich gemeinsam eingemietet haben. Im einen oder anderen Fall, wo sich zwei junge Männer gemeinsam eingemietet hatten, haben wir sogar noch besonders nachgeforscht. Ergebnislos. Da wüsste ich wirklich nicht, wo die sich hier aufgehalten haben sollten."

„Mir fällt da leider auch nichts ein. Das heißt, wir müssen auf die forensischen Ergebnisse warten und dann hoffen, dass uns die zu weiteren Erkenntnissen führen", stimmte Bert ihm zu. „Immerhin deutet viel darauf hin, dass sie sich auf einem Bauernhof aufgehalten haben könnten. Jedenfalls hatten die Toten weder Ausweise noch Handys noch sonstig Verwertbares bei sich. Die Reifenspuren könnten zu einem Geländewagen und einem Viehtransportanhänger gehören. Bei dem von der Spusi sichergestellten Mist handelt es sich um mit Spreu vermischte Kuhfladen. Das heißt, wir können uns auf Betriebe konzentrieren, die Rinderwirtschaft betreiben. Dies wird derzeit auch im Labor des KTI Hannover noch genauer untersucht."

„Werden wir, wenn die Ergebnisse des KTI vorliegen, bei allen infrage kommenden Bauernhöfen Vergleichsproben ein-sammeln?", wollte Nina wissen.

„Es wird uns keine andere Wahl bleiben. Das heißt, wir werden unser Team und auch die Streifenwagenbesatzungen mit einbeziehen. Dazu recherchiere bitte nach unserem Meeting mit Bernd, unserem gewieften IT-Freak, im Internet, welche Höfe in unserem Kreisgebiet Rinder halten. Anschließend koordinierst du bitte die Einsätze der Teams draußen. Aus Sicherheitsgründen werden nur Dienstwagen mit Polizeikennung und mindestens in einer Dreierbesetzung eingesetzt. Wobei nur zwei Beamte die Proben holen, der dritte bleibt zur Sicherung und gegebenenfalls Notfallalarmierung im Fahrzeug. Da wir es möglicherweise mit organisierter Kriminalität zu tun haben, gilt erhöhte Alarmbereitschaft. Das heißt, volle Schutzausrüstung bei den Einsätzen. In Aurich hält sich ein Sondereinsatzkommando bereit. Wir werden auch nicht warten, bis die forensischen Auswertungen des KTI vorliegen, sondern sofort mit den Einsätzen beginnen."

***

Bernd musste bereits nach kurzer Zeit erkennen, dass er mit einer Internetrecherche zur Ermittlung der landwirtschaftlichen Betriebe mit Rinderwirtschaft nicht viel ausrichten konnte. Er hatte es unter verschiedenen Suchbegriffen versucht. Auch „Rinderhaltung Ostfriesland" brachte ihn nicht weiter. Selbst wenn er nach den Namen ihm bekannter Bauern suchte, musste er enttäuscht feststellen: „In der Regel haben Landwirte wohl noch nicht mal eine eigene Homepage." Eine für ihn als IT-Enthusiast kaum vorstellbare Erkenntnis. „Im einundzwanzigsten Jahrhundert und keine eigene Website, unmöglich."

Nina beschäftigte sich in der Zwischenzeit mit der Internetseite der Landwirtschaftskammer Niedersachsen in Oldenburg. Über den Kontaktmanager stieß sie auf die Landwirtschaftliche Untersuchungs- und Forschungsanstalt, kurz LUFA Nord-West. Dort erfuhr sie, dass ihnen die landwirtschaftliche Bezirksstelle in Aurich Auskunft darüber geben konnte, welche Höfe im Kreisgebiet Rinderwirtschaft betrieben.

Allerdings machte man ihr in Bezug auf die Auswertung der Gülleproben nicht viel Hoffnung, damit den Tatort schnell und zweifelsfrei identifizieren zu können. Der Grund sei, dass die meisten Landwirte die gleichen oder ähnliche Futtermittel und auch Medikamentenbeigaben verwendeten, sodass diesbezüglich in der Gülle kaum Unterschiede zu erwarten wären. Mit Ausnahme von Betrieben, die ausschließlich eigenproduziertes Futter ohne Einsatz von Pestiziden oder Ähnlichem verwendeten.

Nina forderte dann bei der Bezirksstelle in Aurich Adresslisten der infrage kommenden Höfe an. Die Anzahl ließ sie schaudern, circa eintausendfünfhundert Betriebe mit Rinderhaltung. Aber selbst eine Liste der Biohöfe käme noch ungefähr auf fast zweihundert oder sogar mehr. In Bezug auf eine rasche Aufklärung keine besonders vielversprechende Information für die Kriminalistin.

Zudem seien einige Dinge bei der Entnahme von Gülle zu beachten, in die die eingesetzten Beamten eingewiesen werden müssten. Dafür gäbe es speziell ausgebildete Kollegen der Umweltpolizei, was für Nina keine neue Erkenntnis darstellte, aber das Problem nicht geringer machte.

Für den nächsten Tag um zehn Uhr vereinbarte Nina mit einer Spezialistin aus Aurich einen Einweisungstermin im Kommissariat Wittmund und Bernd gab sie den Auftrag, dafür zu sorgen, dass möglichst viele der Kolleginnen und Kollegen zur Einweisung verfügbar seien. Sie fügte dann noch schmunzelnd hinzu: „Sage denen, die angeblich keine Zeit haben, dass sie dann zu einem Extratermin nach Aurich müssen. Das wird die Teilnehmerzahl sicher deutlich erhöhen."

Dann ging sie zu Bert, um ihn über das Veranlasste zu informieren. Bert hatte gerade ein Telefonat mit einem Kollegen von der Anmeldung beendet. „Wir bekommen Besuch, Nina. Du wirst es nicht glauben, Laura Büser will Anzeige gegen ihren Mann erstatten."

„Es geschehen immer wieder Zeichen und Wunder, Bert."

***

Eine hübsche brünette Frau mit zierlicher Figur, ihr Alter konnte man auf Ende zwanzig, Anfang dreißig schätzen, betrat etwas schüchtern das Büro von Bert, nachdem dieser sie auf ihr zaghaftes Klopfen am Türrahmen der offen stehenden Tür zum Eintreten aufgefordert hatte.

„Mein Name ist Laura Büser, ich möchte Anzeige gegen meinen Mann erstatten und der Mann vom Schalter unten hat mich zu Ihnen geschickt", stellte sie sich vor.

„Mein Name ist Bert Linnig und das ist meine Kollegin Nina Jürgens. Nehmen Sie bitte Platz, Frau Büser." Der Kommissar verzichtete gern auf die Nennung seiner Amtsbezeichnung. Sowohl er als auch seine Partnerin hatten es beide nicht so mit dem Lametta, wie er das immer nannte. Bert wies auf einen Stuhl am Besprechungstisch, an den Nina und er sich dann ebenfalls setzten. Obwohl Bert wusste, warum die junge Frau jetzt hier saß, fragte er: „Weswegen wollen Sie Anzeige gegen Ihren Mann erstatten? Übrigens würden wir das Gespräch gerne aufzeichnen."

„Können Sie. Mir wurde gesagt, dass mein Mann wegen Mordverdacht in Untersuchungshaft sitzt. Deswegen habe ich mich überhaupt nur nach Hause getraut. Wenn er wüsste, dass ich jetzt hier sitze, um ihn anzuzeigen, ich glaube, er würde mich totschlagen. Jedenfalls hat er mir immer wieder gedroht, dass es schlimmste Folgen für mich haben würde, wenn ich auch nur ein Wort zu irgendwem sage. Zumal ich ja auch an allem selbst schuld bin. Aber Ihre Kollegen in Braunschweig haben mich dazu ermuntert, diesen Schritt endlich zu wagen. Und auch die Ärzte, zu denen sie mich geschickt hatten."

„Das ist eine vernünftige Entscheidung", sagte Nina. „Sie waren also schon zu Untersuchungen?"

„Ja, es wurden auch Röntgenaufnahmen gemacht. Es gibt da mehrere ältere Frakturen. Die Unterlagen habe ich dabei, die sollte ich hier bei Ihnen abgeben."

„Sie sprechen von älteren Frakturen. Sind Sie damit denn seinerzeit nicht behandelt worden?", wollte Nina wissen.

„Doch, manchmal schon, wenn es gar nicht anders ging. Ich war sogar einige Male in verschiedenen Krankenhäusern zur Behandlung. Aber die Knochenbrüche und blauen Flecken stammten dann offiziell immer von Unfällen im häuslichen Umfeld, zum Beispiel habe ich angegeben, beim Fensterputzen von der Leiter gefallen zu sein."

„Obwohl Ihr Mann Ihnen die Verletzungen beigebracht hat? Warum haben Sie denn den behandelnden Ärzten nicht die Wahrheit gesagt?", bohrte Nina nach.

„Ich fühlte mich – und fühle mich eigentlich immer noch – schuldig. Ja, und dann vor allem auch, weil ich Angst hatte.

Angst, meinen Mann noch mehr zu verärgern. Auch jetzt habe ich fürchterliche Angst, was passieren wird, wenn er erfährt, was ich hier gerade mache."

Nina und Bert warfen sich bezeichnende Blicke zu. Genau darüber hatten sie bereits gesprochen. Also stand wohl tatsächlich zu befürchten, dass die verängstigte Frau am Ende doch alles widerrufen würde. Für beide stand fest, hier würde man eine begleitende psychologische Betreuung benötigen, um Laura Büser aus den Fängen der Gehirnwäsche, die ihr Mann ihr offensichtlich verpasst hatte, zu befreien.

„Frau Büser, möchten Sie etwas trinken?", versuchte Nina eine entspannte Gesprächsatmosphäre herzustellen.

„Ja, bitte, vielleicht ein Wasser."

Nina schenkte ihr ein Glas Wasser ein und für sich und Bert einen Kaffee aus der auf dem Tisch stehenden Thermoskanne. Danach sagte sie: „Dann lassen Sie uns mal in aller Ruhe ganz von vorne beginnen, Frau Büser. War Ihr Mann von Anfang an so zu Ihnen?"

„Nein, natürlich nicht. Dann hätte ich ihn bestimmt nicht geheiratet. Da war er ganz nett und sehr um mich besorgt. Ein aufbrausendes Temperament hatte er aber schon immer. Ich weiß noch, einmal in der Disco, das war kurz vor unserer Heirat, als mich jemand zum Tanzen auffordern wollte und ich diesen abgewiesen hatte, ließ der mir gegenüber ein paar unflätige Bemerkungen fallen. Da hat er dem gehörig eine verpasst. Damals fühlte ich mich sogar noch geehrt, dass mein Mann sich so mutig und schlagkräftig für mich einsetzte."

„Wann hat er denn damit angefangen, Sie zu schlagen?", wollte Bert wissen.

„Kurz nach der Hochzeit. Ich wollte gerne weiter als Verkäuferin im Schuhladen in Esens arbeiten, wo ich inzwischen Arbeit gefunden hatte. Er aber wollte, dass ich nur für ihn da sei und mich dann später voll um unsere Kinder kümmere. Da hat er mir ein paar Ohrfeigen verpasst. Hinterher hat er sich dann weinend entschuldigt und mir gesagt, ich dürfe ihn nie wieder in so eine Situation bringen, dass er derart die Beherrschung verliert."

„Haben Sie denn Kinder?" In Nina brodelte es. Genau so eine Antwort hatte ihr gerade noch gefehlt.

„Nein. Das hat irgendwie nicht bei uns geklappt. Er hat mir vorgeworfen, dass ich heimlich die Pille nehmen würde. Das war dann oft auch Auslöser für Eskalationen. Dabei habe ich alles getan, um ihn nicht in Rage zu bringen, denn ich wusste ja inzwischen, wie er ist. Auch im Bett habe ich ihm immer einen Orgasmus vorgespielt. Wenn er es dann aber merkte, wurde das auch für mich zur Tortur. Ich hätte eben besser sein müssen. Irgendwann kam er dann auf die fixe Idee, dass ich Schläge brauche, um zum Orgasmus zu kommen. Die setzte er dann so, dass ich die späteren blauen Flecken unter der Kleidung verstecken konnte."

„Hatten Sie denn niemand, dem Sie sich anvertrauen konnten?" Bert war schockiert, obwohl ihm so etwas in seiner Laufbahn nicht zum ersten Mal begegnete.

„Zu wem hätte ich denn gehen sollen? Da ich aus Braunschweig komme, hatte ich hier doch niemand außer ihn. Und die ehemaligen Kolleginnen aus dem Schuhgeschäft haben eh schon über mich getuschelt. So was merkt man ja."

„Wie haben Sie sich denn überhaupt kennengelernt?" Für Nina war das alles irgendwie unbegreiflich, wie eine so hübsche junge Frau in so etwas hineinschlittern konnte.

„Wir sind uns während eines Urlaubs von mir hier an der Küste begegnet. Da war es Liebe auf den ersten Blick. Und bald darauf bin ich zu ihm gezogen und wir haben geheiratet. Anfangs habe ich dann wie gesagt noch als Verkäuferin in Esens gearbeitet."

„Aber Sie sind doch sicher auch mal bei Veranstaltungen und Feiern mit anderen Menschen in näheren Kontakt gekommen", bohrte Nina nach.

„Kaum. Da hat er mich ziemlich abgeschottet. Er meinte mal zu mir: Hübsche Frauen hat man nur selten alleine. Deshalb ging er zu Schützenfesten und anderen Geselligkeiten immer alleine. Den Leuten hat er erzählt, dass ich eine anonyme Alkoholikerin sei und daher Veranstaltungen, bei denen viel Alkohol getrunken wurde, lieber meiden würde."

„Stimmte das denn?" Nina hatte Zweifel.

„Nein. Ich bin vor unserer Ehe nie alkoholabhängig gewesen. Allerdings habe ich später öfter heimlich zur Flasche gegriffen. Deswegen habe ich mich dann auch wieder schuldig gefühlt, wenn er merkte, dass ich getrunken hatte."

„Ihr Mann sprach davon, dass Sie im Bad mal alkoholisiert auf Erbrochenem ausgerutscht seien und mit dem Kopf gegen die Toilettenschüssel gefallen wären", hakte Bert nach.

„Haha", lachte Laura bitter auf. „Getrunken hatte ich, das stimmt. Aber er hat mich brutal mit dem Kopf ins WC hineingestoßen, sodass ich mich vor Ekel erbrochen habe. Und an der Stirn hatte ich eine ziemliche Platzwunde und auch eine heftige Gehirnerschütterung. Aber das war damals schon seine Version gegenüber den Sanitätern gewesen, die mich dann ins Krankenhaus gefahren haben. Na ja, eine Schnapsfahne hatte ich ja wirklich und mich auch übergeben. Insofern schienen seine Aussagen aus Sicht der Sanitäter durchaus plausibel."

„Und Sie haben das dann dem Arzt gegenüber nicht richtiggestellt?", mutmaßte Nina.

„Wie sollte ich denn? Er war doch dabei. Er konnte dann ganz schön auf fürsorglich und besorgt machen."

„Also ich hätte so einen schon längst sitzen lassen und wenn ich zu meiner Mutter nach Braunschweig zurückgegangen wäre", musste Nina an dieser Stelle einfach mal loswerden.

„Habe ich ja schon mal versucht gehabt. Da hat er mich in Emden vom Bahnhof, sogar noch kurz vor dem Einsteigen in den Zug, wieder zurückgeholt."

„Wie kann das denn sein, da waren doch sicher viele Leute außen rum. Da konnte er Sie doch nicht einfach gegen Ihren Willen mit Gewalt bis zu seinem Auto bringen", stellte Bert fest.

„Doch! Er hat mir einen heftigen kurzen Haken in die Magengrube geschlagen und dann ganz auf fürsorglich gemacht. Was das angeht, kann er ein Superschauspieler sein. Und dann hat er mich mit einem brutalen Griff, aber nach außen so, als würde er mich stützen, fast zum Autoparkplatz geschleppt. Unterwegs hat er mir dann noch zwei, drei Mal in den Magen geschlagen. Da ging es mir dann wirklich nicht mehr gut. Auf der Rückfahrt hat er mir gesagt, ich entkäme ihm nirgendwo, und dann würde ich ihn mal richtig kennenlernen. Dabei hat er aber immer wieder betont, dass er das alles nicht gewollt hat. Ich hätte mir das alles selbst zuzuschreiben."

„Und den Schuh haben Sie sich angezogen?", fragte Nina ungläubig nach.

„Na ja, irgendwie hatte ja alles eine Ursache und eine Wirkung. Nicht er war abgehauen und fremdgegangen, sondern ich."

Nina sah Bert fassungslos an. Sie hatte schon von solchen Fällen gehört, doch nun erlebte sie so etwas zum ersten Mal live.

„Aber jetzt hatten Sie ja offensichtlich endlich den Mut und sind zu Ihrer Mutter gefahren. Und Ihr Mann hat Sie nicht zurückgeholt", bemerkte Nina.

„Hat mein Mann das so gesagt?"

„Ja", antwortete Bert.

„Rausgeschmissen hat er mich. In der Tür hat er mir noch einen Tritt gegeben, dass ich vor der Haustür auf das Pflaster geknallt bin. Ihm würde ich nicht noch einmal Hörner aufsetzen. Und ich sollte nicht wagen, noch mal über diese Schwelle zu kommen. hat er mir nachgebrüllt. Und wehe, ich würde etwas sagen …"

„Das war, nachdem er Sie wegen Ihrer Affäre mit Malte Sörensen zur Rede gestellt hatte?", wollte Nina es genau wissen.

„Affäre ist gut gesagt." Bitterkeit klang aus Lauras Stimme. „Von meiner Seite aus war das echte Liebe. Und ich glaube, dass Malte das ähnlich empfunden hat. Jedenfalls hat er mir das so gesagt. Obwohl ich einige Jahre älter bin. Ich sollte ihm Bescheid sagen, wenn mein Mann mich wieder anfassen würde. Dann hätte Malte ihm mal gezeigt, was Schläge sind. Der war als Dachdecker und Judoka, was das anging, gut in Form. Da hätte mein Mann sicher den Kürzeren gezogen. Malte hatte mir auch versprochen, nach Braunschweig zu kommen. Einmal war er auch da gewesen. Aber danach hat er sich nicht mehr blicken lassen, immer kam ihm was dazwischen."

„Wie war das denn mit der Pistole Ihres Mannes?" Dieser Punkt musste für Bert in jedem Fall geklärt werden.

„Das haben mich schon Ihre Kollegen in Braunschweig gefragt Keine Ahnung. Aus dem Schützenverein haben sie meinen Mann schon vor einiger Zeit rausgeschmissen. Den genauen Grund ha er mir nicht genannt. Nur gesagt, dass er mit den Arschlöchern im Verein nichts mehr zu tun haben wollte. Und zum Jagen war er auch schon lange nicht mehr gegangen."

„Sie hatten doch längere Zeit Handwerker im Haus. Wäre es denn denkbar, dass sich da jemand Zutritt zum Büro und zum Waffenschrank Ihres Mannes hat verschaffen können?"

„Kann schon sein. Die Tür zum Büro stand meistens offen und die Toilette, die auch von den Handwerkern benutzt wurde, ist direkt nebenan. Mit dem Schlüsselbund ist mein Mann immer sehr lax umgegangen. Ich habe ihn auch schon mal darauf aufmerksam gemacht, dass er den nicht so offen auf dem Schreibtisch rumliegen lassen soll. Das war kurz vor der Dachsanierung. Da haben wir Bad und Gäste-WC machen lassen. Aber da hatte ich mir auch schon wieder Ärger eingefangen. Von daher habe ich dann nichts mehr gesagt. Ich wollte es ja nicht schon wieder rausfordern und mir wegen seiner Scheißwaffen auch noch Prügel einfangen."

„Eine Frage hätte ich noch", konnte sich Bert nicht verkneifen. „Das Haus ist ja schon etwas älter. Ist Ihr Mann Großverdiener, oder woher kam das Geld für solch kostspielige Sanierungen?"

„Erbengemeinschaft. So ist das, wenn Weideland zu Bauland wird. Dann ist auf einmal viel Geld im Spiel."

„Frau Büser, so wie es aussieht, wird Ihr Mann sich wohl längere Zeit noch in Gewahrsam befinden. Sei es aufgrund einer Mordanklage, aber in jedem Fall wegen mehrfacher schwerer Körperverletzung. Was werden Sie denn jetzt unternehmen?" Nina dachte daran, wie sie die Frau bei ihrer Aussage halten konnte.

„Eigentlich hatte ich auf die Unterstützung und auch den Schutz von Malte gehofft. Die Nachricht von seinem Tod hat mich tief getroffen. Und jetzt weiß ich nicht so recht. Das Haus gehört ja meinem Mann allein. Das war mal sein Elternhaus und da will ich auch nicht mehr drin wohnen. Im Moment habe ich mir hier in Wittmund eine kleine Ferienwohnung gemietet. Ich glaube, ich gehe wohl doch wieder zu meiner Mutter zurück, sobald ich hier alles geregelt habe."

„Haben Sie schon mal daran gedacht, psychologische Unterstützung in Anspruch zu nehmen?", fragte Nina konkret nach.

„Ja, habe ich, hatte ich vorhin vergessen zu erwähnen, auf Wunsch meiner Mutter. Und ich bin in Braunschweig auch noch in Behandlung. Von der Psychologin kam ebenfalls der dringende Rat zu der Anzeige gegen meinen Mann. Sie hat mir gesagt, dass das, was mein Mann mir in den letzten fast zehn Jahren angetan hat, eine strafbare Handlung ist, für die er auf jeden Fall ins Gefängnis geht. Obwohl, wenn ich ehrlich bin, habe ich immer noch eine Riesenangst vor meinem Mann. Vor allem, was ist, wenn er mal wieder rauskommt? Ich würde ihm sogar ohne Weiteres zutrauen, dass er Malte umgebracht hat."

„Wollen Sie damit sagen, dass Sie ihm zutrauen würden, dass er Malte Sörensen mit seiner Pistole erschossen und anschließend die Waffe weggeworfen hat?", präzisierte Bert.

„Absolut. Jedenfalls hat er laut und deutlich damit gedroht, als er mich zur Rede gestellt hat. Ich musste ihm ja sogar ganz genau sagen, wann und wie oft ich mit Malte zusammen gewesen bin."

„Und das haben Sie ihm tatsächlich alles haarklein erzählt?" Nina konnte es nicht glauben.

„Hat Ihnen schon mal jemand die Finger verbogen, bis sie brechen? Können Sie alles auf den Röntgenaufnahmen finden. Da sagen Sie alles. Das ist fast wie die Daumenschrauben in mittelalterlichen Folterkammern."

Nina war entsetzt. Am liebsten hätte sie dem Inhaftierten jetzt selbst jeden Finger einzeln gebrochen. Bert sah ihr wohl an, was gerade in ihr vorging. „Ich glaube, wir können unser Gespräch beenden. Danke, Frau Büser. Vor allem dafür, dass Sie sich zu diesem mutigen Schritt durchgerungen haben. Es darf nicht sein, dass so etwas ungestraft bleibt. Und wir werden dafür sorgen, dass Ihr Mann seine gerechte Strafe erhält."

Nachdem Frau Büser das Protokoll und die Anzeige unterschrieben und sich verabschiedet hatte, sagte Nina: „Dein Wort in Gottes Ohr!"

„Was meinst du?"

„Na, das mit der gerechten Strafe. Eigentlich gehört so einer sein Leben lang hinter Gitter!"

Kapitel 8

Gleich zum Dienstbeginn hatte Bert sein Team zusammenrufen lassen, um alle auf den aktuellen Stand zu bringen. Für zehn Uhr war die Einweisung der Teams angesetzt, die die Gülleproben von den Bauernhöfen holen sollten. Dieser Aufgabe sahen nach den Erfahrungen aus dem letzten Fall fast alle mit gemischten Gefühlen entgegen. Beim letzten Fall war sogar das SEK zum Einsatz gekommen und Nina hätte es fast das Leben gekostet. So etwas durfte sich nicht wiederholen.

Bernd hatte bereits die Einteilung der Dreierteams vorgenommen und sich von zwei neuen Kollegen anhören müssen, dass das – und auch die von Bert angeordnete Schutzausrüstung – doch wohl ein wenig übertrieben sei, nur um ein paar Proben tierischer Fäkalien einzusammeln. Bernd hatte den Kollegen dann Satellitenaufnahmen von ostfriesischen Gulfhöfen gezeigt mit der Frage: „Na, Kollegen, mal angenommen, da hat sich ein Nest der organisierten Kriminalität auf so einem Hof breitgemacht. Sichtschutz rundum durch hohe Bäume und Büsche. Kilometerweit nur Felder und Wiesen bis zum nächsten Hof oder Ort. Meint ihr, da noch eine Chance zu haben, wenn es ernst wird?"

Betretenes Schweigen. Dann sagte der eine: „Ostfriesland ist aber doch eigentlich für seine Idylle und Beschaulichkeit bekannt."

„Richtig. Daher ist unsere Region hier Gott sei Dank auch nur in ganz seltenen Fällen eine Spielwiese für solche Ganoven", ergänzte Bernd. „Schließlich sind wir hier keine Großstadt, wo sich solche Elemente bevorzugt tummeln. Bei uns ist sonst wirklich alles sehr überschaubar. Aber es könnte sein, dass unsere beiden Toten aus dem Benser Tief irgendeiner Mafiaorganisation in Köln in die Quere gekommen sind. Für uns Grund genug, besser Vorsicht als Nachsicht walten zu lassen."

Bert hatte noch einen von der Rechtsmedizin telefonisch avisierten Bericht abgewartet, bevor er zum Meetingraum ging. Dort informierte er die Anwesenden zunächst über den Fall Malte Sörensen und Sabine Brandt. „Also, Leute, unsere Experten konnten endlich das Passwort für Maltes PC knacken. Leider auf den ersten Blick wenig für uns Verwertbares. Seine letzten Bilder, Videos und Facebook-Postings gingen alle um einen Karnevalsumzug im Saterland. Selbst das Gesichtserkennungsprogramm ist nur bei ihm selbst und Sabine Brandt, seiner Freundin, auf einem Selfie fündig geworden."

„Ist ja wohl auch kein Wunder", kommentierte Bernd. „Bei uns im Kohlenpott gab es auch Karnevalsumzüge, da sind die meisten Leute kostümiert und maskiert oder zumindest angemalt und mit Pappnase unterwegs gewesen. Das verfälscht natürlich die biometrischen Erkennungsmerkmale. Wie soll da ein solches Programm fündig werden?"

„Könnte sein, dass du recht hast", bestätigte Bert. „Aber es gibt auch Fortschritte. Die Ehefrau des mordverdächtigen Untersuchungshäftlings, Frank Büser, hat gestern bei uns Anzeige wegen mehrfacher schwerer Körperverletzung über einen längeren Zeitraum gegen ihren Mann erstattet. Sie schließt nicht aus, dass er Malte Sörensen mit seiner Neun-Millimeter-Sportpistole erschossen hat. Zumindest habe er es ihr gegenüber angedroht. Leider konnte sie uns aber auch nichts über den Verbleib der Waffe sagen."

„Mehrfache Körperverletzung über einen längeren Zeitraum?", entrüstete sich Silke. „Wie blöd muss man denn sein, wenn man sich das gefallen lässt?"

„Ja, das würde ich aber auch sagen", schloss sich ihr eine uniformierte Kollegin an.

Nina klärte die Anwesenden über die Situation auf, in der sich Laura Büser fast zehn Jahre befunden hatte.

„Kommen wir zu unserem Fall mit den beiden Toten aus dem Benser Tief", übernahm Bert wieder die Gesprächsführung. „Da gibt es zumindest in Bezug auf eine enge verwandtschaftliche Beziehung der beiden Getöteten eine Übereinstimmung. Nach dem DNA-Abgleich handelt es sich mit an Sicherheit grenzender Wahrscheinlichkeit tatsächlich um Zwillinge. Ob es aber nun auch die vermissten Zwillingsbrüder Daniel und Simon Spiekermann aus Köln sind, dazu warten wir immer noch auf Ergebnisse aus DNA-Proben aus deren Elternhaus."

„Wieso brauchen denn die Kölner Kollegen dafür so lange?"", wollte Nina wissen. „Es kann doch nicht so schwer sein, an verwertbares DNA-Material zu kommen, wo sich die beiden Brüder jahrelang aufgehalten haben."

„Nina, du hast genau den wunden Punkt in dieser Angelegenheit angesprochen. Die Kölner Kollegen haben in der Tat Probleme, entsprechendes Material im Haus der Eltern zu beschaffen."

„Machen die so was zum ersten Mal? Oder wo klemmt es?"", fragte Bernd zur Erheiterung der Runde.

„Das sei wohl in der Tat deswegen gar nicht so einfach, weil die Mutter der beiden eine sehr reinliche Hausfrau ist, wie die Kollegen das umschrieben haben. Also da lagen zum Beispiel keine benutzten Haarbürsten oder Kämme rum. Und da die Eindringlinge, die Frau Spiekermann in ihrem Haus überfallen und sogar brutal geschlagen haben, auch die Zimmer und das Bad der Brüder auf übelste Weise auseinandergenommen hatten, hat die Mutter alles – in bester Absicht natürlich – säuberlichst gereinigt für die Heimkehr ihrer Jungen wieder hergerichtet."

„Ich hab meiner Mutter immer versucht klarzumachen, dass so ein Sauberkeitswahn sogar schädlich sein kann. Hier haben wir den Beweis", konnte Bernd nicht an sich halten und erntete – zumindest bei den meisten männlichen Kollegen – verständnisvolles und zustimmendes Nicken und Gelächter.

„Das mit deiner Mutter will ich nicht kommentieren, Bernd, aber wir wären sicher schon einen Schritt weiter, wenn es dort tatsächlich ein paar dreckige Kämme gegeben hätte", bestätigte Bert ihn. „Dann gibt es noch eine gute Nachricht, die vor allem unsere Güllesammlerteams betrifft. Ich erinnere an dieser Stelle noch einmal daran, dass wir Vergleichsproben von Höfen mit Rinderwirtschaft brauchen, weil die aus dem Benser Tief geborgenen Männer nicht dort, sondern irgendwo in Rindergülle ums Leben gekommen sind. Es steht mittlerweile fest, dass sie unter Drogen gestanden haben und dann noch lebend in eine Güllegrube geworfen wurden."

„Nicht gerade der angenehmste Tod", kommentierte einer der Uniformierten sarkastisch.

„Jedenfalls hat Nina gestern von der landwirtschaftlichen Bezirksstelle in Aurich erfahren, dass es in deren Zuständigkeitsbereich über eintausendfünfhundert Betriebe dieser Art gibt."

„Da sind wir ja noch bis Weihnachten beschäftigt!", rief einer der Teilnehmer in den Raum.

„Nicht auszuschließen, Herr Kollege, es sei denn, wir könnten das Suchraster noch verfeinern. Und das können wir nach den uns jetzt vorliegenden Informationen aus dem KTI Hannover. Das ist auch die gute Nachricht, von der ich gerade sprach."

„Betrifft die Verfeinerung etwa die Biohöfe?", hakte Nina nach.

„So ähnlich. Ob es Höfe sind, die als Biohöfe zu bezeichnen sind, vermag ich fachlich nicht zu klassifizieren, da mir die entsprechenden Kriterien nicht bekannt sind. Aber das KTI hat in der Gülle eine Abweichung festgestellt, die darauf hinzudeuten scheint. Es sind nämlich so gut wie keine Rückstände beziehungsweise Substanzen nachzuweisen gewesen, die bei der Verwendung von Futtermittel auftreten, bei dessen Anbau Pestizide oder Ähnliches verwendet wurden. Dies gilt auch in Bezug auf die Verwendung von bestimmten Medikamenten und Antibiotika."

„Bert, das ist dann wirklich eine gute Nachricht, denn dann reduziert sich die Anzahl der in Betracht kommenden Betriebe auf etwa zweihundert. Eine Auflistung mit Adressdaten wurde mir von der Bezirksstelle Aurich für heute noch zugesagt, sodass unsere Teams spätestens ab dem frühen Nachmittag starten könnten."

Inzwischen war auch die Kollegin der Umweltpolizei aus Aurich eingetroffen und von Bert begrüßt und vorgestellt worden.

„Zunächst möchte ich Ihnen mal erklären, warum so eine Einweisung überhaupt erforderlich ist", begann die Spezialistin. „Die meisten von Ihnen kommen sicher nicht aus der Landwirtschaft und haben wahrscheinlich kaum eine Vorstellung von unserem Einsatz in Betrieben mit Viehhaltung. Aber Sie haben sicher alle schon mal aus den Medien davon gehört, dass das Ausbringen der Gülle auf den Feldern insbesondere von Umweltschützern kritisch gesehen wird und zu Recht strengen

Auflagen unterliegt. Schließlich geht es dabei um die Qualität unseres Grundwassers. Wenn meine Kollegen und ich zum Einsatz kommen, dann geht es in aller Regel bei der Probennahme von Gülle darum, zu prüfen, ob die gesetzlichen Bestimmungen und Auflagen eingehalten worden sind."

„Muss ich mir das so vorstellen, wie wenn der Betriebsprüfer vom Finanzamt bei einem Unternehmen in die Büros kommt?", fragte Nina.

„Guter Vergleich", bestätigte die Umweltpolizistin.

„Das heißt, wir können nicht unbedingt damit rechnen, freudig mit offenen Armen in Empfang genommen zu werden", resümierte Nina.

„Das haben Sie sehr gut und zutreffend erkannt, liebe Kollegin." Die Referentin konnte sich ein Schmunzeln nicht verkneifen.

„Dann stellt sich mir als Allererstes, bevor wir zum technischen Ablauf einer Probennahme kommen, die Frage: Wie begründen wir gegenüber den Landwirten unseren Einsatz? Wir können ja nicht mit der Tür ins Haus fallen und sagen, dass wir einen Mordtatort in einer Güllegrube suchen."

„Auch das ist richtig, aber weniger problematisch, als es jetzt den Anschein haben mag. In der letzten Zeit ist auch in hiesigen Medien über resistente Keime berichtet worden. Eine Ursache könnte darin liegen, dass zu viel Gülle mit Antibiotikarückständen in das Grundwasser gelangt. Daher wird es den meisten Landwirten nicht ungewöhnlich erscheinen, dass die Umweltpolizei verstärkt Prüfungen durchführt, wobei wir die Unterstützung von den Streifenwagenbesatzungen benötigen."

„Klingt plausibel", kommentierte Bert.

„Genau. Also eine ganz einfache Routineuntersuchung, die in diesem speziellen Fall zudem für die Landwirte auch nicht mit dem üblichen Aufwand verbunden ist, denn grundsätzlich ziehen wir die Proben bei dem Ausbringen auf die Felder.

Wenn der Bauer erkennt, dass er nur mit einem Schöpfer oder Eimer etwas Gülle aus der Grube holen muss, dann wird er sehr froh darüber sein, dass er Sie wahrscheinlich in spätestens einer halben Stunde wieder los ist."

„Ich hatte vorhin schon vor Ihrer Ankunft, Frau Kollegin, unseren Teams mitgeteilt, dass wir inzwischen wissen, dass unsere beiden Toten in einer Gülle umgekommen sind, in der sich so gut wie keine Rückstände von Pestiziden und Antibiotika nachweisen ließen, wodurch wir unsere Einsätze zunächst nur auf Biohöfe beschränken", informierte Bert.

„Das macht es dann ja noch leichter. Viele dieser Landwirte sind ja geradezu – und das zu Recht, wenn ich das mal so sagen darf – stolz darauf, mit ihrem biologischen Anbau einen positiven Beitrag für die Umwelt zu leisten. Und getreu dem Spruch ‚Tue Gutes und rede darüber' werden diese in aller Regel gerne bereit sein, eine Probe ihrer Gülle – sozusagen als Referenzwert – abgeben zu können."

Die Spezialistin zeigte dann mittels Beamer Beispiele von Rinderställen mit Spaltenplatten und Liegeboxen über Güllegruben und diversen Entnahmemöglichkeiten. Wobei sie darauf hinwies, dass die Bauern sich ja auskannten und wussten, wo sie die Entnahmen in ihrem Stall machten. Dann erklärte sie noch die Beschriftung der Klebeetiketten für die verschließbaren Behälter, die sie mitgebracht hatte.

***

Gegen Mittag trafen die Listen der Höfe vom Bezirksamt Aurich ein, sowohl aller Rinderbetriebe als auch der Biohöfe mit Rinderhaltung. Nina oblag die Aufteilung der Ökohöfe.

Dabei begann sie mit Höfen, die in unmittelbarer Nähe zum Fundort der Leichen lagen. Daher stand heute Nachmittag nur der Raum Esens für die eingeteilten Teams auf dem Programm. Ab siebzehn Uhr dreißig würde es bereits zu dämmern beginnen, sodass der letzte Hof an diesem Tag um siebzehn Uhr angefahren werden konnte. Die Teams wurden entsprechend eingewiesen.

Bert fuhr mit Nina in seinem zivilen Dienstwagen hinter dem Polizeiauto von Bernd und Silke her. Rita Schneider, eine Kollegin, die erst vor Kurzem aus Osnabrück nach Wittmund versetzt worden war, fuhr den Wagen. Unweit von Esens erreichten sie die Zufahrt des ersten Hofes auf ihrer Liste. Das

Gehöft lag einige hundert Meter von der Hauptstraße entfernt, sehr versteckt hinter einem kleinen Wäldchen. „Mich fröstelt", sagte Nina, obwohl die Raumtemperatur im Auto auf zweiundzwanzig Grad eingestellt war. Bert verstand, auch bei ihm kamen Assoziationen von ihrem letzten Fall mit seinen dramatischen Ereignissen hoch.

Er fuhr rechts ran und ließ das Polizeiauto ein Stück vorausfahren. Nachdem Nina sich wieder etwas gesammelt hatte, fuhr er weiter. Als sie auf dem Hof ankamen, standen Bernd und Silke bereits im Gespräch mit dem Landwirt. Rita saß wie geplant zur Sicherheit im Auto.

Aber hier schien alles entspannt. Sie hörten noch, wie Bernd lachend zu dem Bauern sagte: „Ach, da kommt ja die Kontrolle der Kontrolle. Das ist mein Chef, der will wissen, ob ich alles richtig mache." Bert und Nina hatten die Scheiben heruntergemacht, blieben aber im Auto sitzen. Der Hauptkommissar winkte nur lässig aus dem Fenster raus.

Das Lachen des Bauern zeigte, dass die Situation wirklich ganz entspannt war. Dann ging dieser in den Stall und kam mit einem Gülleschöpfer am langen Stiel wieder heraus. Er öffnete neben dem großen Schiebetor zum Stall eine schwere Abdeckung, wobei Bernd mit zupackte, und lehnte diese an die Hauswand. Dann senkte er den Schöpfer in die Grube und füllte anschließend mit dem herausgeholten Inhalt das Gefäß, welches Silke ihm hinhielt. Nachdem Silke es geschlossen und beschriftet hatte, stellte sie es in den Kofferraum des Polizeifahrzeugs.

Bernd und Silke bedankten und verabschiedeten sich vom Hofbetreiber und gingen danach zum Fahrzeug von Bert und Nina. „Alles easy going", meldete Bernd. „Null Problemo."

„Okay", sagte Bert „Haltet aber trotzdem die Augen offen und seid vorsichtig! Nina und ich fahren jetzt zu der Diskothek bei Leer, wo sich Malte mit seiner Freundin hatte treffen wollen. Irgendwie ist das alles noch nicht so ganz rund. Irgendetwas fehlt da noch. Ich stelle mir vor allem die Frage: Wieso ist Malte Sörensen mit seiner Freundin von der Leeraner Disco zum Knyphauser Wald, fast bis nach Wittmund, gefahren?"

„Wahrscheinlich wollten die beiden es besonders intim haben",
meinte Bernd grinsend.

„Schon möglich", bestätigte Bert. „Na, wir werden sehen. Also
seid vorsichtig. Bis dann." Bert verließ mit Nina das Gehöft, um
nach Leer zu fahren. Eigentlich wäre es noch zu früh gewesen,
um einer Diskothek einen Besuch abzustatten. Aber sie waren mit
den Kollegen aus Rhauderfehn verabredet, die den Wagen von
Maltes Freundin abholen lassen wollten, der wohl noch immer auf
dem Parkplatz der Diskothek stand.

Als die Ermittler dort ankamen, waren die Kollegen mit dem
Abschleppdienst schon da. Sie hatten mit dem Verladen des Pkws
aber noch gewartet, damit die beiden Wittmunder Beamten sich
auch ein Bild machen konnten. Das Fahrzeug stand ziemlich weit
vom Eingang entfernt in einer geschützten Ecke eines vom großen
Parkplatz etwas abgetrennten Schotterplatzes, hinter einer kleinen
Rhododendronbuschreihe.

Nina stellte fest: „Kaum Beleuchtung hier. Aber vorn im
Eingangsbereich und an der kleinen Brücke über der Ein- und
Ausfahrt habe ich Kameras bemerkt. Übrigens vielen Dank für
die Information, dass Sie den Wagen hier gefunden haben."

„Wir hatten den Pkw, wie Sie ja wissen, zur Fahndung
ausgeschrieben, denn die Eltern wussten nur, dass ihre Tochter
eine Freundin besuchen wollte. Bei der ist sie aber gar nicht
gewesen, wie wir inzwischen herausgefunden haben. Wo sie
wirklich war, konnten wir bis jetzt noch nicht ermitteln. Die
Kollegen aus Leer haben das Fahrzeug jetzt hier, wohl auch nur
durch Zufall, entdeckt. Wie Sie sehen, stand es etwas versteckt
hinter einigen Büschen. Da haben die Leute von der Diskothek es
vom Eingang aus nicht sehen können. Wahrscheinlich wird der
Schotterteil des Parkplatzes ohnehin nur benutzt, wenn es mal
richtig voll ist. Aber wir haben den Betreiber hierher beordert, der
müsste eigentlich jeden Moment eintreffen."

„Gut, dann können wir uns ja nachher noch die Aufzeichnungen
der Kameras vom besagten Abend zeigen lassen", äußerte Bert
hoffnungsvoll.

„Gute Idee", stimmte ihm der Beamte aus dem Kreis Leer zu.
„Übrigens, mein Kollege und ich haben uns vorhin schon mal

umgesehen. Ich glaube, die Spurensicherung brauchen wir nicht hierherzuholen. Reifenspuren gibt es bei dem Schotter keine zu sichern und in der Umgebung des Wagens konnten wir auch nichts Auffälliges entdecken, was mit unserem Fall auch nur im Entferntesten in Verbindung stehen könnte. Wir werden das aber noch abschließend mit unserer Spurensicherung abklären. Die werden sich dann auch um das Fahrzeug kümmern."

„Es ist ja auch bereits mehr als eine Woche ins Land gegangen", bemerkte Nina. „Dahinten kommt ein Auto. Vielleicht ist das der Betreiber."

So war es. Nachdem sich alle vorgestellt und begrüßt hatten, fragte Bert den Besitzer der Diskothek: „Dieser Wagen hat über eine Woche hier gestanden, wird denn der Parkplatz von Ihren Leuten überhaupt nicht kontrolliert?"

„Wozu? Im Einfahrts- und Eingangsbereich befinden sich zwei Kameras. Die sind vor Jahren installiert worden, weil wir ein paar Probleme mit einer Jugendbande hatten, die bei uns immer wieder mal randalieren kamen. Das hat die dann abgeschreckt. Wir lassen die Kameras zwar immer noch routinemäßig laufen, aber das schauen wir uns nur an, wenn es einen Vorfall gegeben hat. Wie Sie selbst sehen, kann man den asphaltierten Teil des Parkplatzes bereits komplett vom Eingang überblicken, und diesen Teil hier nutzen höchstens gelegentlich Pärchen, die mal alleine sein wollen. Sonst brauchen wir den nur, wenn bei uns die Bude aus allen Nähten kracht. Was um diese Jahreszeit aber eher die Ausnahme ist. Warum sollte sich dann also einer meiner Leute hier umsehen?"

„Verstehe." Genau das hatten Bert und seine Kollegen ja bereits selbst vermutet. „Wir würden uns dann gerne mal die Aufzeichnungen vom Samstag vor einer Woche anschauen."

„Kein Problem. Gehen wir rein."

Der Pkw von Sabine Brandt war inzwischen verladen und abtransportiert worden. Die Polizisten folgten dem Betreiber in die Diskothek. Er führte sie in den privaten Teil des Gebäudes hinter die große Theke, in einen Raum, der offensichtlich auch als Besprechungsraum diente. Jedenfalls stand dort neben ein paar Schränken und Regalen an der Wand auch ein großer Tisch mit mehreren Stühlen drumherum. An einer Wand befand sich ein großer alter Schreibtisch mit drei Monitoren und einem offensichtlich schon etwas in die Jahre gekommenen großen PC. Es dauerte eine ganze Weile, bis der Computer gestartet war. „Festplattenmäßig haben wir das Schätzchen hier erst im letzten Jahr aufrüsten lassen, und da wir den PC nur noch für die Überwachungsanlage benötigen, tut er es noch", sagte der Discomensch entschuldigend.

Es dauerte nicht lange, dann hatte er die gewünschten Aufzeichnungen auf dem Monitor; diese begannen am besagten Tag um einundzwanzig Uhr dreißig.

„Ich glaube, wir können einen schnellen Vorlauf einstellen", wurde Bert ungeduldig. „Da tut sich ja gar nichts."

„Wir öffnen ja auch erst um zweiundzwanzig Uhr."

„Halt!", griff Nina ein. „Das ist doch das Auto von Sabine, oder?"

„Könnte es sein", bestätigte der Kollege aus Rhauderfehn. „Ist aber schwer zu erkennen. Fehlt da eine Beleuchtung?"

„Ja, an dem Wochenende waren uns die Scheinwerfer an der Trägerbrücke über der Ein- und Ausfahrt ausgefallen. Ist aber inzwischen repariert."

„Man sieht auch nur, wie der Wagen nach hinten aus dem Aufzeichnungsbereich der Kamera ins Dunkle fährt. Also kann man nur vermuten, dass Sabine Brandt bereits vor zweiundzwanzig Uhr auf den hinteren Teil des Parkplatzes gefahren ist. Wahrscheinlich um auf Malte zu warten", mutmaßte Nina. „Aber wieso ist es denn dahinten so dunkel? Da stehen doch auch Lampen, wie ich vorhin gesehen habe. Sind denn die nicht an?"

„Dort werden die Lampen nur angemacht, wenn wir großen Betrieb haben. Anfangs hatten wir den hinteren Teil sogar abgesperrt. Nachdem dann die Absperrung immer wieder beiseite geräumt wurde, wahrscheinlich weil sich Pärchen dort ungestörter fühlten, haben wir diese weggelassen und ein Warnschild aufgestellt, dass dieser Teil normalerweise nicht beleuchtet ist."

„So ein Schild ist mir aber nicht aufgefallen", wandte Nina ein.

„Kann schon sein, dass das mal wieder von den Büschen, die dort stehen, eingewachsen ist. Eigentlich sollen sich meine Leute darum kümmern. Aber Sie wissen ja, wie das mit dem Personal so ist. Alles müsste man im Grunde selber machen. Ich werde das regeln."

Nach zweiundzwanzig Uhr nahm die Frequenz der Fahrzeuge stetig zu. Alle suchten sich offensichtlich Parkplätze möglichst nahe beim Eingang. Dann erschien ein dunkler Kleinbus, der ebenfalls nach hinten aus dem Blickfeld verschwand. „Das könnte der VW-Bus von Malte gewesen sein", stellte Bert fest.

Auf einmal sagte Bert: „Stopp! Bitte mal etwas zurückspulen. Da fährt doch ein Wagen vom vorderen Parkplatz nach hinten in das Dunkel. Offensichtlich auf den Schotterplatz. Könnte das nicht ein Audi A6 sein?"

„Also, es ist aber auch wirklich zu dumm mit der Parkplatzbeleuchtung. Jedenfalls von der Form her könnte es passen", bestätigte einer der Kollegen. „Wahrscheinlich ein Liebespaar, das es etwas intimer wollte."

„Einen Audi A6 fährt auch unser Hauptverdächtiger, der bei uns in U-Haft sitzt", erläuterte Bert.

Sie hatten schon eine ganze Weile auf den Monitor gestarrt, aber es waren keine weiteren Fahrzeuge auffällig gewesen. Bis auf einmal zwei Scheinwerfer von hinten aus dem Dunklen in Richtung Ausfahrt in den Kamerabereich einfuhren. Dicht gefolgt von einem Pkw, den man durchaus für einen dunklen Audi A6 halten konnte. Die Uhr auf dem Monitor zeigte mittlerweile fast Mitternacht.

Bert ließ die Aufzeichnung erneut stoppen und zurückfahren. Allerdings waren durch die schlechte Beleuchtung weder die Fahrzeuge, geschweige denn die Fahrer eindeutig zu identifizieren. „Ärgerlich", schimpfte er. „Wir brauchen die ganze Aufzeichnung dieser Nacht. Vielleicht können unsere Spezialisten da noch etwas mehr rausholen."

„Ich ziehe sie Ihnen von beiden Kameras auf einen Stick", zeigte sich der Diskothekenbesitzer kooperativ.

***

Kurz darauf waren Nina und Bert unterwegs zum Kommissariat. Bert wollte vor dem Feierabend noch einmal die Teams zusammenhaben, um ein erstes Resümee der Probennahmen zu erhalten. Er hatte das bereits telefonisch durchgegeben.

„Was hältst du von dem Ergebnis hier bei der Disco?", fragte er Nina.

„Also, wenn wir uns an die Fakten halten, können wir mit absoluter Sicherheit nur sagen, dass das Auto von Sabine Brandt dort auf dem Parkplatz stand. Das lässt den Schluss zu, dass sie selbst auch da gewesen ist. Es sei denn, es hätte jemand anders dort ihr Auto abgestellt, wofür es aber bislang keine Anhaltspunkte gibt. Fakt ist auch, dass ein Fahrzeug, bei dem es sich um den Bus von Malte Sörensen handeln könnte, eine Zeit lang auf dem Schotterplatz gestanden hat und später durch die Ausfahrt verschwunden ist. Ferner hat sich ein Auto, welches eventuell dem einsitzenden Choleriker gehört und zunächst unauffällig auf dem Hauptparkplatz gestanden hat, ebenfalls in Richtung Schotterplatz bewegt und ist später dem Kleinbus zum Ausgang gefolgt."

„Das sind die Tatsachen. Und was schließen wir daraus? Nehmen wir mal an, dass Malte und Sabine dort in seinem Bus einem biologisch bedingten Bedürfnis, wie wir das ja auch manchmal schon im Zusammenhang mit unserer dienstlichen Symbiose genannt haben, nachgegangen sind."

„Auch wenn du das jetzt sehr geschraubt ausgedrückt hast, trifft es wahrscheinlich genau den Kern", unterbrach ihn Nina feixend. „Ich hätte das jetzt, wenn ich es nicht vulgär ausdrücken wollte, so beschrieben: Die haben das gemacht, was verliebte Pärchen nun mal gerne zu tun pflegen, wenn sie sich in die Zweisamkeit zurückziehen."

Bert freute es, wenn er seine Nina – gerade auch bei einem solchen Thema – mal wieder lachend und scherzend hörte. Daher ging er auch gerne darauf ein: „Das hast du aber sehr elegant formuliert. Aber egal wie, kommen wir zum Ernst der Sache zurück. Wenn wir weiter in diese Richtung spekulieren und annehmen, Frank Büser hätte von irgendwo erfahren, dass Malte zu der Disco wollte. Dann brauchte er auf dem Parkplatz doch einfach nur zu warten, bis Malte mit seinem ja nicht gerade unauffälligen Fahrzeug erscheint, um ihm dann später in den nicht beleuchteten Teil zu folgen. Aber wie könnte es dann weitergegangen sein?"

„Dann wird es im Hinblick auf unsere festgestellten Tatsachen schwierig", sinnierte Nina. „Tatsache ist, der dunkle Pkw fuhr unmittelbar, man könnte fast sagen, am Kofferraum klebend, hinter dem Kleinbus zur Parkplatzausfahrt. Das hätte Malte eigentlich auffallen müssen, zumal der sich ja bereits auf dem unbeleuchteten Teil an ihn drangehängt haben musste, wie das Video eindeutig zeigte. Das nachfolgende Fahrzeug war ja sogar so dicht dran, dass dessen Scheinwerfer im Video gar nicht zu sehen sind."

„Also was wir bisher über Malte wissen, hätte den das mit Sicherheit misstrauisch gemacht, wenn ihm ein Auto so dicht nachfolgt. Zumal wir davon ausgehen können, dass er den Wagen des Ehemannes, dem er mehrfach Hörner aufgesetzt hatte, eigentlich gekannt haben muss. Denn als Auftraggeber der Dachsanierung wird Frank Büser schon mal während der Arbeitsphasen vorbeigeschaut haben. Scheidet als Option daher wohl eher aus."

„Sehe ich auch so. Gehen wir mal von der Überlegung aus, Büser hätte die beiden Verliebten in ihrem Liebesnest auf dem Schotterplatz überrascht und niedergeschossen. Der Schuss wäre ja über den ganzen Parkplatz zu hören gewesen. Es sei denn, er hätte einen Schalldämpfer benutzt. Dann stellt sich aber immer noch die Frage, wer hat den Bus gefahren?"

„Richtig, dann hätte unser Wüterich einen Komplizen haben müssen. Ist zwar grundsätzlich nicht auszuschließen, aber dafür hat es bisher weder Hinweise noch Erkenntnisse gegeben. Also, wie ich vorhin schon zu Bernd sagte, irgendetwas ist da nicht rund."

„Vielleicht gibt es tatsächlich noch einen weiteren betrogenen Ehemann, Bert. So wie wir gehört haben, wurde Büser ja sogar von Nachbarn und vielleicht auch im Schützenverein damit aufgezogen. Es war also Dorfgespräch. So was kann dann auch schon mal zu einer unheiligen Allianz führen."

„Leider auch nicht auszuschließen. Und deine berühmte Intuition hat da gar keine Idee?"

„Doch, der Überlegung in Richtung eines Komplizen sollten wir noch mal nachgehen, das erscheint mir hier noch die wahrscheinlichste Variante zu sein. Alles andere ergibt einfach keinen Sinn."

„Da kann ich dir nicht widersprechen, es sei denn, unsere Spezialisten finden aus den Aufzeichnungen vom Parkplatz noch etwas anderes heraus. Zudem haben wir uns bis jetzt nur die Aufzeichnung von der Kamera über der Parkplatzeinfahrt angesehen. Vielleicht liefert die Auswertung der Kamera, die wir über dem Eingang gesehen haben, mit einer anderen Perspektive noch weitere Erkenntnisse."

Nina hatte inzwischen einige Eingaben in ihr Smartphone gemacht. „Der Schützenverein vom Büser hat heute Abend Training. Was hältst du davon, wenn wir nach dem Meeting da vorbeischauen und uns umhören? Ist doch bestimmt interessant, was die über unseren Choleriker zu erzählen haben."

„Gute Idee. Das steht sowieso noch auf unserer Agenda. Dann wird es heute nicht der Italiener, sondern nur die Frittenbude unterwegs, aber dafür vielleicht ein spannender Abend. Klatsch und Tratsch wie in der Yellow Press", stimmte Bert lachend zu.

Das Meeting in Wittmund ergab keine neuen Erkenntnisse. Die Probennahmen waren bisher alle unspektakulär verlaufen.

Auf dem Weg in Richtung Neuharlingersiel machten Nina und Bert kurz Halt an der Pommesbude. Bert gönnte sich eine Currywurst mit Pommes, während Nina sich mit Hähnchenfleisch auf einem frischen Salat zufriedengab. Als sie beim Schützenheim ankamen, wurde dies gerade von zwei Männern aufgeschlossen. Es waren der Vorsitzende und der Schießmeister, wie sich schnell herausstellte.

„Sie fragen nach unserm ehemaligen Schützenbruder Büser. Ein heikles Thema. Auf den ist hier keiner mehr gut zu sprechen. Mein Kollege, unser Schießmeister, muss das Training für heute Abend vorbereiten, aber ich könnte mir ein halbes Stündchen Zeit für Sie nehmen. Dann treffen sowieso die meisten Schützen erst hier ein. Lassen Sie uns in unseren Auswerteraum gehen, da sind wir ungestört."

Der Vorsitzende, der sich mit Gerold Onken vorgestellt hatte, schien nicht nur ein gesprächiger Mann zu sein, sondern seine Pappenheimer auch sehr gut zu kennen. Mit Stolz erzählte er, dass er bereits seit über fünfzehn Jahren Vorsitzender sei. Irgendwie hatten die Beamten das Gefühl, dass er sogar froh darüber war, über einige vertrauliche Dinge aus dem Vereinsleben reden zu können, ohne gleich als Tratschmaul zu gelten. Schließlich war das Gespräch mit den Polizisten für ihn eine hochoffizielle Angelegenheit.

Im Verein hatte sich Büsers Verhaftung natürlich rumgesprochen. Und ohne Aufforderung ließ der Vorsitzende erkennen, dass auch der Vorstand Frank Büser einen Mord aus dem Affekt durchaus zutraute. Ohne es zu wissen, bestätigte er auch die Version von Laura Büser, dass ihr Mann aus dem Verein geflogen sei. Es habe immer wieder Streit mit ihm gegeben. Oft nur wegen Kleinigkeiten und das sei im Laufe der Jahre immer schlimmer geworden. Nach einer Prügelei mit einem Vereinskollegen habe sich der Vorstand schließlich zu diesem Schritt veranlasst gesehen.

„Was wissen Sie denn darüber, dass erzählt wird, dass der Dachdeckergeselle Malte Sörensen aus Neuharlingersiel Frank Büser Hörner aufgesetzt haben soll?", begann Nina etwas tiefer zu bohren.

„Also ich glaube, das ist mehr als ein Gerücht. Die Laura ist eine sehr attraktive Frau. Die hätte so mancher im Verein mal gerne … vor allem von den Jüngeren. Sie verstehen, was ich meine. Und was so die Runde macht, aber das sind jetzt wirklich nur Gerüchte, soll Malte wohl auch nicht der Einzige gewesen sein. Kein Wunder, schließlich wird auch erzählt, dass Frank seine Frau nicht gerade zärtlich behandelt hat."

„Im Verein wusste man also, dass er seine Frau schlug, um mal Klartext zu reden?", brachte es Nina auf den Punkt und es begann in ihr zu kochen.

„Na ja, Sie wissen ja, wie Gerüchte so sind. Wenn es hart auf hart kommt, hat niemand was gesehen. Und offiziell waren das, so wie Frank das darstellte, nur die Schusseligkeit seiner Frau und ihr Alkoholkonsum. Und wenn man nix beweisen kann, dann hält man sich da besser raus."

‚Und schaut weg', hätte Nina ihm am liebsten ins Gesicht geschrien, behielt das dann aber für sich, denn sie wollten ja etwas erfahren und die Redefreudigkeit nicht bremsen.

„Und wie war das mit Malte?", hakte Bert noch einmal nach, der Nina genau angesehen hatte, was gerade in ihr vorgegangen war.

„Ein smarter Typ, zu dem wohl auch manche von den jüngeren Ehefrauen im Verein nicht Nein gesagt hätten."

„Hätten oder haben?" Nina ließ nicht locker.

„Auch hier, alles nur Gerüchte. Außer …"

„Außer was?", legte jetzt Bert den Finger in die Wunde.

„Außer bei Gerd Kogler. Der ist noch gar nicht so lange verheiratet. Und beim letzten Schützenfest hat der seine Frau hinter dem Zelt mit dem Malte erwischt. Da hat es eine ziemliche Schlägerei zwischen den beiden gegeben, wodurch auch andere Vereinsmitglieder aufmerksam wurden und die beiden getrennt haben. Und da soll der Gerd den Malte angebrüllt haben, dass er ihn beim nächsten Mal kaltmacht. Aber alle, die das mitbekommen haben, waren davon überzeugt, das hatte Gerd nur so in seiner Wut gesagt."

„Wie steht es denn mit dessen Ehe heute?" Nina hatte so eine Ahnung.

„Gerd wohnt jetzt allein in der Wohnung. Die sind zwar noch nicht geschieden, leben aber seither getrennt."

„Kommt Gerd Kogler heute Abend auch zum Training?", fragte Bert.

„Nein, der ist mit ein paar Kumpels auf Malle in Urlaub."

„Schon länger? Und wissen Sie, wann die zurück sind?", wollte Nina wissen.

„Ich glaube, die sind heute erst von Bremen geflogen. Sauftour für ein verlängertes Wochenende, wie ich gehört habe. Wollten am Montagabend zurückkommen."

„Wie kamen Kogler und Büser denn miteinander klar? Hat es zwischen denen auch mal Krach gegeben?", versuchte Bert dieser Spur zu folgen.

„Die kamen erstaunlicherweise ganz gut miteinander klar, obwohl sie beide Hitzköpfe sind. Aber wie sagt man, gleich und gleich gesellt sich gern."

Bert warf Nina einen bedeutungsvollen Blick zu. Dann bedankten und verabschiedeten sich die beiden Kriminalisten. Der Vorsitzende begleitete sie noch bis zur Tür. Inzwischen hatte sich der Vereinsraum gefüllt und die ersten Schützen waren bereits auf den Schießständen beim Training.

Auf dem Rückweg sagte Nina: „Am liebsten würde ich diesen Kogler direkt auf Malle verhaften lassen."

„Wäre mir auch am liebsten. Aber leider haben wir noch keine handfesten Beweise, um einen Haftbefehl erwirken zu können. Im Moment sind das alles noch Vermutungen. Gerd Kogler müssen wir uns am Montag erst einmal zur Anhörung holen. Mal sehen, wie er reagiert, wenn wir ihm ein kleines Empfangskomitee zum Bremer Flughafen schicken. Den dürfen wir auf keinen Fall erst in seine Wohnung lassen, damit er eventuelle Beweise vernichten kann."

Kapitel 9

Der nächste Morgen begrüßte die Teams mit strahlendem Sonnenschein und fast schon frühlingshaften Temperaturen.

Im unmittelbaren Umfeld des Fundorts der Leichen waren alle Höfe abgeklappert worden und die Proben bereits unterwegs nach Oldenburg zur LUFA, die – in Abstimmung mit dem KTI – ihre Unterstützung angeboten hatte. Bernd und Silke hatten mit ihrer Kollegin Rita bereits in Neuharlingersiel Proben von den ersten beiden Höfen auf ihrer Liste geholt. Auch heute lief bislang wieder alles easy going, wie Bernd das bezeichnet hatte.

Bei dem dritten Hof handelte es sich um einen sehr großen Gulfhof, der zudem noch über eine Biogasanlage verfügte. Kaum waren Silke und Bernd ausgestiegen, erschien ein großer Mann in der Eingangstür. Unter seinem für diese Jahreszeit etwas ungewöhnlich wirkenden Strohhut lugten graublonde halblange Haare hervor. Er trug einen langen Vollbart, allerdings ohne Oberlippenbart, was etwas merkwürdig wirkte.

„Halleluja! Der Herr sei mit euch! Die Polizei, dein Freund und Helfer. Was kann ich für euch tun?", begrüßte er die beiden.

Bernd ließ seinen mittlerweile fast auswendig gelernten Spruch ab.

„Da helfen wir doch gerne, wenn es um unsere Umwelt geht. Unser Herrgott hat uns nur diese eine zur Verfügung gestellt. Also sollten wir sorgsam mit ihr umgehen", sagte der Mann mit freundlicher Stimme.

„Herr Clasen, Sie sind wohl sehr christlich orientiert?", fragte Bernd.

„Wir versuchen hier ganz im Sinne der heiligen Worte der Bibel zu leben und zu wirtschaften. Daher legen wir besonderen Wert auf natürliche und unverfälschte Nahrung, auch für unsere Tiere. Denn auch sie sind Geschöpfe Gottes."

„Gehören Sie zu den Mennoniten?", wollte Silke wissen. „Da habe ich mal etwas drüber gelesen."

„Nicht zu den Mennoniten, aber zu den Amischen. Meine Brüder und ich sind von Amerika hierhergekommen, nachdem meine Eltern und mein Bruder mir diesen Hof hinterlassen haben", zeigte sich Ummo gesprächig, um dann jedoch gleich wieder sachlich zu werden. „Aber wenn wir eine Gülleprobe entnehmen wollen, dann müssen wir dahinten zum Ende des Gebäudes gehen. Dort ist neben der Schiebetür zum Kuhstall die Einlassgrube für den Güllemixer und dort können wir auch mit dem Gülleschöpfer eine Entnahme machen."

Er war schon ein paar Schritte vorausgegangen, da rief Rita durch das offene Seitenfenster des Autos: „Silke, könntest du bitte mal kommen?"

„Kleinen Moment", sagte die Angesprochene zu Ummo und Bernd und ging zu ihrer Kollegin.

Als sie beim Auto ankam, war Rita bereits ausgestiegen. „Silke, ich glaube, ich habe meine Tage bekommen. Ich müsste mal dringend auf die Toilette."

„Könnte meine Kollegin mal die Toilette im Haus benutzen?", rief Silke zu Ummo.

„Links neben der Eingangstür ist ein Gäste-WC", antwortete dieser und ging, von Bernd gefolgt, weiter.

„Aber es muss ja jemand in Alarmbereitschaft bleiben", erinnerte Rita Silke, als diese sich bereits auf den Weg machen wollte, Ummo und Bernd zu folgen, die schon halb an dem Stallgebäude vorbei waren.

„Alles gut, Rita. Das sind ganz gläubige Christen. Amische, die sind sogar besonders streng in ihrem Glauben. Ich glaube, hier wird uns nichts passieren. Du kannst ruhig zum Klo gehen, während Bernd und ich uns um die Probe kümmern."

Silke folgte den beiden Männern, während Rita es eilig hatte, ins Haus zu kommen.

Bernd war stehen geblieben, um auf Silke zu warten. „Frauen und Toilette. Rita hätte vielleicht zum Frühstück eine Tasse Kaffee weniger trinken sollen."

„Quatsch", wiegelte Silke ab. „Männer und keine Ahnung." Und dann fügte sie noch etwas leiser hinzu: „Sie hat ihre Tage bekommen. Mit so was habt ihr ja nichts zu tun. Kannste froh sein, mein Lieber."

„Ach so, sorry. War nicht so gemeint."

„Aber Rita machte sich Sorgen wegen Berts Anweisung. Du weißt schon."

„Wie war das mit Abrahams Schoß? Steht schon so in der Bibel. Wenn nicht hier, wo dann?", erwiderte Bernd mit einem Grinsen. Ummo hatte inzwischen den Gülleschöpfer aus dem Stall geholt und schickte sich an, den schweren Deckel der Grube hochzuwuchten. Bernd sprang hinzu und half ihm. Dann war die Probennahme im Nu erledigt. Nachdem Bernd Ummo noch beim Schließen des Deckels geholfen hatte, machten er und Silke sich auf den Rückweg zum Auto, während Ummo noch die große Schöpfkelle zurück in den Stall brachte.

Silke hatte die Probe bereits im Kofferraum verstaut. Da konnte sich Bernd die Bemerkung nicht verkneifen: „Ist wohl durchs Loch gefallen, unsere liebe Kollegin." Silke warf ihm nur einen strafenden Blick zu.

Ummo kam gerade hinten um die Hausecke herum, als Silke sich entschloss, mal nach Rita zu schauen. „Darf ich vielleicht mal nach meiner Kollegin schauen?", rief sie Ummo zu.

„Natürlich. Ich sagte es ja schon, links neben der Eingangstür." Als er bei Bernd ankam, fragte Ummo: „Na, wie viel Höfe haben Sie denn heute noch?"

„Wenn wir es schaffen, noch fünf."

In diesem Augenblick kam Silke wieder aus der Haustür raus. „Sie ist nicht da!"

„Wie, sie ist nicht da? Was soll das denn heißen?", wollte Bernd wissen, der das Ganze offensichtlich für einen Scherz hielt.

„Mensch, Bernd, Rita ist nicht da! Die Klotür steht offen und ich hatte schon gerufen, aber nichts. Es scheint auch niemand im Haus zu sein. Jedenfalls hat sich keiner gemeldet."

„Kann schon sein. Wahrscheinlich sind meine Brüder und Mitarbeiter entweder in der Biogasanlage oder auf den Feldern beschäftigt. Das Vieh wurde ja schon heute früh versorgt", gab Ummo Auskunft. Bei sich dachte er: Komisch, eigentlich müsste doch Mike im Haus sein. Daher sagte er dann: „Ich gehe mal nachschauen."

Er hatte plötzlich so ein komisches Gefühl und auf einmal wusste er auch wieso. Als er die junge Polizistin neben dem Auto hatte stehen sehen, hatte die ihn an jemand erinnert. Er war ja schon einige Meter weg gewesen, als Silke zu ihrer Kollegin zurückgerufen wurde. Aber jetzt fiel es ihm wie Schuppen von den Augen. Sie hatte eine unheimliche Ähnlichkeit mit Mikes erschlagener Ehefrau. Hoffentlich hatte das nichts mit dem Verschwinden der Polizistin zu tun. Er hatte es plötzlich eilig, ins Haus zu kommen. Er rannte durch sämtliche Räume, gefolgt von Bernd und Silke, die nach ihrer Kollegin riefen. Aber keine Antwort und auch kein Mike.

Selbst um das Haus herum und sogar im Stall suchten sie nach Rita, aber nichts. Schließlich sagte Bernd zu Ummo: „Es tut mir leid, Herr Clasen, aber ich muss meinen Chef informieren."

„Ja, ja, verstehe ich." In Ummos Kopf kreisten die Gedanken. Trat jetzt das ein, was er auf alle Fälle hatte verhindern wollen? Wo konnte nur diese Polizistin sein? Er hatte keine Ahnung und auch seine Stoßgebete schienen kein Gehör zu finden. Wie sollte er seine Brüder und vor allem die Gestrauchelten schützen?

Bernd ging ein Stück auf die Seite und schilderte Bert kurz die Situation und den Ablauf. Auch, dass es sich bei den Hofbewohnern wohl um strenggläubige Amische handelte. Bert blieb ganz ruhig. „Bleib ganz cool, lass dir nichts anmerken. Sage nur, dein Chef kümmert sich darum, und überlasse alles Weitere mir. Es wird sich alles aufklären. Am besten setzt du den Hofeigentümer mit einem Vorwand in unseren Wagen, dann hast du ihn unter Kontrolle, ohne ihn sofort vorläufig festnehmen zu müssen. Die Kollegen vom SEK werden gleich kommen."

Irgendwie war Bernd erleichtert. Eine Riesenbürde wurde ihm von den Schultern genommen. Schließlich hatte er hier vor Ort als Teamleiter die Verantwortung für diesen Einsatz gehabt. Und dann eine Kollegin scheinbar spurlos verschwunden. Silke blickte auch ganz verzweifelt drein.

„Mein Chef hat gesagt: Wir sollen ganz ruhig bleiben, er kümmert sich um alles und es wird sicher eine ganz simple Erklärung geben. Er bat aber darum, dass wir hier im Hof bei unserem Einsatzfahrzeug zusammenbleiben. Es werden sicher gleich ein paar Kollegen kommen und uns bei der Suche helfen. Ich glaube aber, es wäre besser, Herr Clasen, wenn Sie bei uns hinten im Wagen Platz nehmen würden. Nicht, dass es nachher, wenn die Kollegen hier eintreffen, zu Missverständnissen kommt. Schließlich ist eine Polizistin verschwunden. Das macht einige Leute dann immer etwas nervös. Da sind Sie bei uns im Auto auf jeden Fall sicher."

Ummo stieg mit großer Sorge um seine Brüder und Schutzbefohlenen in den Polizeiwagen. Eigentlich musste er sie warnen und ihnen helfen. Aber wie? Ganz von ferne hörte er Sirenen, die dann aber plötzlich verstummten. Das hatte bestimmt nichts Gutes zu bedeuten. Darüber war er sich im Klaren. Er versuchte die Autotür wieder aufzumachen, diese ließ sich aber von innen nicht öffnen. Er klopfte an die Scheibe, doch Bernd und Silke standen zu weit weg. Es blieb ihm im Moment nichts weiter, als die Zwiesprache mit seinem Herrgott zu suchen. Das beruhigte ihn wieder etwas.

Und dann schien auf einmal die Hölle loszubrechen. Mehrere Fahrzeuge des Sondereinsatzkommandos preschten auf den Hof. Bis an die Zähne bewaffnete Einsatzkräfte sprangen heraus und verteilten sich. Kommandos schallten über den Hof. Kurz darauf kam noch ein ziviles Fahrzeug mit einem aufgesetzten Blaulicht auf den Hof gefahren. Die beiden Polizisten, die die Probe genommen hatten, waren noch im Gespräch mit jemandem, der offensichtlich das Kommando hatte, gingen dann zu dem Zivilfahrzeug und sprachen kurz mit dem Fahrer.

Dieser kam daraufhin zum Wagen, in dem Ummo saß, und stieg auf der Beifahrerseite ein. „Hallo, Herr Clasen, mein Name ist Bert Linnig vom Kommissariat in Wittmund. Hätten Sie eine Idee, wo sich unsere Kollegin auf Ihrem Hof aufhalten könnte? Wir müssen wohl leider davon ausgehen, dass sie nicht aus freien Stücken verschwunden ist. Anders ausgedrückt: Könnte einer Ihrer Mitarbeiter ein Interesse daran haben, die Polizistin festzuhalten oder gar zu entführen?"

In Ummo kreisten wieder die Gedanken. Wo war Mike? Hatte er in der Polizistin seine Frau gesehen und war in Wut geraten? Oh mein Gott, lag die Polizistin jetzt vielleicht unten in der Güllegrube? Er versuchte seine Gedanken zu sortieren und die Zeitabläufe zu ordnen. Wann hatte er den Gülleschöpfer in den

Stall zurückgestellt? Danach war er um das Stallgebäude in Richtung Wohnhaus zurückgegangen und sie hatten angefangen zu suchen. War Mike vielleicht inzwischen durch die Verbindungstür vom Haus in den Stall gekommen? Hatte er dann den Deckel geöffnet und die junge Frau … Ummo schauderte es bei diesem Gedanken. Und jetzt überall Polizei. Wo war Mike?

„Können oder wollen Sie mir nicht antworten, Herr Clasen?", holte ihn die Stimme des Kommissars wieder in die Gegenwart zurück.

„Ich habe keine Ahnung. Ich weiß es nicht."

„Das heißt, Sie schließen so etwas aber auch nicht aus?", wollte es Bert jetzt genau wissen.

„Was schließe ich nicht aus?" Ummo war völlig durcheinander.

„Das, was ich Sie gerade gefragt hatte, ob einer Ihrer Mitarbeiter – aus welchem Grund auch immer – vielleicht unsere Kollegin irgendwo festhält oder sogar entführt hat."

„Um Gottes willen! Warum sollte das einer meiner Gemeindemitglieder tun? Nein!"

„Könnte es vielleicht sein, dass sich jemand unberechtigt zu Ihrem Haus Zutritt verschafft hat und meine Kollegin ihn stellen wollte?" Der Kommissar war sich darüber im Klaren, dass dies eine Frage war, die er sich eigentlich selber stellte, daher erwartete er von dem Hofbetreiber jetzt dazu auch keine konkrete Antwort.

Ummo griff die Frage aber dankbar auf. Sah er doch darin eine Chance, von seinen ihm von Gott anvertrauten Schäfchen abzulenken. „Nicht auszuschließen. Es kommt schon mal vor, dass sich zum Beispiel ein Tourist auf den Hof verirrt, und wir schließen normalerweise unsere Türen nicht ab."

Es trat ein Uniformierter an den Wagen und meldete Bert: „Im Haus alles clean. Die Kollegen sind noch im Stall und bei der Biogasanlage im Einsatz."

„Okay, Herr Clasen, dann lassen Sie uns ins Haus gehen."

„Bin ich jetzt verhaftet?"

„Solange Sie kooperieren und keinen Anlass für Verdachtsmomente geben, nicht."

113

Bert hatte gerade die hintere Autotür geöffnet, um Ummo aussteigen zu lassen, da fielen irgendwo mehrere Schüsse. Und dann überschlugen sich die Ereignisse.

***

Als Bert mit Ummo, Silke und Bernd gerade das Haus betrat, setzte sich ein Rettungstransportwagen mit Blaulicht in Richtung Biogasanlage in Bewegung. Den Hauptkommissar erfüllte das mit Sorge. „Wo können wir uns unterhalten?", fragte er Ummo.

„Am besten in der Küche, ich gehe mal voraus."

Sie hatten kaum die Küche erreicht, da kamen zwei Polizistinnen mit der vermissten Kollegin. Rita machte zwar einen etwas mitgenommenen Eindruck, schien aber unverletzt. „Vielen Dank", sagte sie zu den beiden. „Mein Chef kümmert sich jetzt um mich und ich kann ihm gleich selbst Meldung machen." Die beiden Beamtinnen verließen nach kurzem Gruß wieder das Haus.

„Wo kann ich mich mit meiner Mitarbeiterin ungestört unterhalten?", wollte Bert von Ummo wissen. Und zu Silke gewandt: „Besorge für Rita mal ein Glas Wasser."

„Am besten in unserem Begegnungszimmer." Ummo führte Bert mit Rita in den Raum mit dem Holzkreuz. Silke brachte auch gleich eine Karaffe mit Wasser, die auf dem Küchentisch gestanden hatte, und zwei Gläser.

„Geht es dir gut? Sollen wir dich in eine Klinik bringen lassen?", fragte Bert besorgt.

„Danke, Chef. Mir fehlt nichts, keine Verletzung, außer der meiner Ehre. Ich hätte schneller reagieren müssen." Dann nahm die junge Polizistin das Glas Wasser, ging damit zum Fenster und öffnete es. Sie nahm einen Schluck, spülte diesen im geschlossenen Mund hin und her und spuckte es dann im hohen Bogen aus dem Fenster. Dies wiederholte sie, bis das Glas leer war. Erst dann schloss sie das Fenster und setzte sich wieder an den Tisch, schenkte sich noch ein Glas ein und trank es gierig auf einen Zug leer.

Bert hatte ihr kommentarlos zugeschaut. Er war sicher, sie würde gleich eine Erklärung für ihr merkwürdiges Verhalten haben. „Okay", sagte er, „dann erzähl mal der Reihe nach. Du musstest dringend auf die Toilette, hat Silke mir berichtet."

„Ja, als ich ins Haus kam, stand im Flur so ein Bärtiger, hätte fast ein Bruder von dem Bauer sein können. Ich sagte: ‚Moin, ich benutze mal Ihr Gäste-WC.' ‚Okay', meinte er nur. Als ich das Klo wieder verlassen wollte, schien er schon auf mich gewartet zu haben, denn im gleichen Moment hatte er mich auch schon gepackt, mir den Arm auf den Rücken gedreht und mich dabei derart brutal mit seinem ganzen Körpergewicht an die Wand gedrückt, dass ich keine Chance zur Gegenwehr hatte. Es gelang mir auch nicht, mit dem Absatz einen seiner Füße zu treffen, und dann hat er mir mit einem Seil die Hände auf dem Rücken zusammengebunden."

Der Hauptkommissar hörte zu, ohne sie zu unterbrechen. Rita nahm erneut einen Schluck Wasser, bevor sie fortfuhr: „Dann hat er mich in die Küche geschleift und auf einen der Stühle gesetzt. Inzwischen hatte er sich meiner Pistole bemächtigt, diese entsichert und auf mich gerichtet. Dabei brüllte er mich an: ‚Du dumme Zicke nimmst mich nicht noch einmal fest, vorher mach ich dich alle!'

„Das klingt ja so, als wenn du den hättest kennen müssen?", unterbrach Bert an dieser Stelle.

„Hätte ich. Aber der Bart und dieser komische Strohhut, in dem nicht gerade sehr hellen Flur. Doch dann wusste ich auf einmal, woher ich den Typen kannte."

„Lass mich raten, aus Osnabrück?"

„Genau. Ich war mit einem Kollegen in der Nähe vom Zoo im Auto auf Streife gewesen. Da kam ein Notruf durch, eine junge Frau war bei den Büschen am Zooparkplatz von einem Mann mit einem Messer bedroht und vergewaltigt worden. Mehrere Passanten hatten ihre Hilferufe gehört und den Vergewaltiger vertrieben und den Notruf abgesetzt. Wir fuhren gerade auf den Parkplatz, da lief er uns fast vor das Auto. Das Messer hatte er noch in der Hand. Obwohl er uns mit dem Messer bedrohte, ist es uns gelungen, ihn festzunehmen. Er kam dann in U-Haft und da ist ihm irgendwie bei irgendeiner Gelegenheit die Flucht gelungen. Die genauen Umstände sind mir nicht bekannt.

Jedenfalls ist er seitdem zur Fahndung ausgeschrieben. Das ist bestimmt jetzt schon fast zwei Jahre her."

„Interessant", bemerkte Bert. „Und dann hat er sich wohl auf diesem Bauernhof versteckt. Und wie ging das jetzt mit dir weiter?"

„Er hat mir einen Putzlappen in den Mund gestopft und mit einem Seil fixiert."

„Ah, daher vorhin deine Fensteraktion." So etwas Ähnliches hatte Bert sich schon gedacht.

„Ja, am liebsten würde ich mir die Zähne putzen und mit Mundwasser spülen. Ich hätte kotzen können, so ekelig war das. Jedenfalls ist er dann mit mir durch eine Verbindungstür in den Kuhstall. Neben der offenen Schiebetür am Ende des Stalles war der Landwirt gerade mit Silke und Bernd bei der Gülleentnahme. Ich hatte plötzlich eine Scheißangst, dass er vorhatte, mich dort zu entsorgen. Als der Bauer gerade mit Unterstützung von Bernd den Deckel über der Grube schloss und sich anschickte wieder in den Stall zu kommen, stieß er mich neben der Durchgangstür durch eine offen stehende Tür in einen dunklen Raum, in dem eine Pritsche stand, auf die er mich warf. Er legte mich auf den Bauch und fesselte mit dem wohl lang herunterhängenden Teil des Strickes, mit dem er mir den Knebel festgebunden hatte, die Füße. Und zwar so, dass ich mich selbst strangulierte, wenn ich versuchte meine eingeknickten Knie gerade zu machen. Und dann hörte ich Bernd und Silke rufen. Da hat er mich einfach liegen lassen. Die Tür von dem Verschlag muss er abgeschlossen haben. Jedenfalls hörte sich das so an. Und dann ist er wohl durch den Stall abgehauen. Ich lag noch so da, bis die Kollegen vom SEK die Tür aufgebrochen und mich befreit haben."

„Und du brauchst wirklich keinen Arzt?"

„Nein, Chef. Ich bin nur stinksauer auf diesen Typen und auf mich selbst, dass ich mich so habe überrumpeln lassen. Wir waren doch alle angewiesen, Vorsicht walten zu lassen."

„Wohl wahr, aber wer denkt bei so gläubigen Leuten schon an so was? Lass uns mal hören, was dieser komische Heilige dazu zu sagen hat."

Als Bert gerade wieder zur Küche gehen wollte, betrat der Leiter des Sondereinsatzkommandos das Haus. „Ah, zu dir wollte ich, Bert."

„Rita, du gehst bitte schon mal in die Küche zu Silke und Bernd", gab ihr Chef Anweisung.

Er winkte seinen Kollegen heran. „Wir können uns hier ungestört unterhalten." Dann ging er mit diesem in den Raum zurück.

„Wir haben den Einsatz beendet. Ob wir alle erwischt haben, wissen wir allerdings nicht", berichtete der Einsatzleiter. „Einer der Bewohner, der offensichtlich mit der Pistole unserer Kollegin auf uns geschossen hat, ist tot. Zwei Kollegen erhielten Einschüsse von ihm in ihre Schutzwesten, sind aber wohlauf."

„Na, Gott sei Dank", zeigte sich Bert erleichtert. „Aber das heißt wohl, dass wir den Hof in jedem Fall unter Observation stellen müssen für den Fall, dass doch noch Bewohner frei rumlaufen und ins Haus zurückwollen."

„Das sehe ich genauso. Zumal alle Bewohner versucht haben, sich einem Zugriff zu entziehen, sei es durch Flucht oder Gegenwehr. Wir haben alle vorläufig festgenommen. Sie befinden sich im Gefangenentransportwagen und werden zu euch nach Wittmund gebracht. Ihr könnt sie dann erkennungsdienstlich behandeln und vernehmen. Die Spurensicherung ist bereits unterwegs. Und was ist nun mit dem Hofeigentümer?"

„Der befindet sich mit meinem Team in seiner Küche. Ich wollte ja gerade wieder zu ihm. Wir haben ihn aber noch nicht vorläufig festgenommen, weil er sich bislang kooperativ gezeigt hat und an der Entführung unserer Kollegin nicht beteiligt war, wie mir meine Leute bestätigt haben."

„Dann sollten wir mal rübergehen und ihn zu seiner Mitarbeitern befragen. Auf seine Aussagen bin ich schon sehr gespannt. Mich interessiert vor allem, warum sich die Hofbewohner so verhalten haben."

„Also zu dem Erschossenen, der auch unsere Kollegin angegriffen und gefesselt hat, gibt es dafür eine ganz simple Erklärung, die mit dem Hof hier gar nichts unmittelbar zu tun hat." Bert informierte seinen Kollegen über die Aussagen seiner Teammitarbeiterin.

„Nehmen wir mal an, dass auch die anderen Bewohner Dreck am Stecken haben, dann wäre das ja eine Erklärung für deren Verhalten. Aber was führt solche Leute auf einen Hof wie diesen? Irgendwie scheint mir das sehr undurchsichtig und schwer nachvollziehbar."

„Für mich steht aber inzwischen fest, dass hier auf dem Hof etwas mächtig stinkt, und das kommt nicht von den tierischen Exkrementen aus dem Stall und auch nicht von der Biogasanlage. Ich kann die Zusammenhänge zwar noch nicht genau erkennen, aber es sollte mich nicht wundern, wenn unsere Toten vom Tief hier umgekommen sind. Ich werde meine Leute mit der Probe von hier gleich zur LUFA nach Oldenburg schicken. Das duldet keinen Aufschub." Bert informierte über Handy Nina und ging dann mit seinem Kollegen zur Küche. Dort schickte er Silke und Bernd sofort mit Blaulicht nach Oldenburg. Rita wollte er selbst nachher mit nach Wittmund zurücknehmen.

„Herr Clasen, haben Sie eine Erklärung dafür, warum alle Ihre Gemeindemitglieder, wie sie Ihre Mitarbeiter hier auf dem Hof vorhin bezeichneten, versucht haben, sich unserem Zugriff durch Flucht oder Gegenwehr zu entziehen?", fragte Bert.

„Sie sagen es ja selbst: Zugriff! Und das unbescholtenen Bürgern dieses Landes gegenüber. Da ist eine Flucht- oder Abwehrreaktion doch völlig normal, oder?", versuchte Ummo eine Erklärung.

„Unbescholtene Bürger? Herr Clasen, da kann Ihnen meine Kollegin, die einer Ihrer angeblich unbescholtenen Bürger angegriffen, gefesselt und bedroht hat, aber etwas anderes erzählen." Bert schaute Rita aufmunternd an.

„Ein vor zwei Jahren in Osnabrück entlaufener Vergewaltiger, der seitdem mit Haftbefehl gesucht wird."

„Darüber weiß ich nichts. Hier haben sich alle immer gehorsam und gottesfürchtig verhalten. Ich kann mir nicht vorstellen, dass ein Mitglied meiner kleinen Gemeinde sich einer solch furchtbaren Tat schuldig gemacht haben könnte." Im Stillen dachte Ummo: Herr, verzeih mir, aber es ist alles nur in Deinem

Sinne, um Deine Schäfchen wieder zu Dir zurückzuführen. Dann fragte er: „Wer soll das denn gewesen sein? Vielleicht hatte sich ja tatsächlich ein Fremder hier bei uns ins Haus geschlichen, als wir mit der Gülleprobe beschäftigt waren."

„Keiner Ihrer Leute trägt ein Namensschild um den Hals und alle verweigern die Aussage", merkte der Leiter des SEK an. „Deswegen mussten wir alle vorläufig festnehmen und sie nach Wittmund zu weiteren Veranlassungen bringen."

„Daher müssen wir Sie auch bitten, Herr Clasen, uns auf das Kommissariat zu begleiten und Ihre Leute zu identifizieren", ergänzte Bert.

„Bin ich jetzt festgenommen?"

„Nein, ich sagte ja schon, solange Sie mit uns kooperieren und keine Verdachtsmomente gegen Sie persönlich vorliegen, nicht. Aber Ihren Hof mussten wir aufgrund der Ereignisse zum Tatort erklären und entsprechend für jeglichen Zutritt sperren. Außerdem wird gleich unsere Spurensicherung mit einem Durchsuchungsbeschluss hier eintreffen."

„Oh Gott, und was wird mit unseren Tieren?"

„Darum werden wir uns kümmern", beruhigte ihn Bert.

Nachdem Sönke Nansen mit seinem Spurensicherungsteam eingetroffen war und übernommen hatte, rückten das SEK und auch Bert mit Rita und Ummo ab.

∗∗∗

Als Bert ins Kommissariat zurückkam, erwartete ihn eine Überraschung. Nina war inzwischen nicht untätig gewesen. Über Handy waren bei ihr Bilder des beim SEK-Einsatz Erschossenen eingegangen, ebenso ein Kurzbericht über die Begleitumstände von Rita. Mit diesen Bildern war sie bei laufenden Anzeigen und Fahndungen auf die Suche gegangen, was interessante Übereinstimmungen ans Licht gebracht hatte.

„Der hat sein Aussehen, vor allem seine Barttracht, wohl häufiger gewechselt, daher haben wir bei drei verschiedenen Anzeigen von Vergewaltigungsversuchen, die in den letzten zwei Jahren hier bei uns eingegangen sind, nicht gesehen, dass es sich immer um den Gleichen gehandelt haben könnte. Zumal die Umstände auch immer andere waren und wir ja nur Phantomzeichnungen hatten. Mittlerweile glaube ich sogar, dass das nur die Spitze des Eisberges ist. Wer weiß, wie oft sich die Opfer geschämt haben, wie es ja leider häufig der Fall ist."

„Wie sagt man immer, die Katze lässt das Mausen nicht. Hätte mich nach dem Bericht von Rita auch gewundert, wenn der hier zum Eremit mit sexueller Enthaltsamkeit geworden wäre."

„Ganz bestimmt nicht, der war schon einschlägig vorbestraft. Aber immer die gleiche Geschichte. Offensichtlich gelingt es solchen Typen, wahrscheinlich durch geschickte Schauspielerei, immer wieder gute Resozialisierungsprognosen zu erhalten. Oder wie erklärt es sich, wenn so einer sogar vorzeitig aus der Haft entlassen wird? Damit er sich dann gleich wieder das nächste Opfer suchen kann. Ich begreife es nicht!"

„Ich bin nur froh, dass unsere Leute bei der Schießerei keine ernsthaften Verletzungen davongetragen haben. Und der hat selbst dafür gesorgt, dass dem Staat ein langwieriger Strafprozess erspart blieb", konnte sich Bert die sarkastische Bemerkung nicht verkneifen. „Und im Hinblick auf die Aufklärung der von dir angesprochenen Fälle muss unsere Forensik noch mal ran. Da wird sich dann sicher auch noch im Nachhinein der eine oder andere Fall aufklären lassen, zumal wir den Opfern ja jetzt auch Fotos von dem Typen vorlegen können."

Dann informierte Bert seine Kollegin kurz über den Ablauf des Einsatzes und darüber, dass der Hof als Tatort abgesperrt werden musste und ein Observationsteam noch bis auf Weiteres vor Ort bleiben würde.

„Was passiert denn jetzt mit den Tieren?", wollte Nina wissen. „Soll ich vielleicht schon einmal vorsorglich schauen, welche Nachbarn sich eventuell darum kümmern könnten? Die Adresslisten habe ich ja vorliegen. Wir können die Tiere ja nicht einfach sich selbst überlassen."

„Das ist eine sehr gute Idee. Bis jetzt ist der Hofeigentümer noch nicht vorläufig festgenommen und kann sich vielleicht später selbst darum kümmern. Im Moment brauche ich den hier noch, in erster Linie zur Identifizierung seiner Gemeindemitglieder, wie er diese nennt. Wir haben nämlich bislang bei keinem von ihren Ausweispapiere oder Ähnliches gefunden. Vielleicht wird Sören mit seinem Team im Haus fündig."

Inzwischen waren die erkennungsdienstlichen Maßnahmen mit allen auf dem Hof vorläufig Festgenommenen abgeschlossen. Bert veranlasste, dass diese einzeln in einen der Vernehmungsräume gebracht wurden, während er mit Ummo auf der anderen Seite der Scheibe stand.

Aber zunächst saß Bert mit Ummo selbst dort am Vernehmungstisch, da der Hofeigentümer als Zeuge vernommen wurde. Auf einen Anwalt verzichtete Ummo ausdrücklich.

„Herr Clasen, wenn ich das richtig verstanden habe, gehören Sie einer Sekte an, die sich die Amischen nennt", begann Bert die Anhörung.

„Wir bezeichnen uns selbst nicht als Sekte, sondern als eine religiöse Glaubensgemeinschaft", belehrte Ummo ihn.

„Okay, von mir aus auch das. Allerdings ist das der in Deutschland dafür übliche Sprachgebrauch. Aber ich will Sie damit nicht diskriminieren. Jedenfalls kennen wir Amische überwiegend aus Amerika. Wie kommt es, dass Sie hier in Ostfriesland zu diesem Glauben gefunden haben?"

Eigentlich wäre Ummo am liebsten davongelaufen, dabei war ihm klar, dass er sich dann selbst verdächtig machen würde. Wie aber sollte er mit der Situation umgehen? Sein Herrgott hatte kein Zeichen für ihn gehabt, trotz unzähliger Stoßgebete, schon auf der Herfahrt zum Kommissariat. Er konnte doch die Namen und die Geschichten seiner Schutzbefohlenen nicht preisgeben. Dann wäre alles umsonst gewesen. Aber in der Beantwortung der Frage des Kommissars sah er überhaupt kein Problem, eher im Gegenteil.

„Das ist eine lange Geschichte, Herr Kommissar", begann Ummo auszuholen.

„Mir reichen schon die wichtigsten Hintergründe und Informationen." Bert wollte jetzt keine Missionarsrede anhören.

„Na ja, angefangen hat alles damit, dass es hier in Niedersachsen üblich ist, dass der Älteste den Hof übernimmt. Und das war mein Bruder. Ich habe eine Lehre als Zimmermann gemacht und noch bis Mitte zwanzig mit meinem Bruder bei meinen Eltern auf dem Hof gelebt. Aus gesundheitlichen Gründen musste mein Vater dann aber den Hof mehr und mehr von meinem Bruder bewirtschaften lassen. Da hatte ich irgendwie das Gefühl, dass da für mich kein Platz mehr ist, und habe mich entschlossen, nach Amerika auszuwandern."

„Welchen Glauben hatten Sie denn zu der Zeit?", fragte Bert nach.

„Wie wohl viele Ostfriesen, ich war protestantisch getauft. Allerdings war mein Lehrmeister bei Norden Mennonit und der hat mir auch den Kontakt nach Amerika hergestellt. Die dortigen Mennoniten waren mir aber zu radikal. Deswegen habe ich mich dort einer Amischen-Gemeinde angeschlossen. In der Gemeinde habe ich eine junge Frau kennengelernt, die ich dann auch geheiratet habe."

„Ich hörte, dass Sie sich als Bischof bezeichnen. Wie sind Sie denn dazu gekommen?"

„Kurz nach unserer Hochzeit verstarb meine liebe Frau an einer Blinddarmentzündung. Mir war aufgrund meiner Erfahrungen aus Deutschland schon klar: Wenn sie rechtzeitig in ein Krankenhaus gekommen wäre, könnte sie noch leben. Aber ..." Man merkte, dass ihm das immer noch naheging.

„Verstehe", zeigte Bert Verständnis. „Und wie ging es dann weiter?"

„Dann brannte das Haus unseres Bischofs ab. Ich nahm ihn und seine Familie zunächst in meinem Haus auf und habe dann den Wiederaufbau als Zimmermann, der zudem bei einem Mennoniten gelernt hatte, organisiert und durchgeführt. Wofür mir der Bischof und seine Gemeinde viel Respekt gezollt haben. Kurz nachdem der Bischof wieder sein Haus bezogen hatte, verstarb er an Herzversagen. Es musste ein neuer Bischof gewählt werden und diese Wahl gilt ein Leben lang. Jedenfalls wurde ich Bischof der Gemeinde."

„Wie sind Sie dann nach Ostfriesland zurückgekommen? Und mir ist aufgefallen, dass Sie auf dem Hof auch Traktoren und andere technische Hilfsmittel verwenden. Wie geht das mit Ihrem Glauben zusammen?"

Ummo erzählte Bert seine Geschichte und wie alles zusammenhing. Dann schloss er mit den Worten: „Der Herr hat mich in meine Heimat zurückgeführt und mir einen Auftrag gegeben. Es war also sein Wille, dass ich nach dem Tod meiner Eltern und meines Bruders auch die auf dem Hof bereits verfügbaren technischen Möglichkeiten in seinem Sinne nutzen darf."

„Okay", sagte Bert, dem das erst einmal als Information über Ummo Clasen reichte, „alle Ihre Mitarbeiter haben die Aussagen verweigert und machen auch keine Angaben zu ihren Identitäten. Sie müssen uns also schon helfen, Herr Clasen."

„Will ich ja gerne tun. Aber ich muss gleich sagen, dass mir mein Glaube und Gott da gewisse Grenzen setzen."

Nachdem Bert mit Ummo außen vor der Spiegelscheibe Position bezogen hatte, ließ er den Ersten in den Vernehmungsraum bringen. Es war Bob.

„Das da ist mein Glaubensbruder und Prediger Bob Steiner, der mit mir aus Amerika herübergekommen ist. Seine Vorfahren stammen aus der Schweiz. Er und Mike unterstützen mich beide in Glaubensfragen als meine Prediger und bei der Führung des Hofes."

„Das hat er auch selbst schon ausgesagt, verweigert aber darüber hinaus jegliche Aussage. Warum tut er das? Womit könnte er sich denn selbst belasten?"

„Sie haben sicher schon mal etwas von dem Beichtgeheimnis der Katholen gehört."

„Ich bin selbst katholisch getauft", bestätigte Bert.

„In diesem Sinne sehe ich das genauso, wenn ein Mitglied meiner Gemeinde mir als seinem Bischof etwas anvertraut."

„Ob Sie sich im Falle Ihrer speziellen Glaubensgemeinschaft auf ein Beichtgeheimnis berufen können, werden letztlich die Staatsanwaltschaft und der Richter zu entscheiden haben. Fürs Erste will ich es aber mal gelten lassen." Das war für Bert eine äußerst heikle juristische Frage, die ihm bislang auch noch nicht untergekommen war. Er ließ den Nächsten kommen.

„Das ist Mike, von dem ich schon sprach und der auch mit mir aus Amerika gekommen ist. Mike Huber, er hat wohl aus grauer Vorzeit süddeutsche Wurzeln."

„Er verweigerte selbst die Nennung seines Namens. Gibt es dafür einen Grund?"

„Auch hier möchte ich die Vertraulichkeit meines Glaubens wahren."

Bert ließ es dabei bewenden und den Nächsten reinführen.

„Er bezeichnet sich selbst als Een und er sei Ihr Vorarbeiter. Mehr sagt er nicht, und wieso nennt er sich Een? Was ist das für ein Name und wie heißt er wirklich?"

„Das ist der erste meiner Schutzbefohlenen, die der Herr mir zugeführt hat. Es stimmt, er ist mein Vorarbeiter. Der Name Een kommt aus dem Plattdeutschen und bedeutet eins. Er war – wie gesagt – der Erste."

„Ah, jetzt verstehe ich", ging Bert ein Licht auf. „Da ist einer, der nennt sich Twee, einer Veer und einer Fiev. Und lassen Sie mich raten: Der, der sich mit unseren Einsatzkräften ein Feuergefecht geliefert hat, nannte sich Dree. Sehe ich das richtig?"

„Sie sagten ‚nannte'. Heißt das, dass er tot ist?", wollte Ummo entsetzt wissen. Er hatte die Schüsse gehört. In der Küche seines Hofes war er allerdings weitgehend durch die Beamten abgeschirmt gewesen, sodass er nicht genau wusste, was geschehen war.

„Beantworten Sie bitte erst einmal meine Frage", blieb Bert hartnäckig, ohne auf seine Worte einzugehen.

„Das sehen Sie richtig. Aber was ist nun mit Dree?"

„Er ist tot. Und er war es auch, der unsere Kollegin angegriffen und wohl auch versucht hat zu entführen oder zu töten. Er wurde seit zwei Jahren mit Haftbefehl gesucht. Sollten Sie davon gewusst haben und versuchen ihn zu decken, dann machen Sie sich möglicherweise der Verschleierung und Beihilfe schuldig."

„Dazu habe ich mich schon geäußert." Ummo spürte, dass die Schlinge um seinen Hals immer enger wurde.

„Kommen wir zu Een. Wie heißt er richtig und was können Sie mir über ihn sagen?"

„Nichts, Herr Kommissar. Ich sagte es doch schon."

„Wenn ich das richtig interpretiere, dann wäre es wohl möglich, dass allein der richtige Name für die Polizei sehr aufschlussreich sein könnte. Läuft gegen den vielleicht auch bereits eine Fahndung? An dieser Stelle mache ich Sie noch mal darauf aufmerksam, dass Sie sich selbst unter Umständen strafbar machen, wenn Sie die Aussage verweigern. Wie gesagt, ob Sie sich dabei auf so etwas wie das Beichtgeheimnis stützen können, müssen Juristen entscheiden."

„Noch mal, Herr Kommissar, keine Auskunft."

„Gilt das für die anderen drei vorläufig Festgenommenen, die sich Twee, Veer und Fiev nennen, genauso?"

„Ja."

„Dann tut es mir leid, Herr Clasen, ich muss Sie an dieser Stelle wegen Verdacht auf Beihilfe und Verdunkelungsgefahr ebenfalls vorläufig festnehmen, zumindest, bis sich geklärt hat, ob Sie durch eine Art Beichtgeheimnis geschützt sind."

Bert veranlasste das übliche Prozedere und ließ Ummo ebenfalls in eine Zelle bringen. Dann ging er zu Nina, um sie über den aktuellen Stand zu informieren.

***

Wieder hatte Nina neue Informationen für Bert. „Wir haben die Analyse der Gülleprobe vom Clasen-Hof vorliegen. Diese weist die gleichen fast gegen null tendierenden Rückstände an Pestiziden und Antibiotika auf wie die Probe aus den Lungen der toten Zwillinge. Alle anderen bisherigen Proben der Biohöfe weisen durchweg geringfügig höhere Werte auf, was die Experten darauf zurückführen, dass die meisten ökologisch geführten Höfe wohl als Biofutter deklarierte Futterbeigaben verwenden, bei denen aber dann doch immer noch geringe Werte nachzuweisen sind. Der Hof der Amische scheint hingegen ausschließlich eigenproduziertes Futter verwendet zu haben."

„Wenn ich das richtig interpretiere, Nina, dann haben wir zwar keine einhundertprozentige Sicherheit, aber eine sehr hohe

Wahrscheinlichkeit, dass die Brüder aus Köln in der Fäkalienbrühe von Ummo Clasens Hof ihr Leben verloren haben."

„Das stimmt. Hinzu kommt, dass auch die Proben von den am Benser Tief gefundenen Mistresten mit denen vom Viehtransportanhänger weitgehend übereinstimmen. Das trifft auch auf die Reifenspuren des Hängers und des auf dem Hof verwendeten Geländewagens zu."

„Das heißt, ich muss Clasen noch mal, und jetzt ganz konkret als Beschuldigten, verhören. Dann werden wir ja sehen, wie er reagiert. Verweigert er diesbezüglich die Aussage, dann kann er sich dabei – weil es jetzt um ihn selbst geht – nicht mehr auf sein ominöses Beichtgeheimnis berufen. Haben wir eigentlich schon eine Lösung für die Tiere auf dem Hof?"

„Haben wir, Bert. Der nächste Nachbar, übrigens auch ein Biobauer, hat sich vorübergehend zur Pflege der Tiere bereit erklärt. Der kennt sich auf dem Hof von Clasen schon seit seiner Kindheit bestens aus. Ummos Bruder ist mit ihm zur Schule gegangen und war bis zu seinem tödlichen Unfall eng mit ihm befreundet. Von ihm hat Ummo auch gelernt, wie man einen Hof unter ökologischen Gesichtspunkten führt. Denn davon hätte er am Anfang keine Ahnung gehabt."

„Na, dann will ich mir den sauberen Herrn Bischof noch mal vornehmen."

„Warte mal, Bert, ich hab da noch was. Der Anwalt von Frank Büser hatte Haftverschonung beantragt. Die hat der Richter aber wegen Verdunkelungsgefahr abgelehnt, schon allein auch im Hinblick auf die Anzeige der Ehefrau."

„Das ist gut. Montag werden wir uns mal den Herrn Kogler vornehmen. Vielleicht bringt uns das auch einen entscheidenden Schritt weiter. Aber zwei so komplexe und verschiedene Fälle gleichzeitig sind schon eine besondere Anforderung für uns."

„Stimmt, aber vielleicht gibt es sogar einen Zusammenhang zwischen den beiden Fällen." Man sah Nina an, dass sie auf etwas sehr Bedeutungsvolles gestoßen sein musste.

„Wie meinst du das?" Berts Aufmerksamkeit und Neugier waren geweckt.

„Wir hatten uns doch schon gemeinsam die von Malte bei Facebook geposteten Videos von dem Karnevalsumzug und dem Festzelt im Saterland angesehen. Da waren doch viele Maskierte und Bemalte drauf zu sehen, was für einen solchen Anlass sicher auch normal ist. Jedenfalls habe ich mir diese Videos bei einer Tasse Kaffee noch mal in aller Ruhe zu Gemüte geführt und da fiel mir die Bekleidung von zwei Männern auf, die immer wieder in den Videos auftauchen. Irgendwo glaubte ich die kürzlich erst gesehen zu haben. Der eine hatte ein rot kariertes Hemd unter einer grau-schwarz abgesetzten Trekkingjacke an und der andere ein blau kariertes Hemd unter einer schwarz-grau abgesetzten Jacke. Im Zelt waren die beiden nur mit Hemd zu sehen."

„Und, ist dir eingefallen, wo du solche Hemden kürzlich gesehen hattest?"

„Ja, es fiel mir zwar nicht auf Anhieb ein, aber dann habe ich mir die Bilder von den Toten aus dem Tief noch mal angeschaut. Die Kleidung war natürlich stark von der Schlammbrühe tierischer Hinterlassenschaften verschmutzt. Daher hatte ich die Übereinstimmung auch nicht sofort wahrgenommen. Aber bei genauem Hinsehen wurde es deutlich. Hier, sieh selbst. Der eine trägt ein rot kariertes und der andere ein blau kariertes Hemd. Das kann man an einigen Stellen zwischen der Gülleschicht, die auch das Wasser vom Benser Tief nicht abgewaschen hatte, sehen." Nina legte Bert dazu von ihr über Printscreen gezogene Ausdrucke aus den Videos zum Vergleich vor. „Wenn du dir jetzt noch die Sonnenbrillen und die komischen Strohhüte wegdenkst …"

„Mensch, Nina. Eindeutig! Das sind sie. Aber wirklich nicht auf den ersten Blick erkennbar. Die stehen da mit zwei Karnevalsmäusen an einer Bierbude."

„Ja. Und später sitzen die mit den gleichen Mäusen im Festzelt am Tisch. Sabine Brandt ist als Bunny verkleidet auch mit drauf."

„Im Zelt haben die Mäuse ja ihre Nasen abgesetzt."

„Warum, sieht man auf einem anderen Video aus dem Zelt, welches Malte auch gepostet hatte", bestätigte Nina feixend. „Die Nasen haben wohl beim Knutschen gestört."

„Dann haben unsere Zwillinge aber verdammt schnell Anschluss gefunden. Und was noch wichtiger ist, es gibt offensichtlich eine Verbindung zwischen Malte, Sabine und den Brüdern aus Köln. Und dabei gibt es sogar noch eine erschreckende Gemeinsamkeit: Alle vier sind ermordet worden."

„Wenn da tatsächlich ein Zusammenhang bestehen sollte, Bert, dann kommt Frank Büser als Mörder von Malte und Sabine vielleicht doch eher nicht in Betracht."

„Kann aber auch einer dieser berühmten Zufälle sein, zumal wir bei dem ja gerade noch auf einen möglichen Gesinnungsgenossen gestoßen sind", zeigte sich Bert skeptisch.

Dann ließ er Ummo Clasen noch mal in den Verhörraum bringen. Doch es kam, wie er es bereits hatte kommen sehen. Clasen berief sich auf sein Aussageverweigerungsrecht. Er verweigerte auch die Auskunft darüber, ob Daniel und Simon Spiekermann bei ihm auf dem Hof gelebt hatten. Einen Anwalt wollte er aber ebenso wenig wie die anderen Bewohner seines Hofes. Ummo war nur sehr besorgt um seine Tiere. Als Bert ihm allerdings Ninas Lösung mitteilte, schien ihn dies doch etwas zu beruhigen.

Vor Ninas Dienstzimmer traf Bert mit Sören zusammen. „Gut, dass du kommst, Bert, ich wollte Nina und dich schon mal vorab informieren. Unseren ausführlichen Bericht bekommt ihr dann wie immer so schnell wie möglich."

„Dann gehen wir am besten zu mir", sagte der Hauptkommissar und holte Nina dazu.

Nachdem sich die drei mit dem obligatorischen Pott Kaffee versorgt hatten, begann Sören: „Wir haben im ganzen Haus auf dem Hof nur Hinweise und Ausweispapiere zu den Identitäten von Ummo Clasen, Bob Steiner und Mike Huber gefunden. Von den anderen Bewohnern nichts. Sehr merkwürdig. Wenn wir allerdings Ritas Bericht zugrunde legen, dann ergibt das schon wieder einen Sinn. Dann kann man daraus schließen, dass wohl fast alle Bewohner auf dem Hof irgendetwas zu verbergen haben."

„Das ist auch meine bisherige Erkenntnis und würde auch erklären, warum Ummo Clasen noch nicht einmal bereit ist, die richtigen Namen seiner Mitbewohner zu nennen. Möglicherweise werden die alle mit Haftbefehl gesucht, genau wie der Vergewaltiger aus Osnabrück."

„Na, wir haben jede Menge Fingerabdrücke und DNA-Material sichergestellt. Allerdings werden wir einige Zeit brauchen, bis wir das alles ausgewertet haben. Nach dem, was du sagst, Bert, wird uns sicher so manches Früchtchen ins Netz gegangen sein. Und wenn dann die Computeranalyse Übereinstimmungen zwischen unseren Datenbanken und unseren forensischen Ergebnissen signalisiert, wissen wir auch so, wen wir da eingefangen haben."

„Habt ihr denn irgendwelche Hinweise auf unsere vermissten Brüder aus Köln gefunden?", wollte Nina wissen.

„Also, wenn ich zusammenzähle, wie viel Leute wir jetzt hier in Gewahrsam haben, dann komme ich mit dem Erschossenen auf acht Personen, die sich auf dem Hof aufgehalten haben", sagte Sören.

„Das sind Ummo, Bob, Mike, Een, Twee, Dree – ist tot –, Veer, Fiev", zählte Bert nach. „Stimmt, du hast recht, Sören. Das sind, oder besser gesagt waren, acht."

„Genau, wir haben aber insgesamt elf bezogene und benutzte Betten vorgefunden. In einem etwas größeren Raum standen zwei Betten, in allen anderen jeweils eins. Wobei sich die Räume von dem Hofbesitzer und seinen Predigern schon durch Größe und Ausstattung abhoben und als solche erkennbar waren. Die konnten wir auch schon allein durch die gefundenen Ausweispapiere und die religiösen Utensilien, die in den anderen Räumen fehlten, zuordnen. Obwohl einfache Holzkreuze und Bibeln gab es in allen Räumen."

„Das heißt, uns fehlen drei Bewohner", stellte Bert fest. „Das war auch die Befürchtung vom Leiter des SEK, der sich nicht sicher war, dass wir alle erwischt haben. Deswegen ist auch das Observierungsteam dort noch im Einsatz."

„Es könnte aber auch sein, dass das Zimmer mit den zwei Betten von Daniel und Simon Spiekermann benutzt worden ist. Dann wäre nur einer auf der Flucht oder war bei dem Zugriff zufällig nicht auf dem Hof oder ist auch inzwischen tot", überlegte Nina laut. „Andererseits, wenn es tatsächlich die Betten von unseren beiden Brüdern sein sollten, dann hätte Ummo doch inzwischen mit Sicherheit dafür gesorgt, dass die Spuren beseitigt wurden, zumindest wenn er selbst etwas mit ihrem Tod zu tun hat."

„Da könnte was dran sein", bestätigte Sören und holte ein DIN-A4-Blatt in einer Plastikhülle aus seiner Aktentasche und legte es vor seine beiden Gesprächspartner hin. „In dem einen Bett haben wir unter der Matratze diesen Google-Earth-Ausdruck gefunden. Er zeigt den Clasen-Hof mit der Zufahrtsstraße bis zur Verbindungsstraße von Esens nach Groß-Holum. Was es damit auf sich hat, müssen unsere Spezialisten noch analysieren."

„Warte mal, da war etwas", überlegte Bert. „Die Mutter der Brüder hat erzählt, dass die Gangster, die bei ihr zu Hause eingedrungen sind, ein älteres Notebook von einem ihrer Söhne gefunden, geöffnet und später mitgenommen haben. Da sei auf der App von Google Earth als letzter Zugriff Neuharlingersiel gespeichert gewesen. Vielleicht ist das ja der Ausdruck dazu."

„Gut denkbar. Wir konnten auch in dem Raum sowohl Fingerabdrücke als auch Haare sicherstellen. Da sollte uns die Forensik entsprechende Aufklärung bringen, ob die Brüder dort gewohnt haben."

„Aber da ist noch etwas, Sören. Die Eltern gingen davon aus, dass ihre Söhne sowohl ihre aktuellen Handys als auch Notebooks mitgenommen haben. Die müssten doch irgendwo sein. Solche Bengels werfen doch so etwas nicht einfach irgendwo weg."

„Du hast mit deiner Feststellung sicher recht. Auch wenn die SMS an die Mutter, die wir analysiert haben, von einem Wegwerfhandy war. Solche Jungs sind clever, die schmeißen ihre Handys und Notebooks bestimmt nicht einfach weg. Wahrscheinlich haben die nur die SIM-Karten aus den Handys herausgenommen, damit diese nicht mehr geortet werden können. Ich frage mich auch schon die ganze Zeit: Wenn die in Köln tatsächlich auch nach ihrer Verurteilung durch den Jugendrichter noch weiter gedealt haben, müssten die doch über einiges Bargeld verfügt haben. Ich glaube nicht, dass die Jungs das Risiko eingegangen sind, es auf ein Konto einzuzahlen. Schließlich hatten sie für den Fall einer Prüfung keine Belege, wo das Geld herkommt. Wo ist das geblieben?"

„Die Frage habe ich mir auch schon gestellt", bestätigte Bert. „In ihrem Haus in Köln haben sie es ja wohl auch nicht gehabt. Das hätten die Ganoven, die bei ihrer Mutter eingedrungen sind, sicher gefunden. Davon haben ihre Eltern aber nichts erzählt."

„Meine Leute haben auch auf dem Bauernhof schon danach gesucht, aber nichts gefunden."

„Habt ihr denn auch schon mal daran gedacht, dass der amische Bischof Handys und PCs einkassiert haben könnte, weil das mit Sicherheit keine Technik ist, von der er in meiner Anhörung sprach. Da hat er mir erklärt, dass Technik dann akzeptabel ist, wenn diese im Zusammenhang mit einem göttlichen Auftrag steht. So hat er die Verwendung der auf dem Hof von seinem Bruder hinterlassenen Agrartechnik durch ihn und seine Leute erklärt."

„Mensch, Bert. Das ist ein wichtiger Gedanke. Nein, daran haben wir bisher zwar nicht konkret gedacht, aber weder bei dem Bauern noch bei seinen Glaubensbrüdern haben wir etwas in dieser Richtung gefunden. Das wäre uns aufgefallen, wenn der so etwas in seinem Schreibtisch oder Schrankfächern gehabt hätte."

„Wer sagt denn Schreibtisch oder Schrankfächer?", hakte Nina ein. „Vielleicht hat er ja irgendein geheimes Versteck. Der kennt doch sein Haus besser als jeder andere. Zum Beispiel hinter einer Wandvertäfelung oder in einem alten Schrank mit doppelter Rückwand."

„Tatsächlich nicht auszuschließen. Danach haben wir nicht gezielt gesucht. Uns war erst einmal wichtig, die forensischen Spuren zu sichern, und an der Auswertung sitzen meine Leute sicher noch bis in die Nacht. Aber morgen werde ich noch mal ein Team rausschicken. Vielleicht werden wir da tatsächlich fündig."

„Wir haben aber auch noch etwas für dich", machte Bert es spannend.

Sören, der sich schon erhoben hatte, setzte sich wieder hin.

„Das ist gut, dass du dich wieder gesetzt hast", erhöhte Bert noch die Spannung.

„Wieso? Willst du mich jetzt vielleicht auch noch fragen, ob ich gut sitze?"

„Hatte ich eigentlich gerade vor. Also, du kennst ja Nina."

Diese war gerade in ihr Dienstzimmer gegangen. Sie wusste, was Bert jetzt ansprechen wollte.

„Nun mach es aber nicht so spannend, ich muss zu meinen Leuten."

Nina legte die Ausdrucke der Karnevalsvideos und die Totenbilder vor Sören hin. „Fällt dir was auf?", fragte sie dann.

Sören warf einen kurzen Blick auf die Bilder. „Nö, was soll mir auffallen?"

„Schau mal genau hin. Siehst du da die Mäuse?"

„Ganz hübsche Mädchen."

„Und die Jungs bei denen?"

Jetzt begann es bei Sören zu dämmern. „Verdammt, das sind doch die gleichen Klamotten wie bei den Toten! Verflucht, wieso hat das keiner von uns bemerkt?"

„Die Frage können wir dir natürlich nicht beantworten. Außer, dass euer Gesichtserkennungsprogramm sicher nicht auf Kleidung, sondern eben auf Gesichter geeicht ist. Aber ich kann dich beruhigen, wir haben uns diese Frage für uns selbst auch schon gestellt. Hinzu kommt, dass die Sachen der Toten derart verdreckt sind, dass es auf den ersten Blick wirklich nicht ins Auge springt."

„Kann ich die Bilder mitnehmen?"

„Hast du schon auf deinem Rechner im Büro", informierte ihn Nina.

Dann hatte es Sören auf einmal sehr eilig. Inzwischen waren auch die letzten Teams nach dem Rückruf von ihren Einsätzen zum Einsammeln der Gülleproben zurückgekehrt und hatten sich im Meetingraum versammelt. Bert informierte grob über die heutigen Festnahmen und Ergebnisse. „Bereitschaft bleibt aufrechterhalten, aber mit weiteren Proben warten wir jetzt erst einmal die Berichte der Spurensicherung und Forensik ab."

„Morgen ist Samstag. Heißt das, wir müssen morgen nicht los?", war die Frage einer uniformierten Kollegin.

„Es sei denn, es gibt eine Alarmierung, ansonsten nicht."

Zustimmendes Gemurmel zeigte die Anspannung der Teams und die Erleichterung durch die Aussicht auf ein Wochenende bei der Familie, Verwandten oder Freunden.

„Danke. Überstunden haben wir schon reichlich", kommentierte die Polizistin, die auch die Frage gestellt hatte. „Und morgen hat mein Sohn Geburtstag, der wird sich freuen, dass Mama da ist."

Nina warf Bert einen traurigen Blick zu. Ihr Kind hatte noch nicht einmal die Chance auf seinen allerersten Geburtstag gehabt.

Kapitel 10

Sören hatte sich nach dem Frühstück mit Bert und Nina auf dem Clasen-Hof verabredet. Seine Leute der Spurensicherung und der Forensik hatten noch bis spät in der Nacht an den Auswertungen gesessen und mussten aufgrund des umfangreichen Datenmaterials auch am Samstag damit weitermachen. Deshalb wollten die drei noch einmal selbst gezielt nach möglichen Verstecken suchen. Sören hatte einen Metalldetektor von der Dienststelle mitgenommen. Damit hoffte er Handys und Notebooks in eventuellen Verstecken aufspüren zu können. Das Observierungsteam vor Ort hatte er über den Einsatz informiert. Als er beim Hof ankam, waren Nina und Bert bereits dort. Die beiden sprachen gerade mit dem Nachbarn, der sich mit einem Helfer um die Tiere kümmerte.

Bert hatte den Bauern gerade gefragt, ob er die Leute hier vom Hof außer Ummo Clasen kennen würde. Die anderen Leute von dieser Sekte würde er nicht kennen. Am Anfang sei er noch öfter hier auf dem Hof gewesen und habe Ummo eingewiesen und geholfen. Aber als dieser dann selbst weitere Helfer eingestellt hätte, brauchte er die Hilfe seines Nachbarn bald nicht mehr. Und so hatte sich dieser vermehrt zurückgezogen und den Kontakt weitgehend eingestellt, wie er das ausdrückte. Bert vermutete, dass dieser Rückzug auch etwas mit religiösen Einstellungen zu tun haben könnte.

„Wollen wir nur hoffen, dass Ummo die Sachen nicht in der Gülle hat verschwinden lassen", zeigte sich Sören besorgt. „Dann könnten wir am Ende noch die ganze Brühe abfahren lassen. Schutzanzüge habe ich für euch übrigens mitgebracht, ich hoffe, es sind die passenden Größen."

„Heute mit Ganzkörperkondom?", fragte Bert mit einem breiten Grinsen. Die Kollegen wussten, dass er die Dinger hasste.

„Heute bist du Spurensicherer. Da muss das!", erwiderte Sören ebenfalls grinsend.

„Aber noch mal zu deiner Befürchtung bezüglich der Gülle-entsorgung. Ich glaube, da kann ich dich beruhigen", nahm Bert Sörens Gedanken von vorhin noch einmal auf. „So wie ich Ummo

Clasen inzwischen kennengelernt habe, ist der dazu viel zu umweltbewusst. Da könnte ja unheilige Technik die Gülle verseuchen."

„Let's hope for the best! Dann lass uns mal in seinem Büro anfangen", schlug Sören vor, der sich im Haus inzwischen gut auskannte.

„Ein Amischer und dann Computer, was ist das denn?", fragte Nina erstaunt. „Oder wozu gehören die Stecker des Monitors auf dem Schreibtisch?"

„Das siehst du richtig. Den PC haben wir zur Auswertung natürlich mitgenommen. Hat uns auch erstaunt."

„Dann gehörte diese Technik wohl auch zu den Dingen, die für seinen Auftrag von oben benötigt wurden. Wahrscheinlich war der dann auch noch von seinem Bruder angeschafft worden", mutmaßte Bert.

„Von seinem Bruder? Wohl kaum, dazu war der zu neu", widersprach Sören. Nachdem er die Schubladen herausgenommen und alle metallischen Gegenstände vom Schreibtisch entfernt hatte, ging er mit dem Metalldetektor über die Schreibtischplatte, die Seitenteile und die Rückseite. Lediglich bei dem Metallteil, das zum Schloss gehörte, schlug der Detektor an. Ähnlich verhielt es sich bei dem Sideboard und dem Bücherregal. Außer einem runden Tisch und mehreren Stühlen war sonst kein weiteres Mobiliar vorhanden.

„Das berühmte Versteck im Fußboden unter den Dielen gibt es hier wohl auch nicht", zeigte sich Nina enttäuscht. „Nur Fliesen, wohl im ganzen Haus, oder?"

„Nee", antwortete Sören, „im ersten Stock, wo die Schlafräume sind, gibt es Dielenböden. Hier unten befinden sich noch die große Küche, ein großes Wohnzimmer, so eine Art Kirchenraum mit großem Holzkreuz, ein Wirtschaftsraum, ein Gäste-WC und der Durchgang zum Stall. Neben dem Durchgang zum Stall liegt noch ein Raum, der jetzt als Lagerraum für alles Mögliche dient. Früher wurde der wohl mal für die Milchverarbeitung nach dem Melken genutzt, jedenfalls sind in diesem Raum die Wände gefliest."

Auch in den anderen Räumen im Erdgeschoss wurden die drei nicht fündig. „Bevor wir uns Stall und Scheunen vornehmen, schauen wir im Obergeschoss und auf dem Dachboden nach, zu dem eine Zugtreppe führt. Der ist aber leer, haben mir meine Mitarbeiter gestern berichtet. Na, wer weiß, vielleicht finden wir da ja Ninas Versteck unter den Dielen", konnte Sören sich die Bemerkung und ein Grinsen nicht verkneifen. „Erinnert so ein bisschen an alte Hollywoodfilme."

„Kommt mir hier wirklich bald so vor", bestätigte Bert, als sie den wohl vom Hausherrn als Schlafzimmer genutzten Raum betraten. „Das war bestimmt das ehemalige Schlafzimmer seiner Eltern."

„Und wahrscheinlich schon seiner Großeltern, denn das Mobiliar scheint über hundert Jahre alt zu sein", ergänzte Sören.

„Das glaube ich auch", bestätigte Nina lachend. „Da auf der Kommode steht sogar noch die alte Waschschüssel aus Porzellan und die dazugehörige Wasserkanne. Jetzt fehlt nur noch der Nachtpott unter dem Bett. Aber das Bett scheint neueren Datums zu sein, sogar mit einem Bettkasten drunter."

„IKEA lässt grüßen", kommentierte Bert ebenfalls lachend, zog dann aber gleich den Bettkasten heraus, um zu schauen, ob da die gesuchte Kommunikationselektronik der Bewohner zu finden sei.

„Also, Bert, da brauchst du nicht mehr nachzuschauen, so was ist für meine Leute Routine. Die haben mit Sicherheit auch schon unter die Matratzen geschaut. So haben die ja auch den Ausdruck von Google Earth in einem der Räume gefunden."

Die Kommode, eine große Truhe und ein Kleiderschrank erweckten nicht den Eindruck, als gäbe es da so etwas wie einen doppelten Boden oder ein Geheimfach, und führten auch zu keinem Ausschlag des Metalldetektors. Allerdings erschien Bert die Tiefe der Fächer des Wäscheschrankes abweichend von seinen Außenmaßen. Sören hatte ein Maßband in seiner Werkzeugausstattung. Eine Messung ergab zur Rückwand eine Differenz von fast zwanzig Zentimetern. Jetzt wurden die drei vom Jagdfieber gepackt. Im Nu hatten sie die Wäschefächer geleert und alles auf das Bett, die Kommode und die Truhe verteilt. Dann kam die Stunde der Wahrheit. Sören ging mit seinem Detektor von innen an die Rückwand des Schrankes und dieser schlug bei zwei Fächerrückwänden deutlich aus.

„Na bitte, da haben wir doch, was wir suchen", freute sich Sören. „Eindeutiger geht es doch schon gar nicht mehr. Jetzt müssen wir nur noch irgendwie darankommen." Aber sosehr sie auch suchten und sich bemühten, sie fanden keine Öffnungsmöglichkeit für die Rückwand.

„Wir müssen den Schrank von der Wand rücken", schlug Bert vor. Es war ein überdimensionierter, schwerer, massiver Eichenschrank. Selbst zu dritt gelang es nicht, diesen auch nur einen Millimeter von der Wand abzurücken.

„Da brauchen wir Spezialisten und auch Gurte", stellte Sören fest. „So bekommen wir den nicht von der Wand. Aber der Detektor schlägt eindeutig an. Da ist in jedem Fall Metall dahinter. So viel steht fest. Also hilft nix, da müssen meine Leute ran." Er telefonierte und veranlasste das Entsprechende.

Nina machte eine skeptische Miene. „Irgendetwas gefällt dir nicht." Bert kannte seine Nina.

„Ja. Überlegt doch mal, wir suchen hier Elektronik, die Clasen seinen Leuten abgenommen haben könnte. Wie will der die da in die Schrankrückseite bekommen haben? Selbst zu dritt kriegen wir dieses Monstrum nicht bewegt. Ich gehe mal davon aus, dass er im Zweifel auch nur seinen Amerikanern trauen konnte, das heißt, die waren dann bestenfalls auch nur zu dritt. Also ich würde vorschlagen, lasst uns weitersuchen, bis Sörens Leute kommen, dann sehen wir weiter."

„Vernünftiger Gedanke", schloss sich Sören ihrem Vorschlag an. „Viel zu umständlich, nur um so'n paar Handys zu verstecken." So machten sie sich an die Durchsuchung der anderen Räume, ohne Ergebnis. Auch die Dielenböden führten zu keinem Ausschlag des Detektors. Als sie gerade damit fertig waren, meldeten sich Sörens Spezialisten. Es waren nur zwei Kollegen, aber diese hätten beide auch zu einem Wrestlerteam gehören können.

Sie machten sich auch gleich mit Gurten, wie sie bei Möbeltransporten verwendet wurden, an die Arbeit. Doch auch diesmal rückte der Schrank keinen Millimeter von der Wand.

Dann hakte der eine Kollege seinen Gurt unter den vorderen Teil des Schrankes und hob kurz an. Der Schrank ließ sich um fast einen halben Zentimeter anheben. „Der ist an der Wand festgeschraubt", stellte er fest.

Nach kurzer Zeit hatten die beiden Spezialisten sechs dicke Schrauben entdeckt, die im massiven Holz der Rückwand versenkt und mit Holzplättchen abgedeckt waren. „Wenn ich mir die Korrosion anschaue, dann sind die bestimmt schon seit zig Jahren drin", vermutete einer der Kollegen.

Es dauerte nicht lange, dann hatten die Profis die Schrauben entfernt und es war für sie fast ein Kinderspiel, den schweren Schrank von der Wand zu ziehen. Tatsächlich gab es hinten eine Tür, etwa einen Meter im Quadrat. Das Schloss hielt dem Brecheisen der Spezialisten nicht lange stand. Die eingelassenen Scharniere waren schon ziemlich verrostet. Endlich war die Tür auf. Die Anwesenden staunten nicht schlecht. Da standen ein zusammengerolltes Bild, ein schwarz eingebundenes Buch, eine Pistole und ein Seitengewehr, wie es Offiziere im Dritten Reich getragen hatten, und ein großer flacher Besteckkasten. Dazu einige Embleme und Orden, säuberlich in einem mit Samt ausgeschlagenen Kästchen aufbewahrt. Das Bild entpuppte sich als der Druck eines großen Hitlerbildes und schnell hatten sie erkannt, das waren die Insignien eines ehemaligen SS-Mannes des Zweiten Weltkrieges. Der Besteckkasten enthielt inzwischen fast schwarz angelaufenes Silberbesteck.

„Was ist denn das für ein Mist?", entfuhr es einem der beiden Spezialisten.

„Und wegen so einem Scheiß müssen wir hier raus!", ärgerte sich der andere. „Wie kommt denn einer auf die Idee, so was für die Nachwelt, fast wie in einem Tresor, zu sichern? Die müssen doch total bescheuert gewesen sein. Die Nazis haben den Krieg angezettelt und verloren und heben das dann noch für die Nachwelt auf!"

„Ich glaube eher nicht, dass das für die Nachwelt gedacht war, sondern vielmehr um die eigene Haut zu retten", sagte Sören.

„Chef, wie muss ich das denn verstehen?", wollte einer seiner Mitarbeiter wissen.

„Na ja, ich weiß noch von meinen Großeltern, dass hier in der Gegend ein hoher SS-Offizier gewohnt haben soll. Zum Ende des Krieges war der wohl wegen Verwundung und zur Genesung im Heimaturlaub. Aber das wurde, als ich noch Kind war, nur unter vorgehaltener Hand erzählt. Hier war ja nach Kriegsende britisch besetzte Zone und die Briten haben wohl auch nach dem SS-Mann gesucht, wie mein Großvater sagte. Ob sie den gefunden haben, weiß ich nicht. Oder mein Opa wollte es mir nicht verraten. Wenn ja, dann ist dem sicher der Prozess gemacht worden."

„Und wenn nicht?", fragte Nina nach.

„Na ja, es ist ja bekannt, dass so mancher Nazi dann doch durch die Maschen geschlüpft ist. Einige sollen sich auch nach Südamerika abgesetzt haben."

„Wohl wahr", bestätigte Bert. „Übrigens, manche von denen haben ja wahrscheinlich sogar geglaubt, dass sie ihre Epauletten und den ganzen Kram noch mal brauchen würden, weil sie von den Endsiegparolen dieses Größenwahnsinnigen überzeugt waren."

Verärgert zogen die Profis wieder ab. Auch den drei Beamten war die Enttäuschung anzumerken. „Ich könnte jetzt einen Kaffee gebrauchen", sagte Nina und ihre Kollegen stimmten ihr zu.

„Hilft nix, wir müssen noch auf den Dachboden. Meine Leute haben da auch nur kurz raufgeschaut."

Hier oben hatte man erst eine Vorstellung von der Größe des Hauses. Die ganze Bodenfläche war mit roh belassenen Brettern ausgelegt. „Na, dann wollen wir mal", sagte Sören und begann den Boden mit dem Metalldetektor abzutasten. Dazu fing er in der hintersten Ecke des Daches an und ging dann systematisch Bretterreihe für Bretterreihe durch.

Nina wollte nicht untätig sein und begann ab der Mitte des Raumes, wo der Schornstein zum Dach rausgeführt war, damit, die Bretterreihen abzulaufen. Plötzlich, ziemlich am Ende einer Reihe, sagte sie: „Hier sind zwei Reihen etwas lose."

„Okay", sagte Sören, „ich bin ja gleich da, dann werden wir sehen. Bleib mal da so lange stehen."

Als er dann bei Nina angekommen war, schlug tatsächlich sein Detektor aus. Mit einem Bohrschrauber hatte Sören im Nu ein paar Schrauben herausgedreht und zwei Bretterteile ließen sich bequem herausnehmen. Bei genauerem Hinsehen war zu erkennen, dass alle anderen Bretter genagelt waren. Nur diese waren verschraubt. Offensichtlich waren die Schrauben auf die Schnelle und auch nur provisorisch eingedreht worden, wodurch die Bretter, die etwas verzogen waren, nicht mehr ganz plan gelegen hatten.

„Es ist ja wohl nicht wahr", entfuhr es ihm. „Nina hatte recht, der Klassiker. Das Versteck unter dem Dielenboden. Tut mir leid, aber da müssen jetzt meine Leute ran. Das muss alles haarklein dokumentiert und einzeln verpackt werden, damit uns keine Spuren verloren gehen. Ich sehe da auch einen Stapel Ausweise, Handys, Notebooks, wohl alles, wonach wir gesucht haben. Nina, du bist spitze!"

„Na, dann steht ja den Haftbefehlen nichts mehr im Weg", freute sich Bert.

Sören telefonierte mit seinen Teamkollegen und gab entsprechende Anweisungen. Anschließend holte er seine Kameraausrüstung aus dem Auto und dokumentierte das geöffnete Versteck. Danach nahm er vorsichtig den Stapel der Ausweise heraus. „Nina, ich halte sie dir jetzt einzeln hin und du machst mit deinem Handy Aufnahmen von jedem Ausweis. Ich darf die nur an den Kanten nehmen, damit keine Fingerabdrücke verwischt werden. Aber ihr habt dann zumindest schon einmal ganz schnell die Namen und könnt nachforschen, ob jemand auf den Fahndungslisten steht. Den Rest müssen dann sowieso meine Leute machen."

Nachdem Nina die Aufnahmen gemacht hatte, verabschiedeten sich die beiden Ermittler von Sören und machten sich auf den Weg ins Kommissariat.

***

Schon während der Fahrt war Nina die Ausweiskopien auf ihrem Smartphone durchgegangen. „Da sind ja unsere Kölner Ausreißer", sagte sie zu Bert, der den Wagen fuhr. „Also definitiv, die waren hier auf dem Hof und da werden sie auch ihr junges Leben gelassen haben. Traurig für die Eltern, dass wir sie vorher nicht haben finden können. Ich stelle mir wirklich die Frage, wie die es geschafft haben, hier nirgendwo mal aufzufallen, zumal als Duo."

„Du hast ja die Bilder gesehen. Auf Anhieb hättest du die nicht mehr für Zwillinge gehalten. Und offensichtlich haben die sich auch nicht in Neuharlingersiel und Umgebung blicken lassen. Vielleicht sind sie eher in Richtung Aurich, Leer oder Emden unterwegs gewesen, wenn sie mal raus sind. Als Großstädter wird es sie sowieso eher in eine Stadt gezogen haben, wenn sie mal Freigang hatten. Auf jeden Fall sind sie sogar bei einem Karnevalsumzug gewesen. Was mich auch nicht verwundert. Ein echter Kölner, der wird ja krank, wenn er nicht Karneval feiern kann."

„Wahrscheinlich waren die mit Malte gelegentlich auch noch woanders."

„Davon würde ich jetzt fast ausgehen. Jedenfalls bin ich mal gespannt, ob Clasen uns jetzt vielleicht Antworten gibt, nachdem wir sein Geheimfach entdeckt haben. Wenn wir zurück sind, werde ich mir den gleich noch mal vorknöpfen. Du kannst ja schon mal mit den Ausweisdaten in den Archiven checken, ob uns noch mehr Typen wie der Vergewaltiger oder zumindest alte Bekannte ins Netz gegangen sind."

Bert hatte schon von unterwegs Anweisung gegeben, den Hofeigentümer in den Vernehmungsraum zu bringen. Dann war er gleich dorthin geeilt und Nina hatte sich an ihren Computer begeben.

Der Hauptkommissar hielt sich gar nicht lange mit Vorreden auf. „Herr Clasen, damit Sie gleich wissen, um was es hier für Sie persönlich geht: Nach unserem Gespräch werde ich Haftbefehl für Sie beantragen. Genügend Material haben wir. Sie sollten sich wirklich überlegen, ob Sie nicht doch einen Anwalt hinzuziehen wollen. Der würde Ihnen sicher dazu raten, mit uns zu kooperieren. Das könnte sich für Sie und auf das zu erwartende Strafmaß sicher positiv auswirken."

In Ummo kreisten die Gedanken. Die ganze Zeit in der Zelle hatte er versucht Zwiesprache mit seinem Schöpfer zu halten.

Aber irgendwie schien der Faden gerissen zu sein. Keine Antwort, keine Eingebung. Alles schien wie leer. Sonst wusste er immer ganz genau, was zu tun war. Hatte ihn der Herr fallen lassen? Ja, es war sein Versagen. Drei seiner Schutzbefohlenen waren tot. Was mit Acht geschehen war, das wusste auch nur der liebe Herrgott. Aber das alles konnte er dem Kommissar doch nicht sagen. Er fürchtete, dass Mike irgendwie in die Sache verstrickt war. Wenigstens ihn musste er schützen. Wie damals. Da war die Eingebung von oben deutlich gewesen. Das Bild von der Todeszelle in seinem Traum. Da wusste er, was zu tun war. Aber jetzt?

„Wie ist das jetzt mit einem Anwalt?", riss der Kommissar ihn aus seinen Gedanken.

Für Ummo stand fest, hier konnte nur Gott helfen und kein Anwalt. „Kein Anwalt!", kam es dann fast wie von selbst aus seinem Mund.

„Okay", sagte Bert und machte seine üblichen Belehrungen.

„Herr Clasen, wir haben bei Ihnen im Haus acht Ausweise gefunden, die nicht Ihnen und Ihren beiden Predigern gehören. Vier Personen, die diesen Ausweisen zugeordnet werden konnten, sitzen bei uns in den Zellen, einer ist tot. Wer sind die anderen drei?"

„Dazu kann ich nichts sagen."

„Können oder wollen Sie nichts dazu sagen?"

„Beides."

„Na gut. Dann andersrum. Herr Clasen, wir haben zwei männliche Leichen aus dem Benser Tief geborgen. Es steht inzwischen fest, dass beide in Ihrer Gülle zu Tode gekommen und mit Ihrem Viehanhänger zum Fundort transportiert worden sind. Was können Sie mir dazu sagen?"

„Nichts."

„Sie haben mehrfach ausdrücklich auf Rechtsbeistand verzichtet, daher nochmals in aller Deutlichkeit: Herr Clasen, Sie stehen unter Mordverdacht, zumindest unter dem der Beihilfe!"

„Ich habe niemanden ermordet und auch keine Beihilfe zu einem Mord geleistet! So wahr mir mein Gott helfe!"

„Wenn das die Wahrheit ist, dann decken Sie irgendjemand. So viel steht fest, Herr Clasen! Und damit machen Sie sich genauso strafbar! Sie sollten sich daher sehr genau überlegen, ob Sie nicht doch mit uns kooperieren wollen!"

„Ich werde im Gebet darüber nachdenken. Wenn ich jetzt wieder in meine Zelle könnte."

Bert beendete die Vernehmung und ließ ihn wieder in die Zelle zurückbringen. Dann ging er zu Nina, um zu sehen, was sie inzwischen erreicht und herausgefunden hatte.

***

„Es ist gut, dass du kommst", sagte Nina. „Ich bin in allen Fällen fündig geworden. Wie schon angenommen, bis auf unsere Zwillinge für unsere Archive alles alte Bekannte. Drei stehen tatsächlich hier in Niedersachsen bei uns auf der Fahndungsliste. Einer davon ist der tote Vergewaltiger. Aber auch die, nach denen nicht gefahndet wird, sind keine unbeschriebenen Blätter."

„Was ist denn mit dem, der irgendwie verschwunden zu sein scheint?"

„Ein vorbestrafter Zuhälter. Hat sich allerdings schon seit längerer Zeit nicht mehr bei seinem Bewährungshelfer in Bochum gemeldet."

„Na, der wird ja von hier aus auch nicht gerade zu seinen Meldeterminen ins Ruhrgebiet gefahren sein", stellte Bert lachend fest.

„Könnte ja sein, dass wir den auch noch aus dem Tief fischen, wenn er nicht irgendwie Lunte gerochen und sich abgesetzt hat."

„Oder er schwimmt noch in den tierischen Hinterlassenschaften unter dem Kuhstall." Dann informierte Bert Nina über den Gesprächsverlauf mit Ummo. „Bin mal gespannt, wie der sich entscheidet. Jedenfalls wird es langsam ganz schön eng für den."

Sören Nansen war gerade von seinem Einsatz auf dem Hof zurück und eben durch die offene Tür in Ninas Büro gekommen. „Nina, geh mal im Internet auf kuestenhort.de, das haben mir gerade meine Leute unterwegs durchgegeben, nach Auswertung von seinem Computer."

Nina hatte gleich die Homepage von Ummos Küstenhort auf dem Bildschirm. Gespannt zappte sie sich auf seiner Seite durch.

„Für mich ist nicht erkennbar, was der eigentlich mit seiner Homepage bezwecken will", kommentierte Bert. „Man kann vermuten, dass es bei ihm um irgendeine Sekte geht. Konkret von den Amischen spricht er aber nicht. Allerdings eine Botschaft wie: ‚Kommt her zu mir alle, die ihr mühselig und beladen seid‘…"

„Übrigens, Matthäus 11, 28, Lutherbibel", unterbrach ihn Nina, „weiß ich noch aus dem Konfirmationsunterricht, mussten wir auswendig lernen."

„Ja, aber diese Botschaft dann zu verbinden mit ‚wo immer ihr auch mit Glaube, Menschen, Gesetz oder was auch immer in Konflikt geraten seid‘, ist schon etwas merkwürdig. Oder findet ihr nicht?"

„Genau", stimmte Sören ihm zu. „Das könnte man als Aufforderung für Gestrauchelte zur Bekehrung sehen – ich denke hier an das geflügelte Wort: vom Saulus zum Paulus –, aber auch für Kriminelle, die einen Zufluchtsort suchen, um untertauchen zu können."

„Offensichtlich haben das zumindest die Bewohner, die wir inzwischen identifiziert haben, genau so verstanden", stellte Nina fest. „Aber dann musste Clasen doch wissen, wem er da auf seinem Hof Unterschlupf gewährt."

„Können wir vermuten", antwortete Sören, „ob wir ihm das aber auch rechtssicher beweisen können, steht noch dahin. Jedenfalls haben meine Leute sonst nichts auf seinem Computer gefunden, was ihn belasten könnte. Weder E-Mail- noch sonstiger Schriftverkehr mit Straftätern, nach denen gefahndet wird. Wir haben zwar auf seinem Handy Kontaktdaten gefunden, aber was er mit denen am Telefon besprochen hat, ist ja nicht dokumentiert."

„Heißt das etwa, wir stehen rein rechtlich gesehen mal wieder mit nichts da?" Nina hatte genau das in ihrer Laufbahn als Polizistin leider immer wieder erleben müssen. Erinnerungen wurden wach. An die Zeit bei der Drogenfahndung in Hannover, ihre gescheiterte Ehe, weil ihr Ex eine Beamtin aus einem

Landesministerium mit planbareren Dienstzeiten vorgezogen hatte. Ihre Partnerschaftserfahrungen waren letztlich auch der Grund dafür gewesen, dass sie der Ausschreibung auf die Stelle in Wittmund gefolgt war.

„So nun auch wieder nicht", beruhigte sie Bert. „Immerhin steht fest, dass die Zwillinge auf seinem Hof zu Tode gekommen sind und mit seinem Viehanhänger zum Tief transportiert wurden. Das sind Fakten, da kann er sich nicht rauswinden. Wir müssen jetzt nur herausfinden, wer vom Hof die Morde begangen und die Toten dann ins Tief geworfen hat. Ich glaube nicht, dass das Ummo Clasen war. Aber ich bin davon überzeugt, dass er den oder die Täter deckt."

„Womit er sich in jedem Fall strafbar und quasi zum Mittäter macht!", ergänzte Sören und verabschiedete sich.

Bert ließ bei dem in der Zelle einsitzenden Ummo Clasen nachfragen, ob er sich inzwischen entschieden habe, ob er aussagen wolle. Dieser ließ ausrichten, dass er eine Nacht darüber schlafen müsse.

Für Bert und Nina das Signal für einen verdienten Feierabend, wenigstens am Samstag. Zumal jetzt schon feststand, wo beide ihren Sonntagmorgen nach dem Frühstück verbringen würden.

Kapitel 11

Ummo hatte eine schlaflose Nacht hinter sich. Am liebsten wäre er selbst heute Nacht vor den Richterstuhl seines Schöpfers getreten. Aber er hatte keine praktikable Lösung für den Übergang gefunden. Als ob die Beamten es vorhergesehen hätten: Alles, was als geeignetes Hilfsmittel dafür hätte dienen können, hatte man ihm abgenommen. War das die Botschaft seines Herrn? Der Herrgott musste mit seiner Allmacht doch wissen, was es für seine Schutzbefohlenen bedeuten würde, wenn er ihn nicht in dieser Nacht abberufen würde. Wie lange würde er standhalten können?

Verzweiflung hatte sich seiner bemächtigt. Warum waren nur seine Fingernägel so kurz? Damit hätte er es vielleicht noch geschafft, mit dem abfließenden Lebenssaft auch sein belastendes Wissen in die unendliche Ewigkeit zerfließen zu lassen. Seine über alles geliebte Frau hatte der Herr schon lange zu sich geholt. Also, was sollte er hier noch? In Bezug auf seine Schutzbefohlenen hatte er auf der ganzen Linie versagt. Und gerade Mike hatte ihm doch die Gottheit anempfohlen. Oder hatte er vielleicht damals die Botschaft mit der Todeszelle falsch gedeutet? Ihm kamen ganz plötzlich Zweifel. Sollte er das alles missverstanden haben?

Ummo zermarterte sich das Gehirn. Hatte Mike gar bereits die Seiten gewechselt? War es nicht Gott gewesen, der ihm die Botschaft gesandt hatte? War es etwa der Teufel selbst gewesen, der sich schützend vor Mike gestellt und ihn, Ummo, als seinen Schild benutzt hatte? War das der Grund, warum er sich seit einiger Zeit völlig von seinem Gott verlassen fühlte? Wenn es stimmte, was die junge Polizistin über Dree gesagt hatte, dann konnte es nicht Gottes Wille sein, dem er gefolgt war. Für Ummo brach eine Welt zusammen. Luzifer hatte ihn als sein Werkzeug benutzt. Davon war er auf einmal überzeugt. Wie konnte er sich nur so blenden lassen? Aber genau das machte Satan so gefährlich.

Er hätte Mike damals kein Alibi geben dürfen. Das wurde ihm in diesem Moment in aller Deutlichkeit bewusst. Er hatte damit schwere Schuld auf sich geladen. Und damit war er wahrscheinlich auch für den Tod der beiden Zwillinge und sicher auch von Acht verantwortlich. Was war in der Nacht, seitdem alle drei verschwunden waren, wirklich geschehen? Ummo ließ die Nacht vor seinem geistigen Auge noch einmal Revue passieren.

Er hatte ein Auto gehört und Stimmen. Wahrscheinlich waren die Zwillinge mit Malte im Auto zurückgekommen. Die hatten ja kein Hehl daraus gemacht, wo sie mit ihm hinwollten, und waren sicher angetrunken gewesen. Ein absolut rotes Tuch für Mike, wie bei einem Stier in der Arena. Wie hatte Mike das ausgedrückt: Die haben sich in ihrem Suff wohl in der Tür geirrt und der Herrgott hat sie in die Gülle geführt. Vielleicht hatte Acht dann Mike gestört und war selbst in der Gülle gelandet und lag jetzt noch unter den Kühen. Es konnte doch sein, dass Een beim Einführen des Güllemixers den Leichnam von der Grube bis unter den Kuhstall mit den Spaltenplatten geschoben hatte. Es schauderte Ummo. Und er hatte dann noch dafür gesorgt, dass die beiden Brüder in das Benser Tief transportiert wurden.

„Oh mein Gott, was habe ich getan!? Verzeih mir, Herr! Verzeih mir, Herr!", rief Ummo immer wieder, während er in seiner Zelle auf und ab lief.

„Sie könnten sich ja erst einmal bei unserem Herrn Kommissar erleichtern", sagte der Beamte, der soeben die Tür der Zelle aufgeschlossen hatte. „Das soll schon so manchem reuigen Sünder geholfen und vor allem das Gewissen wesentlich leichter gemacht haben." Dann brachte er den Häftling in den Verhörraum.

Nach einer Weile betraten Bert und Nina den Verhörraum. Sie hatten sich bereits eine Strategie für ein Kreuzverhör zurechtgelegt, um Ummos Schweigen zu knacken.

Nach dem üblichen Eröffnungsprozedere fragte Bert: „Sie hatten gestern Abend darum gebeten, diese Nacht noch einmal in sich gehen zu dürfen. Sind Sie zu einer Entscheidung gekommen? Werden Sie aussagen, Herr Clasen?"

„Ja, Herr Kommissar. Ich glaube, dass ich völlig verblendet gewesen sein muss. Ich war nicht das Werkzeug Gottes, sondern Luzifers. Oh, mein Gott, verzeih mir!" Ummo saß wie ein

Häuflein Elend vor den Kommissaren. Ein völlig gebrochener Mann. Er schien um Jahre gealtert. Seine Haut wirkte in dem grellen Neonlicht aschfahl. Die Augen erschienen übernächtigt.

Die Ermittler schauten sich an. Eine überraschende Wende, mit der sie eigentlich nicht gerechnet hatten.

„Möchten Sie einen Kaffee?", fragte Nina besorgt.

„Ja, wenn es keine Umstände macht."

Nina veranlasste das und auch, dass dem Gefangenen Wasser gebracht wurde.

Dann sprudelte es aus Ummo heraus. Er erzählte den Kommissaren von dem falschen Alibi für seinen Glaubensbruder Mike Steiner in Amerika, von seinen Erkenntnissen der letzten Nacht und auch seinen Suizidgedanken. Auch, dass er mit Bob und Mike die Zwillinge aus der Gülle gefischt hatte und wie die ins Benser Tief gekommen waren. Es fielen ihm die Worte des Beamten ein, der ihn aus der Zelle geholt hatte. Ummo fühlte sich jetzt tatsächlich richtig erleichtert. Eine schwere Last war von seinen Schultern genommen worden.

Nina und Bert hatten ihm schweigend zugehört. Dann sagte Bert: „Herr Clasen, auch wenn ich als Katholik kein praktizierender Christ bin, glaube ich, dass Sie bereits jetzt eine Erleichterung spüren werden. Ob das was mit dem da oben zu tun hat, weiß ich nicht, aber wichtig ist, woran Sie glauben. Und ich möchte es mal so sagen, Sie haben zurückgefunden. Und das ist nicht nur für Sie gut, sondern wird dazu beitragen, dass anderen Leid erspart und der Gerechtigkeit zum Durchbruch verholfen wird. Deswegen lassen Sie uns das Ganze mal mit etwas System durchgehen."

„Danke, Herr Kommissar. Ja, ich spüre bereits jetzt eine deutliche Erleichterung. Das bestärkt mich in der Erkenntnis, hier endlich das Richtige zu tun und Satan ein Schnippchen zu schlagen."

„Bevor wir zu den Details kommen, würde mich mal interessieren, wie kamen Sie eigentlich auf die Idee mit der Website und der Aufnahme von Beladenen, ich nenne das jetzt mal so ähnlich wie auf Ihrer Homepage", wollte Nina wissen.

„Beladene hatte ich ja schon mitgebracht. Mike, darüber habe ich gerade schon gesprochen. Bob schleppt auch irgendetwas mit sich rum, darüber spricht er aber nicht. Jedenfalls waren beide wohl sehr froh, mit mir Amerika verlassen zu können. Dann hatte Bob irgendwie und irgendwo hier in der Gegend Een kennengelernt und mit auf den Hof gebracht. Een kommt aus der Landwirtschaft im Harz. Wovor er sich verstecken wollte, hat er nicht so richtig rausgelassen. Jedenfalls ist er mir auf dem Hof auch fachlich eine große Hilfe und ich bin wirklich froh, dass ich ihn habe."

Nina hatte aus ihrer Mappe einen Zettel herausgezogen, auf dem oben mit Hand Een geschrieben stand, und zu Bert hingeschoben. Dieser überflog: Name: Leopold Grundmann aus Seesen; Hof nach Modernisierung überschuldet; hat das Vermögen seiner damaligen Lebensgefährtin veruntreut; trotzdem Konkurs; verurteilt zu zwei Jahren auf Bewährung.

Ummo fuhr unterdessen fort: „Über Een kam dann Twee zu uns. Ich glaube, die sind Cousins zweiten Grades. Twee ist eigentlich Computerspezialist, er hat auch die Seite für mich gemacht und ins Internet gestellt. Ich glaube, der ist mal irgendwelcher gefährlichen Leuten zu nahe gekommen und fürchtet um sein Leben. Um was es da genau geht, weiß ich aber nicht. So ähnlich wie bei Sess und Söven, wobei ich von denen weiß, wovor die auf der Flucht waren. Meinen Neffen Gero aus Köln hatten die Verbrecher schon umgelegt, bevor er bei mir Zuflucht suchen konnte. Nur Sess und Söven haben es zu mir geschafft."

„Hat ihnen aber offensichtlich auch nichts genützt", sagte Nina. Wieder zog sie ein Blatt aus ihrer Mappe und schob es Bert hin. Auch hier warf er einen kurzen Blick drauf: Twee: Dieter Holzhausen; Hannover; soll für eine Firma buchungstechnisch an Geldwäsche beteiligt gewesen sein; hat sich da wohl auch selbst bedient; ist seitdem untergetaucht.

„So langsam wird für mich ein Schuh daraus", stellte Nina fest. „Da haben wir ja schon fast so etwas wie eine Systematik. Gehen wir mal weiter. Wie kam dann Dree, der Vergewaltiger aus Osnabrück, zu Ihnen?"

„Der meldete sich tatsächlich aufgrund unserer Internetseite. Für mich war das irgendwie so, als wenn der Herrgott ihn und auch andere über diese Seite zu uns führte. Daher war ich auch davon überzeugt, das musste ein Fingerzeig Gottes sein, dass ich mich um seine Beladenen kümmern sollte. Wie anders hätten die denn auf unsere Seite kommen sollen? Da muss doch jemand seine führende Hand im Spiel gehabt haben."

Nina lachte. „Die führende Hand hat einen Namen: Google."

„Wie, das verstehe ich nicht." Ummo war sichtlich irritiert.

„Ganz einfach", erläuterte die Kommissarin. „Ihr Computerspezialist hat sehr geschickt sogenannte Schlüsselwörter auf Ihrer Seite untergebracht. Solche Wörter werden von einer Internetsuchmaschine wie Google ausgewertet und in Filtern gespeichert. Wenn dann jemand nach Worten wie zum Beispiel Zufluchtsort, Konfliktlösung, Hilfe für Gestrauchelte oder ähnliche Begriffe – da würden mir noch etliche einfallen – sucht, dann listet die Suchmaschine alle Seiten auf, die diese Schlüsselwörter enthalten. Das ist kurz beschrieben das ganze Geheimnis."

„Und ich war davon überzeugt, da konnte nur göttliche Vorsehung dahinterstecken."

Auch Bert konnte sich ein Schmunzeln nicht verkneifen. Für ihn begann sich das Bild von diesem gläubigen Bischof und seinem Sendungsbewusstsein zu runden. Ummo war wirklich von der Überzeugung geprägt, dem Willen seines Gottes zu folgen und sein Werkzeug hier auf Erden zu sein. Eigentlich traurig, dachte Bert. Denn er wusste aus seiner Erfahrung heraus jetzt schon, dass alles eine ganz irdische und leider sehr kriminelle Erklärung finden würde, wie in all seinen anderen Fällen auch.

„Kommen wir zu Veer und Fiev", fuhr Nina in ihrer Systematik fort. „Was können Sie uns zu denen sagen?"

„Die kamen auch über das Internet zu uns."

Erneut schob Nina die Kurzinfos zu Bert rüber, der jeweils einen kurzen Blick darauf warf: Veer: Normen Fleischer; Hannover; verurteilt wegen wiederholten Fällen von Drogenhandel, Körperverletzung und Waffenbesitz; seit einem Freigang auf der

Flucht. Fiev: Horst Fischer; Göttingen; verurteilt wegen Überfall auf einen Geldtransport; Strafe abgesessen.

„Und was waren die Gründe?", wollte Bert wissen.

„Veer hat erzählt, dass er sich im Gefängnis mit anderen Insassen angelegt hatte. Dann hat er einen Freigang genutzt, um zu verschwinden. Er meinte, wenn er dorthin zurückgekommen wäre, hätte er das nicht überlebt."

„Und Fiev?", hakte Bert nach.

„Der hatte mit zwei anderen einen Geldtransport überfallen und dafür auch seine Strafe schon abgesessen. Das Geld war nach dem Überfall noch vor der Verhaftung verschwunden, wie er erzählte. Und jeder der drei verdächtigte die anderen. Nachdem alle wieder auf freiem Fuß waren, hatte der Anführer der drei erst den anderen Kumpel in Verdacht gehabt. Nachdem er den umgelegt hatte, konnte er aber das Geld nicht finden und sucht seitdem nach Fiev."

„Hat Fiev denn das Geld?", wollte Nina wissen.

„Er behauptet nicht."

„Na gut", sagte Nina. „Bei Sess und Söven, unseren vermissten Zwillingen aus Köln, die wir inzwischen aus dem Benser Tief gefischt haben, wissen wir ja schon, wie die zu Ihnen und auch in das Benser Tief kamen. Die Tatsache, dass Sie und Ihre Glaubensbrüder, Mike Steiner und Bob Huber, die Leichen aus der Gülle gefischt und dann im Benser Tief versucht haben zu entsorgen, wird in jedem Fall rechtliche Konsequenzen für Sie drei haben. Da werden wir abwarten müssen, wie Staatsanwalt und Richter hier befinden. Ihre Glaubensbrüder werden wir dazu auch noch befragen … Und wie war das jetzt mit Acht?"

„Auch der kam über das Internet. Der war aber absolut verschlossen. Von ihm weiß ich überhaupt nichts. Er hat lediglich gesagt, dass er dringend einen Zufluchtsort braucht. So ähnlich hatte das übrigens auch Dree gesagt."

Nina schob wieder eine Notiz zu Bert. Acht: Peter Nitsch; vorbestrafter Zuhälter; hat sich längere Zeit nicht mehr bei seinem Bewährungshelfer in Bochum gemeldet.

„Was können Sie uns denn über Malte Sörensen sagen?", fragte Bert nach. Irgendwie gab es da einen Zusammenhang, den es noch aufzuklären galt.

„Ich habe nur mitbekommen, dass er die Zwillinge gelegentlich mit seinem Bus abgeholt hat. Aber leider kamen die nicht immer pünktlich zurück, sodass sie nach unserer Ordnung wieder auf den rechten Weg gebracht werden mussten."

„Was bedeutet das konkret?", wollte Nina wissen.

„Vierundzwanzig Stunden Loch. Das ist der Raum im Stall, in dem Ihre Leute die Polizistin gefunden haben."

„Das ist nach unserem Rechtsverständnis Freiheitsberaubung, Herr Clasen, klärte Nina ihn auf. „Ich glaube, dass Sie sich darüber gar nicht im Klaren waren, oder?"

„Nein, bei uns Amischen gelten unsere Regeln, die wir Ordnung nennen. Und diese stellen wir selbst auf und sind für uns Gesetz."

„Na gut", hakte Bert ein. „Das steht im Moment auch nicht für uns im Vordergrund. Was wissen Sie sonst noch über Malte?"

„Nichts, Herr Kommissar. Ich wusste noch nicht einmal, dass er Sörensen heißt."

„Dann hätte ich noch eine letzte Frage: Wir haben in Ihrem Wäscheschrank im Schlafzimmer ein Geheimfach entdeckt, wo sich unter anderem auch eine Pistole und ein Seitengewehr befanden. Wissen Sie etwas darüber?"

„War da auch Silberbesteck dabei?"

„Ja."

„Da also hatte der ältere Bruder meines Großvaters die Sachen versteckt. Der Bruder meines Großvaters soll wohl ein fanatischer Nazi gewesen sein. Jedenfalls wurde auch gemunkelt, dass er einen Silberschatz im Haus versteckt haben sollte und auch seine Nazi-Orden, damit die Engländer die nicht finden. Er kam schwer verwundet aus dem Krieg, hat dann noch trotz seiner Verwundung einige Jahre den Hof bewirtschaftet. Mein Großvater hatte – selbst noch halbes Kind – bereits auf dem Hof seines Bruders schwer mitarbeiten müssen. Als der dann verstarb, übernahm mein Großvater den Hof. Mehr weiß ich darüber nicht. Außer, dass er wohl zu seinem älteren Bruder kein sehr gutes Verhältnis hatte. Der soll ein richtiger Despot gewesen sein.

Jedenfalls habe ihm niemand eine Träne nachgeweint. Seine Frau soll sich noch im Krieg das Leben genommen haben."

„Okay, Herr Clasen, dann beende ich hiermit das Verhör", schloss Bert die Vernehmung. Jetzt galt es zu klären, welche Rolle dieser Mike beim Tod der beiden Brüder und eventuell des Zuhälters aus Bochum spielte. Dann standen noch die Todesumstände von Sabine und Malte auf der Tagesordnung.

***

Bert und Nina wollten keine Zeit verlieren und ließen gleich als Nächstes Mike Steiner zum Verhör holen.

Er saß den beiden Kommissaren mit verschlossener Miene und vor der Brust verschränkten Armen gegenüber. Körperhaltung und Mimik sprachen schon für sich. Trotz Belehrung verzichtete Mike weiterhin auf einen Anwalt.

„Herr Steiner, Sie haben in Amerika bereits einmal wegen einer Mordanklage im Zusammenhang mit dem gewaltsamen Tod Ihrer Ehefrau und Ihres Nachbarn vor einer Grand Jury gestanden und wurden aufgrund eines Alibis freigesprochen. Wir haben jetzt Informationen, dass dieses Alibi auf einer falschen Zeugenaussage beruht, die widerrufen werden wird. Was sagen Sie dazu?", versuchte Bert ihn aus der Reserve zu locken.

„Nichts. Ich wurde freigesprochen."

„Wie der Widerruf Ihres Alibis in Amerika juristisch zu bewerten ist und was das dann letztlich für Sie bedeutet, darüber haben wir nicht zu befinden", stellte Bert fest.

„Kommen wir zu der Nacht, seit der die Brüder Daniel und Simon, oder Sess und Söven, wie sie bei Ihnen genannt wurden, verschwunden waren. Wie wir inzwischen wissen, wurden sie in der Güllegrube auf Ihrem Hof gefunden und von Ihnen, Herrn Clasen und Herrn Huber mit dem Viehanhänger zum Benser Tief gebracht. Können Sie das bestätigen und warum haben Sie das gemacht?"

„Keine Aussage!"

„Sie haben in der besagten Nacht draußen auf dem Hof nachgeschaut, weil Sie ein Auto und Stimmen gehört haben. Was haben Sie dabei gesehen oder gehört?"

„Nichts!"

„Wenn Sie sich dazu nicht äußern, müssen wir davon ausgehen, dass Sie etwas mit dem Tod der beiden Zwillinge zu tun haben", belehrte ihn Nina.

„Mit dem Tod der beiden habe ich nichts zu tun. Mehr kann ich dazu nicht sagen."

„Was können Sie uns über den Verbleib des Mitarbeiters Acht sagen?", bohrte Bert nach.

„Nichts."

„Herr Steiner, Sie sollten schon etwas auskunftsfreudiger sein, schon damit wir keine falschen Rückschlüsse ziehen", belehrte die Kommissarin ihn erneut. „Wollen Sie von Ihrem Aussageverweigerungsrecht Gebrauch machen oder wissen Sie darüber nichts?"

„Wie ich es schon sagte, darüber weiß ich nichts. Und mit seinem Verschwinden habe ich auch nichts zu tun. Was gibt es denn sonst noch dazu zu sagen?"

„Kennen Sie Malte Sörensen?" Bert suchte immer noch die Verbindung der beiden Fälle.

„Ja. Ich kannte aber nur den Vornamen. Der hat die beiden Zwillinge manchmal abgeholt und zumeist vollgesoffen zurückgebracht. Dafür sind die auch zweimal ins Loch gekommen, aber nur einen Tag. Bei mir wären die hundert Tage dringeblieben."

„Eine drastische Strafe nur für etwas Alkohol."

„Alkohol ist aller Laster Anfang und gehört in meinen Augen bei Strafe verboten!"

„Und was wissen Sie sonst über Malte?" Bert blieb hartnäckig.

„Nichts."

„Hat er die Brüder in der besagten Nacht zurückgebracht?", bohrte nun auch Nina noch einmal nach.

„Ich weiß es nicht."

Bert beendete das Verhör und ließ Mike in seine Zelle zurückbringen.

Dann machten sie mit Bob weiter, aus dem aber genauso wenig herauszubekommen war. Der hatte in der besagten Nacht überhaupt nichts mitbekommen. Und zu dem Transport der Toten aus der Güllegrube zum Benser Tief verweigerte er die Aussage.

Auch alle anderen Inhaftierten machten von ihrem Aussageverweigerungsrecht Gebrauch und machten keinerlei Angaben über die Motive und Hintergründe zu ihrem Aufenthalt auf dem Hof. Bezüglich der Todesumstände von Daniel und Simon hatte keiner etwas mitbekommen. Ebenso wenig, ob und gegebenenfalls wann Malte die Brüder wieder zum Hof gebracht hatte.

Lediglich Een gestand ein, dass er die Toten in der Güllegrube entdeckt und Ummo darüber informiert hatte. Über den Abtransport der Leichen zum Benser Tief konnte auch er nichts sagen.

Für Nina und Bert ging dieser Vernehmungstag mit dem Gefühl zu Ende, sich von der Aufklärung der beiden Fälle weiter wegbewegt zu haben, anstatt der Lösung näher gekommen zu sein. Wenn einer für die Morde an den Jungs aus Köln in Betracht kam, dann eigentlich nur Mike Steiner, was auch wohl der Verdacht seines Bischofs war. Aber der Verdacht war noch lange kein Beweis. Das wusste keiner besser als die beiden Kriminalisten.

Sie wollten gerade das Gebäude verlassen, da kamen ein Notarztwagen und ein RTW mit Blaulicht und Martinshorn auf den Parkplatz des Kommissariats gefahren.

Der Diensthabende am Eingangsschalter winkte die beiden aufgeregt zurück.

„Was gibt es?", fragte ihn Bert.

„Es gibt einen Vorfall im Zellentrakt."

Im Laufschritt machten sich Nina und Bert dorthin auf den Weg. Gleich gefolgt von einem Notarzt und zwei Sanitätern mit Krankentrage. Im Zellentrakt angekommen, wurde Bert von dem Diensthabenden informiert: „Wir haben einen Suizid in einer Zelle. Es ist einer der Amerikaner. Ich hatte dem noch die Abendmahlzeit bringen wollen. Und da lag er auf seiner Pritsche."

Als Nina und Bert die Zelle erreichten, war der Notarzt schon bei dem Gefangenen.

„Es ist Mike Steiner", sagte Nina. „Verflixt, ich hatte schon so ein komisches Gefühl bei dem. Habe dann aber gedacht, der ist so. Und dann hatten wir ja danach auch noch ein volles Programm."

„Nina, du brauchst dir keine Vorwürfe zu machen."

„Ich hätte dir was sagen sollen. Ich weiß jetzt auch gar nicht mehr, warum ich nichts gesagt habe."

„Wir waren voll eingespannt, Nina, und auch du bist nur ein Mensch. Gott sei Dank."

„Zyankali", sagte der Arzt. „Eindeutig."

Auch Bert erkannte die typischen Merkmale. Leider auch hier in diesem Zellentrakt nicht sein erster Fall dieser Art.

„Okay, Herr Doktor, wenn Sie Ihre Formalitäten erledigt haben, übernehmen wir. Spurensicherung, Rechtsmedizin." Und zu den Sanitätern gewandt, sagte er: „Tut mir leid, Jungs. Aber ihr werdet hier nicht mehr gebraucht."

Nachdem auch der Arzt gegangen war, sagte Bert zu Nina und dem Wachhabenden: „Ich stelle mir die Frage, wie kommt der an Zyankali in der Zelle? Deswegen, nichts anfassen, bis Sören mit seiner Truppe alles gesichert hat."

Es dauerte nicht lange, dann kam Sören bereits mit zwei seiner Leute in ihren weißen Anzügen. „Wir übernehmen, Bert. Muss ich was wissen?"

„Ja, wir hatten den heute zum Verhör. Er hat nichts gesehen, wusste nichts oder hat die Aussage verweigert."

„Na, so weit waren wir mit dem doch schon."

„Ja, aber Ummo Clasen hat ausgepackt. Jetzt wissen wir auch, warum Steiner und Huber mit ihm von Amerika nach Deutschland gekommen sind. Die hatten wohl beide was zu verbergen." Bert informierte seinen Kollegen über die Aussagen des Bischofs der Amische.

„Dann wird da sicher der Grund für seinen Suizid zu suchen sein", mutmaßte Sören. „Vielleicht hat er aber außerdem tatsächlich was mit dem Tod der Brüder zu tun. Ich würde gerne wissen, wie er an das Zyankali gekommen ist."

„Das haben wir uns auch schon gefragt", sagte Bert. Aber das war jetzt im Moment nicht mehr ihr Part. Sie würden sich bis zu den Berichten gedulden müssen.

***

Morgenmeeting im Kommissariat. Bert informierte die Teams über die Entwicklungen des Wochenendes. Mit Erleichterung wurde die Einstellung der Gülleprobenaktion aufgenommen. Allerdings wurde auch mit Besorgnis vermerkt, dass es zwar Anzeichen für einen Zusammenhang zwischen dem Tod der Zwillinge und dem Maltes und seiner Freundin gab, aber offensichtlich alle diesbezüglichen Ermittlungen in einer Sackgasse zu enden schienen.

Die ersten vorläufigen Berichte der Spurensicherung und der Rechtsmedizin zum Suizid von Mike Steiner in seiner Zelle lagen bereits vor. Bert informierte sein Team, dass der Tod durch Zyankali bestätigt worden war. Die Spurensicherung hatte nicht zuletzt der Frage nachzugehen: Lag ein Versäumnis der Beamten im Zellentrakt oder bereits bei der Inhaftierung vor? Woher hatte der Inhaftierte in seiner Zelle das Gift?

Die Antwort hatte Sören mit seinen Leuten dann relativ schnell gefunden. Das Gift hatte sich in einem überdimensionierten Hosenknopf hinter einem Latz befunden. Ein Versäumnis der Beamten bei der Einlieferung in die Zelle? Ja und nein. Ja, weil es hätte auffallen müssen, dass dieser Knopf überhaupt nicht an die Hose gehörte. Zumal Mennoniten und Amische keine Knöpfe an der Kleidung trugen, sondern nur Ösen und Haken. So wurde auch der Hosenbund bei dem Toten zusammengehalten und auch der Latz, der wie bei bayerischen Krachledernen vorne den Hosenbund abdeckte, war mit Haken und Ösen befestigt. Nein, weil diese Gepflogenheiten der amischen Sekte sicher den wenigsten Beamten überhaupt bekannt waren.

Für die Kommissare war die Situation nun noch schwieriger geworden. Mike Steiner hätte ihnen sicher mehr zu sagen gehabt, als er gesagt hatte. Und dann stand immer noch der Verdacht seines Bischofs im Raum, dass er nicht nur die Kölner Jungs, sondern auch Acht auf dem Gewissen haben könnte. Einiges sprach sicher dafür. Aber genau dazu würde man jetzt keine Informationen mehr erhalten können.

Bert hatte sich nach dem Meeting sorgenvoll mit einer Tasse Kaffee zu Nina in ihr Dienstzimmer gesellt. Nina haderte noch immer mit ihrem vermeintlichen Versäumnis, den Suizid nicht verhindert zu haben. Andererseits ging ihr nicht aus dem Kopf, was wäre, wenn Steiner tatsächlich die Morde auf dem Hof begangen haben sollte. Wer hätte dann Malte und seine Freundin umgebracht und den VW-Bus im Wald abgefackelt? Auf diese Frage versuchten die beiden Kriminalisten eine Antwort zu finden. Vielleicht würde die Befragung des Rückkehrers aus Mallorca sie heute Abend weiterbringen. Das erschien beiden im Hinblick auf ihre derzeitigen Erkenntnisse im Moment noch die schlüssigste Lösung.

Und doch kamen Nina wieder Zweifel. „Wer sagt uns eigentlich, dass es nicht alles ganz anders gewesen ist? Wir haben durch unsere Aktionen hier vor Ort vielleicht die Kölner Drogenmafia etwas zu sehr aus dem Blick verloren."

„Na ja, es hat doch auch viel dafür gesprochen, dass die Lösung der Fälle hier bei uns vor der Haustür liegt. Aber du hast recht, lass uns mal über den Tellerrand schauen. Wie kommen wir da weiter?"

„Mir kommt da eine Idee. Ich werde mal alle Akteure, die uns hier im Zusammenhang mit unseren Fällen begegnet sind, egal ob sie noch unter den Lebenden weilen oder nicht, auflisten und mit deren Fotos, Daten und unseren Videos an die Kölner Kollegen schicken. Und zwar unabhängig davon, welche Bedeutung wir den einzelnen Personen und/oder Daten zuordnen. Die können das dann durch ihre Programme jagen und dann warten wir mal ab, ob die irgendwo einen oder mehrere Treffer erzielen."

„Eine geniale Idee, Nina. Bin jetzt schon gespannt."

Bereits nach etwas mehr als einer Stunde kam der Anruf eines der Kölner Kollegen, der sich für die Informationen bedankte und zusagte, diese schnellstmöglich zu verarbeiten. Dabei bat er um Verständnis, dass das eventuell einige Tage in Anspruch nehmen könnte.

Kapitel 12

Ein Wochenbeginn wie unzählige in einer Millionenstadt wie Köln. Vor dem Eingang des Hochhauses in Köln-Porz, unweit der Autobahnrheinbrücke, stand ein Hermes-Lieferwagen wie so oft im Parkverbot, während sein Fahrer verzweifelt versuchte, sein Päckchen loszuwerden. Endlich hatte sich wohl ein Bewohner erbarmt und den Türöffner betätigt. Der Bote schien noch nicht oft hier gewesen zu sein. Er stand vor den Batterien von Briefkästen des mindestens zwanzig Stockwerke umfassenden Hochhauses.

Mit ihm waren zwei Herren in Anzügen und mit Aktentaschen in den Hausflur gekommen, wahrscheinlich Versicherungsvertreter. Auch sie studierten die Briefkästen und versuchten sich zu orientieren. Draußen vor der Eingangstür wollten inzwischen einige Handwerker rein. Der eine der beiden Vertreter öffnete die Tür. Zwei schienen sich auszukennen und gingen gleich zum Treppenhaus, während die anderen ebenfalls erst einmal versuchten, anhand der Briefkästen und der dortigen Etagenangaben ihr Ziel zu finden.

Schließlich hatte der Hermesbote den Briefkasten seines Adressaten gefunden. Aber das Päckchen wollte nicht in den Briefkastenschlitz passen. „Ist das für Marquart im fünften Stock?", fragte der eine Vertreter.

„Ja, wieso?"

„Da haben wir gerade einen Termin. Sie können uns das Päckchen gerne mitgeben."

„Eigentlich darf ich das nicht", äußerte der Bote sein Bedenken. Allerdings konnte er sich auch nicht vorstellen, was ein solcher Anzugträger mit einem Kleidungsstück anfangen sollte, welches wahrscheinlich in dem Päckchen lag. „Aber wenn Sie mir den Empfang bestätigen."

Er hielt dem Vertreter seinen Scanner mit einem Stift hin. „Ihren Namen brauche ich noch."

„Kurt Schmidt", sagte der Anzugträger und unterschrieb.

Mit einem erleichterten „Danke schön" war der Bote auch schon draußen. Die Handwerker und die Vertreter fuhren mit beiden

Aufzügen, die einer der Blaumannträger mit einem großen Seesack inzwischen zum Erdgeschoss geholt und festgehalten hatte, nach oben.

Draußen war kaum aufgefallen, dass zwei Männer zu Fuß die Rampe zur Tiefgarage hinuntergegangen waren und sich zwei Handwerker in ihren Blaumännern bei der Außentreppe zum Kellereingang aufhielten und eine Zigarette rauchten. Ihre Werkzeugkästen hatten sie neben sich abgestellt. Sie schienen noch auf Kollegen zu warten.

Also eigentlich ein ganz normaler Wochenbeginn, hätte man meinen können, wenn nicht auf verschiedenen Parkplätzen um das Hochhaus verteilt Lieferwagen, Limousinen und SUVs mit laufenden Motoren gestanden hätten und eine Mutter, die mit ihrem Kleinkind an der Hand gerade auf den Fußweg zum Eingang einbiegen wollte, von einer Frau, die sich mit einem Ausweis auswies, aufgehalten und wieder auf den Spielplatz, von dem sie gerade gekommen war, zurückgeschickt worden wäre.

Inzwischen hatten die beiden Aufzüge den fünften Stock erreicht. Die Männer stiegen aus und blockierten die Fahrstühle für die Weiterfahrt. Dann ging alles sehr schnell. Der vermeintliche Handwerker mit dem Seesack holte zwei lange Stemmeisen heraus, gab eins davon seinem Kollegen und im Nu flog eine Wohnungstür auf. Die Männer waren auf einmal alle bewaffnet und verteilten sich blitzschnell in den Räumen der Wohnung. Dann wurden drei Männer und zwei Frauen, die noch einen recht schlaftrunkenen Eindruck machten, in Handschellen aus der Wohnung herausgeführt und mit den Fahrstühlen nach unten gebracht.

Draußen war ein Lieferwagen über den Fußweg rückwärts fast bis an die Haustür gefahren. In die hinten geöffnete Tür wurden die Frauen und Männer in Handschellen hineingeschoben, woraufhin der Wagen gleich abfuhr. Die Handwerker verschwanden genauso lautlos, wie sie gekommen waren.

Einem Außenstehenden wären auch kaum die drei Kombiwagen aufgefallen, die inzwischen in die Tiefgarage gefahren waren. Im fünften Stock übergaben noch die beiden als Vertreter getarnten Kriminalbeamten die Wohnung an ihre Kollegen von der

Spurensicherung, deren Wagen jetzt in der Tiefgarage standen. Das Gitter war ihnen zuvor durch Kollegen geöffnet worden.

Alle Beteiligten waren heilfroh, dass dieser Einsatz ohne Waffengebrauch und völlig unblutig über die Bühne gegangen war. Den Wohnungsinhaber und seine Wohngemeinschaft hatte die Kölner Kripo über V-Männer schon seit Längerem im Zusammenhang mit dem Bandenkrieg zwischen zwei rivalisierenden Drogenkartellen im Fokus gehabt und überwacht. Jetzt hatten sie von den Kollegen aus Wittmund die entscheidenden Hinweise erhalten, die ihnen die Rechtfertigung für einen Zugriff gaben.

Gleich nachdem die Informationen von Nina bei der Kriminalpolizei in Köln eingegangen waren, hatte sich die dortige Forensik an die Auswertung gemacht. Der Zuhälter aus Bochum mit dem Namen Peter Nitsch bewohnte hier als Mieter die Wohnung in dem Porzer Hochhaus und stand bereits unter Beobachtung. Daher waren auch die beiden Karnevalsmäuse, die auf Maltes Videos zu sehen waren und sich mit ihm die Wohnung teilten, bekannt. Grund genug für die Kölner Kripo für einen schnellen und getarnten Zugriff.

Im Zusammenhang mit dem Bandenkrieg bestanden Einschränkungen bei der Nutzung der üblichen Kommunikationswege, da immer wieder interne Informationen bei der organisierten Kriminalität gelandet waren. Daher auch die nichtssagende Rückmeldung an die Kripo in Wittmund. Aber dieser Einsatz war ein voller Erfolg gewesen. Die Spurensicherung hatte ins Volle gegriffen: Waffen, Munition, Drogen, Handys, Smartphones, Notebooks, PCs, dazu jede Menge Fingerabdrücke und DNA-Material. Die Kriminellen hatten keine Chance mehr gehabt, noch irgendetwas verschwinden zu lassen.

Die Beamten hatten sich auch sofort an die Auswertung gemacht. Die Smartphones der als Karnevalsmäuse getarnten Callgirls Lea und Tine, die offensichtlich wirklich so zu heißen schienen, waren sehr aufschlussreich. Es stand fest, dass sie einen Informanten auf dem Amischen-Hof in Neuharlingersiel gehabt haben mussten. Mehrere Bilder auf WhatsApp zeigten die Brüder

Daniel und Simon Spiekermann bei Tätigkeiten auf dem Hof und waren wahrscheinlich heimlich aufgenommen worden. Die letzte WhatsApp von diesem Absender zeigte ein Foto an dem Sonntag, an dem Malte die beiden mit seinem VW-Bus abholen wollte. Auf dem Bild war Malte mit den Zwillingen vor seinem Bus, einschließlich Nummernschild seines Wagens, zu sehen.

Für die Auswerter stand damit eindeutig fest, dass die Prostituierten Lea und Tine auf die Brüder angesetzt gewesen waren. Inzwischen waren auch deren Autos vom Abschleppdienst bei der Polizei zur gründlichen Durchsuchung durch die Spurensicherung angeliefert worden. Man hatte nämlich die Daten des Netzbetreibers ausgewertet und anhand der Bewegungsprofile festgestellt, dass die Handys der beiden Frauen in der besagten Nacht, als Sess und Söven ihr Leben verloren, sowohl im Raum Saterland als auch Neuharlingersiel und von dort nach Köln unterwegs gewesen waren. Jetzt erhofften sich die Beamten forensische Beweise für einen Transport der Kölner Jungs mit einem der Autos.

Fest stand aufgrund der Identifizierung durch das Ausweisbild, dass es sich bei dem Wohnungsinhaber Peter Nitsch um den auf dem Hof als Acht bekannten Mann handelte. Belegt war zudem, dass dieser sich etwa drei Wochen nicht in seiner Wohnung in Köln aufgehalten hatte. Er war erst nach dem Tod der Zwillinge plötzlich wieder aufgetaucht.

Daher gingen die Kriminalisten davon aus, dass er mit Lea und Tine die unter Drogen und Alkohol stehenden Brüder aus Köln in die Güllegrube gestoßen und getötet hatte. Und dass das Trio anschließend nach Köln zurückgekehrt war. Außer bei den beiden Frauen war eine eindeutige Zuordnung der in der Wohnung gefundenen Wegwerfhandys noch nicht möglich gewesen. Offensichtlich waren die Callgirls die Einzigen, die keine Prepaidhandys benutzt hatten.

Ausgelöst durch die Informationen von Nina, schien mit der Aktion der verdeckten Ermittler in Köln-Porz eine Lawine losgetreten worden zu sein. Schon wenige Stunden danach erfolgte der nächste Einsatz. Diesmal in einem Garagenhof mit alten Garagen. Die Ermittler hatten ein Selfie bei Lea auf dem

Smartphone gefunden, das sie mit Tine und einem dunklen Audi A6 in genau diesem Garagenhof zeigte. Am Steuer saß Peter Nitsch, der den Wagen offensichtlich gerade in die Garage fuhr. Einer der Beamten hatte das so kommentiert: „Wenn der Nitsch das gesehen hätte, der wäre ausgerastet und diese Lea wahrscheinlich nicht mehr unter den Lebenden." Dadurch hatte man einen in der Wohnung sichergestellten Garagenschlüssel zuordnen können.

Aber auch die Garage mit dem Audi erwies sich als Fundgrube. Dort fanden die Beamten unter einem Dachsparren versteckt ein I-Pad. Ferner zwei Smartphones. Wie sich im Labor herausstellte, gehörte das I-Pad dem Wohnungsinhaber Peter Nitsch, auf den auch der Audi zugelassen war, und die Smartphones waren von Sabine Brandt und Malte Sörensen. Als die Ermittler sich Zugang zu den Daten des I-Pads verschafft hatten, blieb ihnen allerdings die Spucke weg und selbst Profiler, die schon einiges gewohnt waren, mussten schlucken.

Ein Video zeigte zwei Männer auf einer Waldlichtung vor der offenen Tür eines dunklen VW-Busses. Sehr schnell konnten diese als die anderen beiden männlichen Bewohner der Hochhauswohnung identifiziert werden. Dann kletterte der eine rein und kam kurz darauf mit zwei Handys zurück.

„Hier, Chef, alles drauf. Wie du schon befürchtet hattest."

„Kann ich jetzt?", rief der andere, der inzwischen in den Bus hineingeklettert war.

„Ja klar, viel Spaß."

Dann rückte die Kamera näher an die Türöffnung und man sah, wie der Typ sich an einer Frau, die auf der Rückbank des Bullis lag, abarbeitete. Als er fertig war und sich die Hose wieder hochgezogen hatte, sagte er zu seinem Komplizen, der neben dem Kameraführer zu stehen schien: „Jetzt kannste."

Aufgrund der Qualität der Kamera war trotz der schlechten Lichtverhältnisse die völlig unbekleidete Sabine Brandt gut zu erkennen. Sie versuchte ihre Blöße zu bedecken und jammerte leise zitternd vor sich hin. Vor der Bank schien Malte Sörensen regungslos auf dem Boden des VW-Busses zu liegen. Der andere Typ stieg über ihn hinweg und hatte seine Hose halb heruntergelassen, um es dann dem anderen Vergewaltiger gleichzutun. Obszön von den anderen beiden angefeuert.

Als auch er fertig und aus dem Bild verschwunden war, kam der Erste wieder mit einem Benzinkanister ins Bild. Die Kamera bewegte sich etwas von dem Wagen weg. Man konnte noch sehen, wie sich Sabine aufgesetzt und mit hochgezogenen Knien in die äußerste Ecke verkrochen hatte.

Sie jammerte: „Wir haben euch doch nichts getan! Warum tut ihr uns das an?"

„Kindchen, du kennst doch den Spruch: falsche Zeit, falscher Ort. Du und dein Freund, ihr wahrt einfach zur falschen Zeit am falschen Ort. Aber du hast recht. Leiden musst du deswegen nicht." Er stellte den Benzinkanister ab, bestieg den Bus, zog eine Pistole aus einem Holster, welches er wohl unter seiner Jacke hatte, und drückte mit dem Lauf der Pistole ihre Knie auseinander. Dabei war ihm die Kamera wieder gefolgt. Dann setzte er den Lauf auf ihre hübsch geformte linke Brust und drückte ab. Sabines Körper bäumte sich kurz auf, um dann leblos in sich zusammenzusinken.

Aus dem Hintergrund rief der andere: „Mensch, mach hinne. Was ballerst du denn hier noch in der Gegend rum?!"

„Mann, ich wollte mich nur mal von meiner humanen Seite zeigen." Dann verteilte der Mörder und Vergewaltiger von Sabine das Benzin im Inneren des Wagens. Mit dem Rest legte er eine kurze Spur in den Waldboden, dann schleuderte er den leeren Kanister durch die offen stehende Seitentür und zündete das Benzin mit einem Feuerzeug an. In Sekunden stand das Fahrzeug in Flammen. Die Aufzeichnung endete.

Es dauerte eine ganze Weile, bis einer der Beamten sagte: „Verdammt, warum tun Menschen so etwas? Und das dann noch zu filmen, ist ja schon geradezu pervers! Was will der Nitsch denn damit? Braucht der das, um sich aufzugeilen?"

„Keine Ahnung", antwortete ein Kollege, „aber ich könnte mir vorstellen, dass er damit die anderen beiden in der Hand hat und im Zweifel damit erpressen kann. Er selbst tritt ja auch nicht in Erscheinung. Man kann ihn höchstens an seiner Stimme erkennen. Und natürlich gehört ihm das I-Pad. Wahrscheinlich hatte er noch keine Zeit, das woanders zu speichern und auf dem I-Pad zu löschen. Da sind wir ihm wohl zuvorgekommen. Dafür würde auch sprechen, dass er das I-Pad nicht in der Wohnung hatte, da hätten die andern beiden ja eher drangekonnt als in der Garage, zu der er wohl nur selbst einen Schlüssel hatte."

„Ich glaube, es wird Zeit, dass wir die Wittmunder Kollegen informieren. Wir wissen jetzt mit Sicherheit, dass die Kölner Zwillinge von den beiden Callgirls und Peter Nitsch umgebracht worden sind. Die forensischen Beweise dazu werden wir in Zusammenarbeit mit unseren ostfriesischen Kollegen noch gerichtssicher zu machen haben. Und wer Sabine Brandt und Malte Sörensen auf dem Gewissen hat, haben wir als makabre und perverse Videoaufzeichnung. Leider geht uns aber wohl der größte Brocken, der Sohn des Chefs der russischen Drogenmafia, Alex, der mit seinen Schüssen auf die Konkurrenz, bei denen die Zwillinge Zeugen waren, das Ganze erst ausgelöst hat, durch die Lappen. Die Zeugen Daniel und Simon Spiekermann, die ihn hätten überführen können, sind ja leider genauso tot wie ihr Dealer Gero Schmidt."

Noch am gleichen Abend ging eine verschlüsselte Information an das Kommissariat nach Wittmund.

Kapitel 13

Nina und Bert hatten sich mit kleiner Teambesetzung im Kommissariat getroffen. Bert machte daher die Einweisung für den geplanten Einsatz in seinem Dienstzimmer. „Wir werden nachher Gerd Kogler auf dem Bremer Flughafen in Empfang nehmen. Bin mal gespannt, wie der reagiert, wenn wir ihn nach seinem Alibi für den Samstag fragen, an dem Malte und Sabine ums Leben gekommen sind", informierte Bert Nina, Silke und Bernd.

„Wenn der so reagiert wie Frank Büser, dann wissen wir ja gleich Bescheid", sagte Nina.

„Dann hat er sich im Grunde bereits selbst geoutet", bestätigte Bert. „Ansonsten halten wir uns erst einmal sehr zurück. Silke und Bernd, ihr bleibt zunächst im Hintergrund und greift nur ein, falls er einen Fluchtversuch unternehmen sollte, dann schneidet ihr ihm den Weg ab."

Bert wollte gerade das Meeting beenden, da zeigte sein PC den Eingang einer Nachricht an.

„Nanu", sagte er erstaunt. „Eine verschlüsselte Nachricht."

Die Information kam von der Kölner Kripo und war als besonders eilig deklariert. Nachdem Bert diese mit einem gesonderten Passwort geöffnet hatte, bemerkte er: „Mein Gott, wie viel Seiten sind das? Eigentlich müssten wir gleich los, der Flieger wartet nicht."

„Doch", erwiderte Nina, die etwas in ihr Smartphone eingegeben hatte. „Der Flieger hat Verspätung."

Bert hatte inzwischen angefangen zu lesen. Er las … und las … und las.

„Was ist?", fragte Nina. „Mach es doch nicht so geheimnisvoll."

„Nina, du hast heute Morgen eine Rakete gestartet. Warte, ich bin gleich fertig. Aber so wie es aussieht, hat sich das mit dem Flughafen erledigt."

Nina, Bernd und Silke wechselten fragende Blicke, aber niemand wagte Bert noch mal zu stören.

Als er fertig war, sagte er nur: „Alles geklärt."

„Wie, alles geklärt? Was meinst du damit?", wollte Nina wissen.

„Unsere beiden Fälle."

„Und das ganz ohne uns?", fragte Bernd ungläubig.

„Nicht ohne uns, durch uns!"

„Du sprichst in Rätseln", merkte jetzt auch Nina an.

„Es war doch deine Idee, alle Daten von allen, die bei uns im Zusammenhang mit den Fällen in Erscheinung getreten sind unabhängig von ihrer für uns erkennbaren Relevanz aufzulisten und mit dem entsprechenden Datenmaterial an die Kölner Kollegen zu geben. Damit haben wir die juristische Handhabe für einen Einsatz verdeckter Ermittler geliefert, die bestimmte Leute der rivalisierenden Drogenbanden bereits seit Längerem im Visier hatten. Allerdings hatten sich die Kriminellen immer wieder interne Informationen beschaffen können. Daher auch die Verschlüsselung."

„Na, aber mit solch einem Ergebnis hätte ich nun wirklich nicht gerechnet", bemerkte Nina bescheiden.

„Jedenfalls haben wir jetzt die Bestätigung: Die Karnevalsmäuse waren gezielt auf unsere Kölner Zwillinge angesetzt. Maulwurf bei den Bewohnern auf dem Hof des Bischofs war der, den die Amische Acht nannten, der Zuhälter aus Bochum, dieser Peter Nitsch. Der gehört auch zu der Drogenmafia und hatte in Köln schon längere Zeit eine Wohnung in einem Hochhaus mit den beiden Callgirls alias Karnevalsmäusen bewohnt. Dort haben die Kölner Kollegen ihn, seine zwei Komplizen und die beiden Prostituierten hochgenommen. Nitsch und die Mäuse haben die Spiekermann-Jungs, nachdem diese mit Alkohol und Drogen abgefüllt waren, auf dem Clasen-Hof in die Gülle geworfen."

„Und wie kommt Malte mit seiner Freundin dazwischen?", fragte Silke zaghaft nach.

„Da ging es um die Videos vom Karnevalsumzug und aus dem Festzelt, weil da die beiden Callgirls deutlich drauf zu sehen sind. Nitsch wollte die Handys von Malte und seiner Freundin sicherstellen. Er wusste von seinen beiden Girls, dass Malte und Sabine bei der Karnevalsveranstaltung Aufnahmen von ihnen gemacht hatten. Das war für ihn ein Risiko, welches er beseitigen musste. Daher ist er mit zwei Komplizen noch mal hierher zurückgekommen, um beide umzubringen."

„Na gut, aber woher wusste er denn, dass sich Malte an dem Samstag mit seiner Freundin bei der Disco in Leer verabredet hatte?", wollte Bernd wissen.

„Die hatten wohl Maltes VW-Bus verwanzt. Entsprechende Reste von Elektronik haben Sörens Leute in dem abgefackelten Autowrack gefunden, konnten das aber nicht so richtig zuordnen, wie im Bericht zu lesen war. Jetzt wird das klar. Dabei ist dem Zuhälter aber durchgegangen, dass Malte alles längst bei Facebook gepostet hatte."

„Oh mein Gott, dann sind Sabine und Malte ja auch noch völlig sinnlos gestorben." Silke standen die Tränen in den Augen.

„Wohl wahr, Silke. Und es ist noch viel schlimmer. Die Komplizen von Nitsch haben Maltes Freundin auch noch vor ihrem Tod vergewaltigt und anschließend vor laufender Kamera erschossen. Nitsch hat das alles auch noch mit seinem Handy gefilmt. Im Kölner Bericht steht, dass man davon ausgeht, dass er damit etwas gegen seine Kumpane in der Hand haben wollte, denn er selbst tritt dort nicht in Erscheinung, lediglich seine Stimme ist zu hören."

„Aber etwas verstehe ich noch nicht so ganz", gab sich Bernd immer noch nicht zufrieden. „Dieser Alex hat bei der Drogenübergabe an den Dealer unserer Zwillinge mal eben zwei Konkurrenten niedergeschossen, was ja eigentlich die ganze Sache erst ins Rollen gebracht hat. Das zeigt doch, dass die Mafiosi keinerlei Skrupel haben und mit der Waffe ganz schnell bei der Hand sind. Warum machen die dann bei Daniel und Simon so einen Aufriss, nur um die beiden umzubringen?"

„Eigentlich steckt in deiner Frage schon die Antwort. Erschießen ist eine Sache, aber dann kommen die Probleme, wie man gerade am Beispiel von diesem Alex sieht. Wir wissen ja von der Mutter der beiden Jungs, dass die Ganoven von Neuharlingersiel wussten. Und dann sind sie auf den Küstenhort gestoßen, haben eins und eins zusammengezählt und Nitsch dahin geschickt."

„Na gut, so weit ist das nachvollziehbar", blieb Bernd hartnäckig. „Dann hätte der die beiden doch erledigen und einfach wieder abhauen können."

„Mal abgesehen von spontanen Situationen wie bei Alex ist das organisierte Verbrechen doch eher dafür bekannt, sich unerwünschter Personen möglichst lautlos und ohne Spuren zu hinterlassen, am besten auf ewig, zu entledigen. Ich glaube daher, dass die hier eine Möglichkeit gesehen haben, die Zwillinge spurlos verschwinden zu lassen. Peter Nitsch hat sich wohl seit etwa Mitte Januar auf dem Hof aufgehalten und sich auch mit Sicherheit über das Güllesystem informiert. Ihr habt doch die Bilder dazu von unserer Umweltkollegin gesehen. Der Güllemixer ist wie ein überdimensionierter Küchenmixstab am Ausleger des Traktors befestigt. Der wird dann schräg nach unten in die Grube eingefahren und drückt mit seinem Propeller, wenn der Plan des Mörders aufgeht, die Leichen in das Ringsystem unter die Spaltenplatten des Kuhstalls. Da hätte der Verwesungsprozess in aller Ruhe und völlig unbemerkt für ein spurloses Verschwinden gesorgt. Nur hier hat das eben nicht so funktioniert, weil der Mixer die Getöteten nicht erwischt, sondern nach oben gedrückt hat."

„Ich verstehe. Okay, erschießen wäre sicher zu laut und auffällig gewesen, aber vergiften oder so wäre doch auch gegangen und dann hätte Nitsch die beiden auch in der Gülle entsorgen können." Für Bernd war das immer noch nicht schlüssig.

Da mischte sich Nina in die Diskussion ein: „Bernd, jetzt überleg mal, einer gegen zwei. In deren Zimmer schleichen – nicht so einfach und wahrscheinlich auch nicht lautlos. Tut er denen was in den Tee oder ins Essen, landen die – weil sie ja nicht alleine auf dem Hof sind – wahrscheinlich mit Notarzt und RTW im Krankenhaus. Aber Nitsch wird ja mitbekommen haben, dass die Kölner Jungs mit Malte zu dem Karnevalsumzug wollten. Das hatten die ja sicher schon einige Zeit vorher geplant und bestimmt auch darüber geredet. Dann setzt er seine Girls auf die beiden an. Und wenn du Männer ködern willst … dann Karneval, zudem in überschaubarer Größe, Alkohol, noch ein bisschen Drogen-Cocktail ins Glas. Zum Auto laufen die Jungs – wahrscheinlich in froher Erwartung auf ein Sexabenteuer – auch noch freiwillig mit."

„Dann haben die Mäuse von unterwegs schon ihren Luden auf dem Handy informiert, dass gleich seine Lieferung kommt", ergänzte Bert. „Der hat schon die Güllegrube geöffnet. Das Auto fährt am Wohntrakt des Gulfhofes vorbei. Das hat Ummo im Haus gehört. Beim Ausladen der Jungs werden ein paar Worte gewechselt. Ummo hört Stimmen, aber die sind zu weit weg, sodass er nichts versteht. Rein mit den Brüdern in die Fäkalienbrühe, Klappe zu, rein ins Auto und Abmarsch nach Köln."

„Der – aber nur fast – perfekte Mord." Das konnte Bernd nachvollziehen. So wurde auch für ihn ein Schuh daraus.

„Also, Ende gut, aber doch nicht alles gut", beendete Bert das Meeting. „Kommt, ich lade euch zum Italiener ein. Das haben wir uns jetzt trotzdem verdient."

„Aber mit mindestens zehn Grappa", konnte sich Bernd nicht verkneifen, „sonst halt ich das nicht aus. Solche perversen, abartigen, kriminellen Schweine!"

***

Bert stand mit gewichtiger Miene an seinem Flipchart. Vor dem Meeting hatten Nina und er im Besprechungsraum die Flipchart-Blätter ihrer zwei Fälle von beiden Wänden abgeräumt und neu sortiert eine Wand daraus gemacht. Er hatte noch einmal das gesamte erweiterte Team zusammentrommeln lassen.

„Fällt euch was auf?"

„Haben wir nur noch einen Fall?", fragte Rita.

„Gut erkannt. Wir haben nur noch einen Fall. Und der ist bereits gelöst."

„Wie kann das denn sein? Gestern sah das doch noch alles ganz anders aus. Was ist passiert?" Rita schaute etwas irritiert. Sie hatte die Aktion des Vergewaltigers aus Osnabrück bei ihrem Einsatz auf dem Hof der Amische inzwischen ganz gut verkraftet und war wieder voll im Einsatz und voller Tatendrang.

Bert informierte über den Bericht der Kölner Kollegen und über die Zusammenhänge, auch mit dem hiesigen Beitrag, der den Stein erst ins Rollen gebracht hatte. Als Bert darauf hinwies, dass dies Ninas Idee gewesen sei, brandete Beifall auf.

„Was passiert denn jetzt mit unseren Inhaftierten?", wollte Bernd wissen.

„Damit sind wir noch nicht zu Ende. Da werden vor allem unsere Forensik und die Staatsanwaltschaft noch ein paar Nüsse zu knacken haben. Denn alle Inhaftierten haben sich etwas zuschulden kommen lassen. Sei es im unmittelbaren Zusammenhang mit unserem Fall, zum Beispiel mit dem Transport der Leichen zum Benser Tief, dafür werden sich der Bischof Ummo Clasen und sein Prediger Bob Huber noch verantworten müssen. Mike Steiner, der in Amerika durch ein falsches Alibi seines Bischofs von dem Vorwurf des Mordes an seiner Frau und seinem Nachbarn freigesprochen worden war, hat sich ja selbst durch seinen Suizid vor einen anderen Richter gestellt und sich damit der irdischen Gerichtsbarkeit entzogen. Aber auch von den sogenannten Beladenen des Clasen-Hofes wird sich der eine oder andere noch wegen früherer Delikte zu verantworten haben. Nur unsere Ermittlungsarbeit zu den Mordfällen ist weitgehend abgeschlossen."

Bert beendete das Meeting und gab Silke den Auftrag, die Wand abzuräumen, als Sören in den Meetingraum kam.

„Bert, ich muss dich und Nina dringend sprechen."

„Okay", sagte der Hauptkommissar, „dann lass uns in mein Dienstzimmer gehen. Bei einer Tasse Kaffee quatscht es sich viel besser und wir können doch jetzt wieder den Normalgang einlegen."

„Ja, meinetwegen, aber nur ganz kurz, ich habe noch etwas Dringendes zu erledigen."

Nachdem sich die drei an den Besprechungstisch gesetzt und mit Kaffee versorgt hatten, legte Sören den Google-Earth-Ausdruck auf den Tisch.

„Den kennt ihr ja schon. Allerdings haben unsere Spezialisten auf dem Ausdruck an vier Stellen entlang der Straße ganz feine Bleistiftmarkierungen entdeckt. Wir haben uns doch die Frage gestellt: Wo haben die Zwillinge ihr Bargeld versteckt? Über Ninas Klassiker mit den Bodendielen bin ich darauf gekommen: Die haben das vergraben."

„Auf so eine Idee könnten die Brüder durchaus kommen, das würde ich denen glatt zutrauen", sagte Bert.

„Meine Leute sind schon unterwegs und sperren die ganze Straße zwischen der Hauptstraße und dem Hof ab. Die haben Suchhunde und Metalldetektoren dabei. Dann lasst uns da mal gleich rausfahren."

„Dann los", drängte jetzt auch Bert. „Wir nehmen meinen Wagen und du kannst nachher mit deinen Leuten zurückfahren."

Als die drei bei der Absperrung ankamen, war das erste Team gerade fündig geworden. „Die Metalldetektoren haben angeschlagen", meldete einer der Leute im weißen Anzug.

Schon bald kam eine Plastikkiste mit einem Notebook, Smartphone, etwas Haschisch und Bargeld zum Vorschein. Auch eine SIM-Karte lag unten in der Kiste.

„Na, guck an", stellte Sören befriedigt fest. „Da haben wir ja alles, was wir suchen. Ich möchte wetten, bei den anderen Punkten auf dem Google-Earth-Ausdruck werden wir auch noch fündig."

Es dauerte nicht lange, dann waren auch die anderen drei Schatztruhen gefunden und säuberlich verpackt und dokumentiert auf dem Weg ins Kommissariat.

***

Kurz nach der Mittagspause kam Sören mit einem Smartphone in das Dienstzimmer von Bert. Nina hatte er schon Bescheid gesagt und dazugeholt, sodass er sofort zur Sache kommen konnte.

„Das ist das eigentliche Smartphone von Daniel Spiekermann, zu dem die gefundene SIM-Karte gehörte", sagte er. „Das müsst ihr euch unbedingt ansehen."

Dann startete er ein Video. Zunächst war wenig zu erkennen. Auf dem Monitor war nur konturenhaft der Innengriff einer Wagentür zu sehen. Man hörte, wie eine Autotür geöffnet und wieder zugeschlagen wurde. Plötzlich sagte jemand: „Scheiße, die kenn ich. Ich glaube, die sind mir nachgefahren." Daraufhin wurde die Handykamera nach oben in den Fensterbereich gehoben. Man sah zwei Männer aus einem Auto aussteigen und auf einen Wagen zugehen, dessen Kofferraumklappe geöffnet war. Es folgte ein kurzer, heftiger Wortwechsel mit einem Mann, der halb durch die Klappe verdeckt hinter dem Kofferraum stand. So wie es sich anhörte, sprachen sie Russisch. Dann fielen plötzlich zwei Schüsse. Man sah die beiden Männer fallen. Der Mann, der am Kofferraum gestanden und geschossen hatte, kam mit einer Pistole in der Hand zur Fahrertür gesprintet, sprang hinein und raste mit hoher Geschwindigkeit davon. Auch der Wagen, von dem aus gefilmt worden war, startete. Dann endete die Aufzeichnung. Trotz der schlechten Lichtverhältnisse waren sogar die Gesichter der Männer gut zu sehen.

„Das ist doch die Aussage der Zwillinge auf Video, für die sie ihr junges Leben lassen mussten." Nina war sichtlich erschüttert, und auch Bert musste das erst einmal verdauen.

„Das muss sofort nach Köln", sagte er dann.

„Ist schon verschlüsselt unterwegs", beruhigte ihn Sören.

„Na, da wird der große Drogen-Papa von Alex aber gar keine Freude haben", stellte Bert fest.

„Freude empfinde ich zwar auch nicht, aber eine gewisse Befriedigung kann ich nicht verhehlen", ergänzte Sören.

Ostfrieslandkrimi-Empfehlungen
des Klarant Verlages

In der Reihe „**Bert Linnig und Nina Jürgens ermitteln**" von Rolf Uliczka sind bereits folgende spannende Ostfrieslandkrimis als Taschenbuch und eBook erschienen:

„Hafenmord in Carolinensiel", Band 1
Taschenbuch ISBN: 978-3-95573-798-6
eBook ISBN: 978-3-95573-799-3

Ein Mord versetzt das ostfriesische Fischerdorf Carolinensiel in helle Aufregung. Im idyllischen Museumshafen schwimmt eine männliche Leiche erschlagen im Wasser. Bei dem Toten handelt es sich ausgerechnet um Torsten Oltmann, den beliebten Jugendtrainer des lokalen Fußballvereins. Die Kommissare Bert Linnig und Nina Jürgens von der Polizei Wittmund nehmen die Ermittlungen auf, und schnell mehren sich die Hinweise auf eine Affäre zwischen dem Fußballtrainer und Katja Schmitz, der attraktiven Mutter eines seiner Schützlinge. In den Fokus gerät Katjas Mann Gerd Schmitz, der sich immer mehr in Widersprüche verstrickt. Ein klassischer Mord aus Eifersucht? Doch je tiefer die Ermittler graben, desto mehr Verdächtige kommen ins Spiel. Sogar der Jogger, der den Toten angeblich zufällig entdeckt hat, scheint eine offene Rechnung mit ihm gehabt zu haben. War die Meldung des Leichenfunds nur ein perfider Weg, um von sich selbst abzulenken?

„Serienmord in Neuharlingersiel", Band 2
Taschenbuch ISBN: 978-3-95573-800-6
eBook ISBN: 978-3-95573-801-3

Unmittelbar nach Beginn der Krabbensaison wird ein Granatfischer aus Neuharlingersiel bestialisch ermordet in seinem abgetriebenen Kutter entdeckt. Sehr schnell stellen Kommissar Linnig aus Wittmund und sein Team fest, dass es Übereinstimmungen mit einem seit zwei Jahren ungelösten Fall gibt. Ein Serienmörder in der beschaulichen Urlaubsregion? Seinerzeit waren die Untersuchungen ins Leere gelaufen, doch jetzt hoffen sie, neue Ansätze zu finden. Ihre Befragungen lassen sie immer tiefer in ein kompliziertes Beziehungsgeflecht eintauchen. Was war das Motiv: Eifersucht, Rache oder Habgier? Und wie hängen die beiden Fälle zusammen? Hartnäckig verfolgen sie die Spuren, können langsam die losen Enden miteinander verknüpfen und stehen schließlich vor einer überraschenden Lösung …

„Bauernmord in Bensersiel", Band 3
Taschenbuch ISBN: 978-3-95573-802-0
eBook ISBN: 978-3-95573-803-7

Ein schreckliches Unglück auf einem Bauernhof im ostfriesischen Bensersiel kostet fünf Menschen das Leben. Zunächst sieht es nach einer Verkettung tragischer Umstände aus, doch schon bald stoßen Kommissar Linnig und sein Team auf Merkwürdigkeiten, die sie an einem Unfall zweifeln lassen. War es die furchtbare Rache eines entlassenen Arbeiters? Aber der Mann ist verschwunden und so laufen die Ermittlungen ins Leere. Als es dann in der Nachbarschaft zu weiteren vermeintlich natürlichen Todesfällen kommt, nehmen die polizeilichen Untersuchungen wieder an Fahrt auf: Ist es ein Zufall, dass alle Verstorbenen den Planungen für eine große Ferienanlage an der Nordsee im Wege standen? Oder geht eine renommierte Investorengemeinschaft über Leichen, um ihre Ziele zu erreichen?

„Wattmord in Carolinensiel", Band 4
Taschenbuch ISBN: 978-3-95573-804-4
eBook ISBN: 978-3-95573-805-1

Grauenhafte Ereignisse erschüttern die Idylle Ostfrieslands. Im Watt wird eine getötete junge Frau gefunden, wenig später verschwindet die Studentin Tanja Grönwold spurlos. Tanja verbrachte ihren Urlaub in Carolinensiel – und sie hatte die Leiche im Watt entdeckt. Kann das ein Zufall sein? Die Kommissare Bert Linnig und Nina Jürgens von der Polizei Wittmund nehmen die Ermittlungen auf, und schon bald werden die schlimmsten Befürchtungen wahr: Bilder und Videos des Mordopfers werden auf einschlägigen verbotenen Seiten im Internet entdeckt. Für die Ermittler ist der Fall längst eine emotionale Angelegenheit, denn viel deutet darauf hin, dass irgendwo ganz in der Nähe in Ostfriesland noch mehr junge Frauen in Gefahr sind. Jede Minute zählt, und plötzlich kommt die Kommissarin den Tätern gefährlich nah …

Klarant Verlag

Lernen Sie die Ostfrieslandkrimi-Titel des Klarant Verlages kennen und besuchen Sie uns im Internet unter:

www.ostfrieslandkrimi.de

und

www.klarant.de

Sie können dort Näheres über unsere Autoren erfahren, viele weitere interessante Bücher und eBooks finden und Leseproben herunterladen. Mit dem kostenlosen Newsletter auf

www.ostfrieslandkrimi-lesen.de

erhalten Sie aktuelle Informationen rund um das Verlagsprogramm, wie beispielsweise spannende Neuerscheinungen und Gewinnspiele.